www.tredition.de

AF189583

D. BULLCUTTER

***

GLOBAL DAWN

Die Abtrünnigen

www.tredition.de

© 2018 D. Bullcutter
Umschlag, Illustration: © D. Bullcutter
Verwendete Bilder zur Gestaltung des Covers:
© by-studio-adobe.stock.com,
© Africa Studio-adobe.stock.com,
© bigpants-adobe.stock.com
Lektorat, Korrektorat: TT
Website: www.dbullcutter.com

Verlag & Druck: tredition GmbH, Halenreie 40-44, 22359 Hamburg

ISBN
Paperback: 978-3-7469-2655-1
Hardcover: 978-3-7469-2656-8
e-Book: 978-3-7469-2657-5

EIN HEISSER TAG IM SOMMER

Lucia war gerade dabei, die Küche aufzuräumen. Die Sonne hatte ihr Bauernhaus schon erwärmt. Die Wärme fühlte sich angenehm an, die Hitze war noch erträglich. Das Thermometer hatte zum ersten Mal in diesem Sommer die 25°C-Marke erreicht. Der große Sommerputz war mal wieder überfällig.

Sie ging in die Hocke, steckte den Schlüssel in das kleine Schloss, das sich unten rechts neben der Spüle befand, und öffnete die Tür. Es war alles wie gehabt: ein alter, aber gepflegter und funktionstüchtiger Revolver in Kaliber .357 Magnum, dazu 26 Packungen Vollmantel-Munition im selben Kaliber und 42 Packungen in Kaliber .38 Special (Teilmantel, Hohlspitz). Auch der Kleinkaliberrevolver und jede Menge Munition .22 lr befanden sich dort. Es war ein Teil des Erbes ihres Onkels, zusammen mit dem alten Bauernhaus samt Holzhütte, Tieren und allen Landwirtschaftsgeräten. Lucia hatte mit ihrem Mann, dem Jörg aus Drachselsried, das gesamte Anwesen übernommen.

Während die kleine heranwachsende Kateřina sich gerade um die Tiere kümmerte, tauchte Lucia vollständig in ihre Erinnerungen ein.

Mittlerweile wohnten sie lange nicht mehr in Jörgs Heimatdorf, sondern in Příštpo, im Umland vom schönen Jaroměřice nad Rokytnou oder, besser gesagt, von dem, was davon übriggeblieben war.

Der Wiederaufbau hatte zwar schon ein Jahrzehnt zuvor begonnen, aber nur punktuell und nur in den Gebieten, in denen er überhaupt möglich war. Dafür gab es dort viel mehr Natur, aber für die Generation der Überlebenden auch viel zu tun. Sie waren nun mehr mit dem eigenen Hab und Gut sowie mit dem Großziehen ihrer Kinder beschäftigt.

Das öffentliche Leben beschränkte sich im Alltag auf die kleine Dorfschule, darüber hinaus auf das dreitägige Wochenende und auf die wenigen, immer wiederkehrenden Bauernfeste. Auch *Weihnachten* und daran knüpfende Zeremonien wurden wieder gefeiert, nachdem endlich Ruhe eingekehrt war.

Tiere standen wieder im Stall, Getreide wuchs wieder auf den Feldern. Obst und Gemüse gab es auch. Alles zur Selbstversorgung – versteht sich – und etwas darüber hinaus für die lokale Subsistenzwirtschaft. Strom für leistungsstarke Geräte floss aber noch nicht, da die Inbetriebnahme des alten kleinen Laufwasserkraftwerks aufgrund chronischen Zeitmangels und fehlender Teile immer wieder verschoben werden musste.

Nur übrig gebliebene portable Kollektoren lieferten Saft für nun veraltete Geräte, auf denen überlebenswichtige Informationen noch vor Jahrzehnten gespeichert worden waren: Einige wenige Menschen aus der vorherigen Generation hatten ihren Nachkommen zumindest wichtige Kenntnisse im Umgang mit Pflanzen, Tieren und Ressourcen im Allgemeinen in weiser Voraussicht hinterlassen, in Form von Texten, Bildern und Videos.

Alle anderen hatten sich nicht darum gekümmert. Sie hielten es für unnötig, mehr noch, für eine hysterische Geste, sich vorzubereiten. Denn bis zu den letzten Tagen war ihr Glaube an ein endloses Fortbestehen der modernen postindustriellen Zivilisation immer noch unerschütterlich.

Bis zum Schluss, mehrheitlich, immer und immer wieder stimmten sie der damaligen Entwicklung zu und alle, die es gewagt hatten, auch nur ansatzweise zu kritisieren, wurden gnadenlos an die Obrigkeit gemeldet.

Příštpo lag jenseits der Reichweite des noch existierenden, aber stark angeschlagenen Leviathans. Lucias und Jörgs Familie hatten das Glück, denn es hatte dort damals schon seit der Zeit der ersten Auswanderungswelle ein Verständnis für all diejenigen gegeben, die nicht mehr mitspielen wollten und eine folgerichtige Entscheidung getroffen hatten: Freiheit statt einer hochgepriesenen und scheinbaren Bequemlichkeit, die unter der Bedingung einer permanenten Überwachung und drakonischer Strafen gegen die noch so geringste Abweichung stand.

Lucia schloss die Tür. Das laute Klacken des Schlossriegels brachte sie zurück in die Gegenwart. Trotzdem konnte sie nicht mehr von den Erinnerungen loslassen. Erinnerungen an das, was sie selbst mit Jörg erlebt und was ihr Onkel ihr erzählt hatte. Starke Erlebnisse prägen sich tief in den Charakter eines Menschen und formen diesen. Manche gehen daran zugrunde, bei manch anderen bewirken schwerwiegende Ereignisse ein Schmieden und Abhärten der Persönlichkeit, wobei die Trauer für verlorene geliebte Menschen eine starke Narbe hinterlässt.

Dennoch war sie froh darüber, alles überstanden zu haben, und ihre ganze Kraft richtete sich auf Kateřina. *Ich werde es nie zulassen, dass sie das erleben muss, was ich erlebt habe!* wiederholte Lucia in ihren Gedanken immer wieder.

DIE ERSTEN ZWEI

Insgesamt hatte es drei Auswanderungswellen gegeben, die aber auf zirka fünfzehn bis dreißigtausend Menschen beschränkt waren. Auslöser war eine grundlegende Einschränkung der Freiheit für die Bürger Westeuropas. Zahlreiche kleine doch stetig häufiger werdende Schikanen waren bereits an der Tagesordnung. Die breite Mehrheit hatte sich mehr oder weniger daran gewöhnt oder damit abgefunden. Manche hatten sich damit arrangiert. Freie Meinungsäußerung war faktisch lange vor der ersten Welle nicht mehr existent.

Trotzdem waren die meisten dortgeblieben, wo sie waren, bis zur ersten flächendeckenden Impfpflicht. Die Verordnung hatte unmittelbare Auswirkung: Jeder Arbeitgeber und die jeweilige Zweigstelle des *Sozialisierungsamts* setzten die Impfpflicht gnadenlos um und meldeten jeden, der versuchte, sich davor zu drücken. Ärzte, welche Impfungen bestätigten, die in Wirklichkeit nie erfolgt waren, wurden relativ schnell ausfindig gemacht und strafrechtlich verfolgt.

Die wenigen Kleinunternehmer, die der Verordnung skeptisch gegenüberstanden und geglaubt hatten, mit Hilfe einer Petition an den Arbeitgeberverband etwas dagegen auf institutionellem Wege bewirken zu können, hatte der Zentralstaat in den jeweilig betroffenen Ländern mit sofortiger Wirkung und mit Schnellprozessen enteignet und zu dreiundzwanzig Jahren Haft wegen *Widerstands gegen die Demokratie* und *Bildung einer terroristischen antifortschrittlichen Vereinigung* verurteilt.

Die Impfpflicht hatte die erste Auswanderungswelle ausgelöst. Die meisten aber hatten sich dies gefallen lassen und die Maßnahme einfach hingenommen. Die Auswanderung war aber nicht über Nacht gekommen. Seit anderthalb Jahren war die Impfpflicht bereits in allen Mainstream-Medien sowie in sämtlichen Expertengremien das Hauptthema. Wer ein Gespür dafür hatte und diesen sich ständig wiederholenden Prozess erkannte, der hatte bereits für sich selbst und für seine Familie Vorkehrungen getroffen: die Anschaffung einer kleinen aber eigenen und vor allem fast autarken Immobilie im sicheren – oder genauer gesagt im *sichereren* – Ausland.

Das *bewährte* Dreiphasenmodell wiederholte sich jedes Mal, wie ein Uhrwerk: Erst wurde ein jedes Vorhaben in den Medien als mögliche *Errungenschaft des Fortschritts und für die Bürger*innen* mehrfach präsentiert. Danach kam die *wissenschaftliche Untermauerung* seitens der *Expertengremien*. Letztendlich landete das Vorhaben als *außerparlamentarischer gesetzlicher Entwurf* im Parlament und wurde kurze Zeit später als Gesetz bzw. als sofort wirkende Verordnung verabschiedet.

Noch war es möglich, Edelmetalle sowie Wertgegenstände zu erwerben und sogar ein Fahrzeug zu besitzen, welches zwar für den Straßenverkehr in den Städten nicht mehr zugelassen war, sich aber für eine relativ lange Überfahrt gut eignete.

Alles andere – Job, Wohnung, soziale Kontakte auch zur eigenen Verwandtschaft – ging in Folge der Auswanderung verloren. Eine Rückkehr war ausgeschlossen. Es sei denn, der Rückkehrer wollte unbedingt einen langen Aufenthalt in einer *Resozialisierungsanstalt* in Kauf nehmen.

Bestehende Wirtschaftssanktionen gegen die benachbarten Länder wurden im Zuge der ersten Welle verschärft. Ziel dieser Maßnahme war nicht nur, diese Länder zu schwächen, sondern den Hass der Bevölkerung gegen diejenigen zu schüren, welche sich von *Zivilisation* und *Fortschritt* abgewandt hatten und dorthin migriert waren.

Zum Glück der *Zivilisationsverweigerer* blieb dieses zweite Ziel der *zivilisatorisch-fortschrittlichen* Obrigkeit aus. Im Gegenteil: Die *abtrünnigen* Länder wussten, wer zu ihnen kam, und waren froh, diese gleichgesinnten Aussiedler anstelle der massenhaft von der *Zivilisation* aufgezwungenen *neuen menschlichen Ressourcen* zu empfangen.

Die entschlossene Ablehnung der *neuen menschlichen Ressourcen* hatte schon ein paar Jahre zuvor die ersten Wirtschaftssanktionen gegen die vier rebellischen Länder und deren kleinen wie großen Unterstützer im Osten bewirkt.

Alle westeuropäischen Staaten hatten die Impflicht eingeführt und systematisch umgesetzt, mit Ausnahme Österreichs. Dort galt zwar formell die gleiche Verordnung, doch die Umsetzung wurde mehrheitlich, sozusagen unter dem Tisch boykottiert und dies von den dortigen taktierenden Politikern gedeckt... soweit dies möglich war. Davon profitierten auch Deutsche mit Wohnsitz und Arbeitsplatz in Österreich.

Das Vertrösten des europäischen Staatenbundes und der zugehörigen Mitglieder würde früher oder später durch den enormen Druck von außen und wegen der permanent andauernden Unterwanderungsversuche enden. Das wussten alle Beteiligten in Österreich, vom einfachen

Bürger bis zum Bundespolitiker, aber es verschaffte Zeit, wertvolle Zeit!

Was bekamen die Geimpften mit der ersten flächendeckenden Pflicht unter die Haut gespritzt? Vorerst wirklich nur wirkungslose Präparate und keine echten Impfstoffe. Damit wollte ein jeder *willige* Staat seinen Bürgern die *geschürte* Angst nehmen, die schon seit Jahren von Impfkritikern berechtigterweise verbreitet worden war.

Das Ausbleiben von gefährlichen Nebenwirkungen würde alles, was die *Impfleugner* analysiert und propagiert hatten, in Misskredit bringen.

Selbst das Aufdecken des beabsichtigten Placebo-Schwindels durch eine bekannte alternative Website mit Server am anderen Ende der Welt konnte der Propaganda von Staaten und seitens der Pharmaindustrie nicht oder nur in überschaubarem Umfang entgegenwirken. Nur ein kleiner Anteil der Menschen in Deutschland, Frankreich, Italien und anderen westeuropäischen Ländern hatte die Realität wirklich begriffen und wusste, diesmal um Haaresbreite der schwerwiegenden gesundheitlichen Schäden entkommen zu sein. Es verschaffte Zeit, es verschaffte Hoffnung. Doch die breite Masse fühlte sich in ihrer Selbstlüge bestätigt, leugnete die Realität und belog sich selbst abermals. Dazu kamen freiwillige Systemunterstützer, die mit der analogen sowie digitalen Überwachung von Nachbarn, Freunden und Verwandten beschäftigt waren und deren Tun seitens des Staates direkt bzw. von den jeweiligen halbstaatlichen oder privaten Institutionen fürstlich vergütet wurde.

Lucias Onkel, der bis zu der Zeit seit über 24 Jahren mit seiner Frau aus Niederbayern in der Nähe der deutsch-tschechischen Grenze lebte, gehörte zur Gruppe der ersten Auswanderungswelle.

Schon zwanzig Jahre zuvor hatte er die Charakterschwäche seiner damaligen Mitbürger erkannt und leider festgestellt, dass dieser Zustand unumkehrbar war. Aus Charakterschwäche resultierten freilich die Selbstlüge und das Entstehen falscher Hoffnungen sowie falscher Feindbilder, sodass kaum noch jemand den Mut hatte, den Namen des wahren Unterdrückers über die Lippen zu bringen.

Damals schon hatte ein elefantenschwerer, ineffizienter, zentralistischer und korrupter Staatsapparat, der auf allen Ebenen vom gespenstischen Geist des *Progressismus* durchseucht war, nahezu alles unter seine Kontrolle gebracht, obwohl der Anschein eines Chaos auf den ersten Blick die Realität verschleierte und jede Vermutung einer totalen Überwachung abschwächte.

Aufgrund dieser Umstände hatte sich Lucias Onkel – Massimiliano – in Bayern niedergelassen, dort seine Frau Tanja kennengelernt und mit ihr eine Existenz aufgebaut, im falschen Glauben, die Menschen dort würden so etwas nie zulassen. Aus Massimiliano war inzwischen »Max« geworden.

Doch das gleiche geistige Gift trat seit Mitte 2015 mit voller Wucht und Inbrunst auch nördlich der Alpen in Erscheinung, von der Elbe bis zur Atlantikküste.

Max war zutiefst enttäuscht. Er kam sich vor, wie in einem schon gesehenen schlechten Film: Die gleiche Schwäche, die gleichen Ausreden und Selbstlügen wie damals, nur diesmal in einer anderen Sprache.

Es war das Jahr 2023, als Max mit 49 Jahren, mit seiner Frau und seinem Adoptivsohn Jörg nach Příštpo aussiedelte. Lucia war damals ein junges Mädchen und lebte noch in der alten Heimatstadt ihres Onkels, deren Namen zu der Zeit von *Milano* in *Al Milan* zur Ehrung der vielen *neuen menschlichen Ressourcen* umgetauft worden war.

Jörg war damals ein Schulkind, 14 Jahre alt. Max und seine Frau hatten ihn Jahre zuvor als Kleinkind adoptiert, welches aufgrund der *Kinderpolitik zur Förderung der Vielfalt* gleich nach seiner Geburt an eine *Anstalt zur Pflege und zur sozialen Erziehung vielfaltwidriger Kinder* kraft Gesetzes abgegeben worden war.

Nur deshalb, weil Lucias Onkel kein gebürtiger Deutscher war, hatte das zuständige *Sozialisierungsamt* der Adoption zugestimmt. Die Behörde war sich nach monatelangen Prüfungen des Sachverhaltes sicher, dass Jörg somit eine *vielfältige* und *tolerante* Erziehung nach den geltenden Vorschriften bekommen würde.

Zu Jörgs Glück war dies nicht der Fall.

Für diese Adoption hatten Max und Tanja alles, was sie bisher in den sozialen Netzwerken aufgebaut hatten, aufgegeben: Konten und Profile gekündigt bzw. gelöscht, bereits lange vor dem Adoptionsantrag. Denn jeder kleinste Hinweis auf eine Abweichung abseits der herrschenden Doktrin hätte zum einen das Aus für das Adoptionsverfahren und zum anderen die Fokussierung aller

Gesinnungsbehörden auf das eigene Leben bedeutet, mit nahezu fatalen Folgen.

Entgegen der Vorstellung der herrschenden Machthaber war das massenhafte Spritzen echter Impfstoffe bis Ende 2023 noch nicht vollzogen worden, da Gerüchte über den schleierhaften Widerstand aus Österreich immer häufiger und konkreter geworden waren. Dem alten europäischen Staatenbund und den zugehörigen Staatsapparaten war spätestens hier klar, dass sie erst alle *Freiheitsnischen* schließen müssten, um mit den ersten echten Impfungen anfangen zu können.

Jahre davor war das Akronym *USoE (United States of Europe)* mehrfach in Kreisen der Medien und Politik gefallen.

Die *Radikaldemokraten* und die *Radikalsozialen,* die in Deutschland und Frankreich die bisherigen Parteien abgelöst hatten und faktisch das ganze politische Leben in beiden Ländern monopolisierten, arbeiteten auf die Zentralisierung aller Institutionen hin, auf allen Ebenen. Damit verbunden war eine völlige Vereinheitlichung aller Amtsverfahren. Dieser Gleichschaltungsprozess war bis dato oft wegen kleiner und etwas größerer Unterschiede in den jeweiligen Verwaltungen ins Stocken geraten.

Andere Länder betrachteten diese Entwicklung kritischer, als die zwei Großparteien in Deutschland und Frankreich es taten. Chronische Beamtenfaulheit war zwar die Hauptursache für die über Jahrzehnte hinweg angehäuften Schuldenberge, schützte aber nun unbeabsichtigt die Bürger vorerst vor der sich anbahnenden Katastrophe. Umgekehrt hätten die vollständige Vereinheitlichung und

Gleichschaltung auch die *Lösung* der langjährigen finanziellen Probleme der schwachen Länder bedeutet, deren Staatsapparate nach Jahrzehnten in Korruptions- und Verschwendungssumpf nun endgültig vor dem Bankrott standen: Eine echte *Cassa del Mezzogiorno d'Europa* nach italienischem *Vorbild* wurde den stark angeschlagenen Ländern in Aussicht gestellt.

Als einzige Möglichkeit, um der Realisierung der *USoE* näher zu kommen und somit alle Lücken zu schließen, sahen die *Radikaldemokraten* und die *Radikalsozialen* nur den einen praktikablen Weg: Die Schaffung eines Superstaates innerhalb der des alten europäischen Staatenbundes, dessen Schwergewicht als Katalysator für alle anderen noch zögernden Staaten fungieren würde.

Die groben Konturen dieses ökonomischen und politischen Gebildes hatten zahlreiche offizielle Kommissionen sowie Think Tanks allerdings schon Jahre zuvor ausgearbeitet, bevor die politische Entscheidung seitens höchster Ebene verkündet wurde.

Bei der Neujahrsansprache 2024 in Deutschland und Frankreich verkündeten beide Regierungschefs vor laufender Kamera die Gründung von *Framanien* (oder auch *Frallemagne*), mit Inkrafttreten am 1. Januar des darauffolgenden Jahres.

Der dreiunddreißigjährige designierte Präsident, Alain De La Mer, würde das Amt und alle damit verbundenen Befugnisse von seinem Vorgänger nahtlos übernehmen. Das ehemalige französische Parlament würde einem *erweiterten Bundestag* weichen, wobei der Kanzler nun zum einfachen Ministerpräsidenten degradiert und das Amt des deutschen Bundespräsidenten abgeschafft würde.

Der Schritt war sehr gewagt, folgte dennoch dem üblichen Schema: Erst etwas in den Raum werfen, dann die Reaktionen der Bevölkerung abwarten, bei mangelnder Gegenwehr weitermachen.

Das Schema bewährte sich abermals zugunsten der Obrigkeit. Nur ein verhältnismäßig kleiner Teil der Bürger in Deutschland, Frankreich und erstaunlicherweise in Italien (überwiegend zwischen Mailand und Triest) entschloss sich für das freiwillige Exil.

Die zweite Auswanderungswelle in die *abtrünnigen* östlich gelegenen Nachbarländer war nun in vollem Gange.

Framanien ging am 1. Januar 2025 in die operative Phase und regulierte sämtliche Bereiche des individuellen und sozialen Lebens mit eiserner Faust neu. Der erste Impftermin wurde für Mitte des Jahres gesetzt. Weitere Maßnahmen erstreckten sich über mehrere unterschiedliche Bereiche: Halbierung der Bargeldmenge, Produktionsstopp frischer Banknoten und Münzen, vollständige Entwaffnung aller Bürger für die erste Jahreshälfte, Abschaffung aller Verbrennungsmotoren (ausgenommen die der gepanzerten Sicherheitsfahrzeuge hochrangiger Politiker, Richter, Staatsanwälte und Lobbyisten) und das Verbot des Besitzes eines eigenen Fahrzeugs bis Ende des darauffolgenden Jahres.

Die Zahlung von Subventionen an schwache Staaten und deren Banken wurde an die verbindliche Zustimmung geknüpft, dem neuen europäischen Superstaat zu einem jeweils pro Land vereinbarten Termin beizutreten, aus dem die *ersehnten USoE* entstehen würden. Diesmal konnte Österreich aber nur halb so viel Widerstand leisten als bei der Einführung der allgemeinen europaweiten Impfpflicht.

Der Bahnverkehr in Richtung Osten, auch durch Österreich, nahm in den ersten sechs Monaten des Jahres 2025 erheblich zu, sodass die Alpenrepublik Sonderzüge bereitstellte. Dennoch waren beinahe alle Züge in Richtung Tschechien, Slowakei und Ungarn überfüllt. Diesmal handelte es sich eher um eine halbwegs organisierte Flucht als eine vorausgeplante Aussiedlung. Die meisten Auswanderer hatten sich zwar schon zuvor mit Rucksäcken und Überlebensausrüstung, persönlichen Dokumenten und portablen Wertgegenständen (meistens *illegalen* Edelmetallen) ausgestattet und organisiert, aber die Dringlichkeit nach der Verkündung des Inkrafttretens Framaniens traf auch sie urplötzlich mit voller Wucht. Sie mussten nun in aller Eile handeln.

Noch waren einige Wohnobjekte in den schutzbietenden Ländern verfügbar, aber es handelte sich dabei um Hütten, deren Versorgung mit Strom und mit fließendem Wasser nicht überall garantiert war. Zum Glück dieser Auswanderer gab es eine hohe Hilfsbereitschaft der Einheimischen und der dort bereits lebenden Aussiedler, und zwar nicht nur in Worten! Es gab jede Menge zu tun, um das Überleben und die Freiheit zu sichern. Das wussten alle. Es war echter, aufrichtiger Zusammenhalt.

Unmittelbar nach der Verkündung der *USoE* rief Max seine Schwester Susanna in Al Milan an: »Worauf wartest Du noch? Glaubst Du mir jetzt endlich oder sprichst Du immer noch von wilden *Verschwörungstheorien?*«

Susanna wartete ein paar Sekunden, dann antwortete sie: »Das betrifft doch nur Frankreich und Deutschland! Wir sind nicht betroffen! Ich habe hier unsere alte Mutter zu pflegen und meine Tochter großzuziehen.«

Alles, was bisher eingetreten war, war ihr dem Anschein nach noch nicht schlimm genug, um zu reagieren. Oder war es das, was man als kognitive Dissonanz definierte? Womöglich ja, aber vielleicht lag die Ursache dieser Reaktion vielmehr an ihrer Angst, den (schrumpfenden) Wohlstand auch nur vorübergehend zu verlieren, und vielleicht auch an einem trügerischen Gefühl der vermeintlichen Hoffnung auf eine Verbesserung ihrer Lebenssituation.

Nichtsdestotrotz hatte Max die Hoffnung immer noch nicht aufgegeben, dass seine Schwester irgendwann endlich einmal die Lage begreifen und entsprechend weise reagieren würde. Darum war er seit geraumer Zeit mit dem Bau einer Holzhütte beschäftigt. Sein Konzept war klar: klein, aber warm und sicher. Im Notfall für alle, seine Familie und auch für Susanna, seine Schwester und ihre Familie, sollten sie denn alle doch noch zur Vernunft kommen.

Trotz Tanjas nachvollziehbarer Widerstände und trotz dieser neuen Enttäuschung, arbeitete er jede freie Minute an diesem Projekt mit oder ohne Hilfe der Nachbarschaft.

Auf gegenseitige Hilfe waren alle angewiesen. Der damals sonst in Westeuropa herrschende Egoismus war jenseits der Grenze dem Zugehörigkeitsgefühl sowie der Liebe zur eigenen und gemeinsamen Freiheit gewichen.

Die neue Regierung und der neue Präsident Framaniens setzten ihre Agenda für das Jahr 2025 für einen neuen Superstaat gegen die Interessen der eigenen Völker konsequent um. Parallel dazu wurden alle öffentlichen Ämter eingespannt und dazu gedrillt, den Druck auf ihre Pendants in allen anderen westeuropäischen Ländern drastisch zu erhöhen. Framanien drohte diesen Ländern nun auch mit dem sofortigen Stopp aller bisher gewährleisteten Maßnahmen zur *Rettung* von Zentral- und Geschäftsbanken. Nur den Termin für den Beitritt zum neuen Superstaat konnten die betroffenen Länder aushandeln, allerdings nicht auf zu lange oder auf unbestimmte Zeit.

Es war eine bittere Abwägung zwischen finanzieller Hilfe und der eigenen Herabstufung zu einer unbedeutenden Provinz auf der einen Seite oder dem Erhalt der bisherigen Scheinsouveränität und dem endgültigen Staatsbankrott auf der anderen Seite: Sklaverei oder *Weimar in Farbe*.

Nahezu alle Meldungen in den Systemmedien fokussierten sich auf Unterhaltung, Reality-Shows, Sport und neopositivistische Kultur. Letzteres war eine aktive, wenn auch subtile Aufforderung zur Konformität und die dauerhafte, sich wiederholende Verunglimpfung von Abweichlern zugleich. Ansonsten diente das Programm lediglich zur Ablenkung.

Kein einziger Politiker der wirtschaftsschwachen Länder konnte und wollte dem eigenen Volk die Wahrheit und den Ernst der Lage ins Gesicht sagen. Wie hätte es sich sonst angehört? *Entschuldigung. Wir haben euch jede Menge sichere, überteuerte Jobs auf Lebenszeit im öffentlichen Dienst gegeben, alle unentschuldigten Abwesenheiten geduldet, diese mit noch mehr Beschäftigungsformen kompensiert und die private Wirtschaft wie eine Zitrone ausgequetscht. Nun, nach Jahrzehnten im Schlaraffenland, kommt die teure Quittung.*

Es wäre hart gewesen, aber die nackte Realität. Wer noch in der *freien* Wirtschaft arbeitete, der finanzierte diese fatalen Missstände immer und immer wieder, zwanghaft, per Abgaben versteht sich. Aber nun konnte auch der private Sektor für den Schuldenberg von Staat und Banken nicht mehr aufkommen. Nicht mal für die Zinsen.

Nach harten Verhandlungen standen gegen Ende des Jahres 2025 die Ergebnisse fest, und zwar für jedes Land. Griechenland, Portugal und Irland würden am 1. Januar 2026 vollständig kommissarisch von Framanien in Form von Provinzen regiert. Spanien und Italien erhielten die *Chance* auf etwas mehr Eigenständigkeit, dies allerdings unter zwei Bedingungen: der vollständigen Zerschlagung aller Separatisten und dem politischen Aufgehen aller Parteien in die *Radikaldemokraten* oder *Radikalsozialen*. Drittkräfte bzw. dritte Positionen würden einem strikten Verbot zum Opfer fallen. Der spanische König würde einen wertlosen Titel eines *historischen Königs* erhalten.

Alle nordeuropäischen Staaten, mit Ausnahme der Baltischen, vereinbarten mit der Regierung Framaniens beinahe ohne politischen bzw. ökonomischen Widerspruch den Termin zum *USoE*-Beitritt. Regierungen und kontrollierte Oppositionskräfte dieser Länder hatten bereits weitgehend *freiwillig* sich selbst und ihre Völker *normalisiert.*

Durch den Beitrittsvertrag verpflichtete sich ein jeder Staat nicht nur zur detaillierten, unmittelbaren Herstellung des Zustands, der schon in Framanien herrschte. Der Vertrag beinhaltete auch Neuerungen für alle Bestandteile des neuen Superstaates: Die höchste Priorität hatten voran die vollständige Bargeldabschaffung und die Einführung eines Chips für jeden Bürger. Zeitfenster: drei Jahre nach dem Beitritt.

Nach Ablauf eines Jahres ab dem Beitrittsdatum würde auch der Besitz von Edelmetallen und tauschbaren Wertgegenständen strikt verboten und mit Freiheitsstrafen von mindestens drei bis höchstens elf Jahren sanktioniert.

Im März 2026 unterzeichneten Italien und Spanien ihre eigene Kapitulation, terminiert zum 1. Januar 2028. Beide Staaten bekamen bis zu dieser Frist Zeit, um alle politischen Bedingungen zu erfüllen. Der italienische Ministerpräsident Galantuomini wurde daraufhin für sein Engagement mit dem *Orden des Fortschritts* ausgezeichnet.

Die von Galantuomini ausgehandelten Zugeständnisse für etwas mehr Eigenständigkeit waren in Wirklichkeit getarnte Rechtslücken für die oberste politische Riege, um einige Privilegien der *fetten Jahre* nicht komplett aufgeben zu müssen. Sogar die Staatsmafia machte sich zum Vasallen der *USoE.* Für den einfachen Bürger gab es keine Zugeständnisse, zweifelsohne keinerlei Erleichterung.

Die führenden Spitzenpolitiker und die medialen Propagandisten Framaniens sprachen verharmlosend von den

USoE in Anlehnung an die USA, aber in Hinblick auf die US-Verfassung (zumindest auf Papier noch existent) hatte ein jeder US-Bundesstaat weitaus mehr Eigenständigkeit und Selbstbestimmung als jede einzelne Nation im alten europäischen Staatenbund und jede Provinz in dieser neuen europäischen, technokratischen Räterepublik, namens *USoE*.

Das Startdatum für die neuen, nun *(echten)* wirksamen Impfungen war abermals verschoben worden. Der Grund war nicht nur der verzögerte Schaffungsprozess der neuen *USoE*, sondern auch ein in der Übergangszeit aufgetauchter Bericht des multinationalen führenden Pharmakonzerns *Vaxxi AG*. Demnach riefen einige der hergestellten Präparate in der zweiten experimentellen Phase unerwünschte Nebenwirkungen bei den Probanden hervor, vor allem eine gesteigerte Aggressivität und einen signifikanten Abfall der kognitiven Fähigkeiten zugleich. Letzteres stand zwar seit über einem Jahrzehnt auf der globalen Agenda, aber nicht in diesem Ausmaß.

Aggressivität war absolut unerwünscht. Alle Politiker, Lobbyisten und Wissenschaftler hatten sich die Zähmung der Völker aller Mitglieder der *USoE* schon seit der Anfangszeit des alten europäischen Staatenbundes als Ziel gesetzt. Der einfache Bürger sollte alles und jeden akzeptieren, ohne einen Hauch von Kritik bzw. ablehnender Reaktion zu äußern.

Der Bericht offenbarte aber eine andere, schreckliche Tatsache: Bei den vermeintlichen Impfstoffen handelte es sich in Wirklichkeit um ganz andere Substanzen, nämlich um eine bestimmte Gruppe der Psychoaktiva.

Es folgten einige Gipfeltreffen der gesamten Führungsriege aus Politik, Wissenschaft, Pharmaindustrie und der vierten Gewalt, die aber ergebnislos endeten, bis der damals berühmte Förderer der globalen Ströme *neuer menschlicher Ressourcen*, György Rákosi, zusammen mit seiner Think Tank *World of Open Arms* einen Paradigmenwechsel in dieser Sachlage forderte.

Rákosi hatte vor Jahren alle Geschäfte und *Projekte* seines Vaters übernommen, der ihm bis zu dessen Tod als Mentor galt. Aufgrund dieser *Projekte* hatte ihn sein ehemaliges Herkunftsland zur *Persona non grata* erklärt, sodass er hier sein ganz persönliches Motiv in die *Lösung* des Impfstoffproblems einfließen ließ.

Wie sein Vater, war auch der dreiunddreißig Jahre junge Rákosi der vollen Überzeugung, dass nur die im Jahr 1934 vom britischen Historiker und Soziologen Herbert Georg Wells postulierte globale technokratische neopositivistische Vision alle *menschenbedingten* Probleme der Welt lösen könnte und die ultimative *Friedensutopie* realisieren würde. Doch dafür würden die meisten Menschen auf diesem Planeten einen hohen Preis bezahlen müssen: den Verlust aller individuellen Freiheiten sowie jeglicher Selbstbestimmung. Ebenso würden alle Nationalstaaten und kleine Konföderationen entweder annektiert und *normalisiert* oder ausradiert werden.

Rákosis Vorschlag, die meisten *neuen menschlichen Ressourcen* mit den fehlerbehafteten Psychoaktiva zu *impfen*, zu *Pflichtspezialisten* zu machen, um diese dann als *sekundäres Heer* bei Bedarf einzusetzen, stieß vorerst auf Skepsis der *Radikalsozialen*, fand aber volle Zustimmung bei den *Radikaldemokraten*. Die *Radikalsozialen* bemühten sich, die Fassade aufrecht zu erhalten. Der pragmatische Ansatz der *Radikaldemokraten* setzte sich aber schnell durch. Zeit zu verlieren hatten sie nicht.

Gemäß dem ausgearbeiteten Plan Rákosis würden die *USoE* dieses *Sekundärheer* beliebig und relativ kostengünstig gegen *abtrünnige*, de facto ex Mitglieder des alten europäischen Staatenbundes, einsetzen.

Letztendlich waren Rákosis Netzwerke jederzeit dazu in der Lage, frische *Pflichtspezialisten* nach Framanien und in die *USoE* massenhaft strömen zu lassen. Die Kooperation mit willigen Despoten der größten Ölförderländer und deren *Außenvertretungen* in Afrika machte es möglich.

Für das *Ministerium für die Verteidigung der Demokratie* war es die Steilvorlage schlechthin, um ein altes nun gravierend gewordenes Problem loszuwerden. Denn auch ein Superstaat würde früher oder später unter der Last der Sozialausgaben zusammenbrechen, wenn die Waage aufgrund dieser extremen Masse auf die Seite der Leistungsempfänger kippt.

Der zuständige Minister forderte die gleiche Behandlung auch für *alte menschliche Ressourcen*, die als *unvermittelbar* galten, sowie auf die wenigen übrig gebliebenen *Zivilationsverweigerer*, die es noch wagten, im Untergrund Kritik am *Friedens- und Fortschrittsprojekt* zu üben. Zudem wurden die Kriterien zur Einstufung einer *Zivilisationsverweigerung* erheblich verschärft, sodass auch eine belanglose Kritik an eher banalen Themen darunterfiel.

Doch es war inzwischen etwas geschehen, was nur wie ein winziges, unbedeutendes Steinchen im Getriebe des großen Plans in Framanien zu sein schien, sich aber als gewaltiger Weckruf für alle einheimischen und zugezogenen *Zivilisationsverweigerer* der *abtrünnigen* Länder zu einem großen rollenden Stein formte.

Beide Meldungen – der medizinisch-wissenschaftliche Bericht und die Entscheidung zugunsten Rákosis Forderung – hatten über den letzten übrig gebliebenen freien Kommunikationskanal, das *Subnet*, die Gebiete östlich des Böhmerwaldes erreicht und verbreiteten sich dort wie ein Lauffeuer. Der Stein rollte nicht nur, er fing zudem noch Feuer.

Es kann nur ein Whistleblower gewesen sein! Ich dachte, diese Spezies wäre längst ausgestorben. dachte Max, als er davon erfuhr.

FRAMANIEN / FRALLEMAGNE

MMit dem Inkrafttreten des neuen politischen Subjekts Framanien wurden sowohl ein neuer, imposanter Kernstaat im Kontinentaleuropa geschaffen als auch alles Politische und Gesellschaftliche gleichgeschaltet. Jegliche freiheitseinschränkenden Maßnahmen wurden verschärft.

Als Ergänzung zum laschen *Netzdurchdringungsgesetz*, das bereits die Erweiterung der Zensur auf Deutsch, Französisch und auf Englisch in allen Bereichen des virtuellen Lebens ermöglicht hatte, verabschiedete der neue Superstaat eine ganze Reihe von Maßnahmen zur Unterdrückung der bisherigen Verbreitungskanäle sowie abweichender Inhalte.

Alle Social-Media sowie sämtliche andere Medien, die ein Forum oder eine ähnliche Diskussionsplattform anboten, wurden Kraft Gesetztes zur Implementierung einer staatlich bereitgestellten Korrektur- und Meldesoftware verpflichtet. Die Software markierte jedes verdächtige Wort in Rot, öffnete ein Pop-up-Fenster mit einem unübersehbaren Warnhinweis, und meldete gleichzeitig den Versuch sowie die Daten des Users automatisch an das *Sozialisierungsamt*. Genauer gesagt: an dessen neu geschaffenes *Amt zur Prävention geistiger Anstiftung gegen die Demokratie (APAD)*.

Sämtliche Kanäle wurden gelöscht, die Betreiber verhaftet. Videoplattformen wurden entweder vollständig gesperrt oder *normalisiert*.

Dieser endgültigen Zensurwelle zur Folge wurde es den Bürgern von Framanien unmöglich gemacht, sich ohne strafrechtliche Konsequenzen mit Hilfe alternativer Medienkanäle zu informieren. Illegal war es wohl noch möglich, über *Subnet* verbotene Inhalte abzurufen, dennoch auf eigenes (hohes!) Risiko. Die für dieses Vergehen vorgesehenen Haftstrafen hatte Framanien auf acht bis dreizehn Jahre Haft ohne Bewährung aufgestockt.

Was war aber dieses *Subnet?* Der Name war mindestens so unspektakulär wie das Netz selbst, welches von einer kleinen Gruppe als Peer-to-Peer-Lösung kreiert worden war, aber in Erscheinungsbild und Tragweite eher dem Internet der späten 1990er Jahre glich: überwiegend Texte, viele sinnvolle Texte, aber mit einer überschaubaren Menge an Bildern und Videos als Beweismaterial für die eine oder andere brisante Meldung.

Doch die Entwicklung ging stetig voran, trotz der Illegalität. Vor allem im benachbarten Ausland.

Über die allmächtige Zensur hinaus war Framanien institutionell ein absolut zentralistischer Staatsapparat, in dem auch der rein formelle Föderalismus der alten BRD zu einer Farce geworden war. Zwar erhielt zum Beispiel die Bretagne am 1. Januar 2025 den Status *Bundesland*, aber die Bundesländer waren von da an degradierte Befehlsausführer und Berichterstatter für den einen Zentralstaat.

Das Wahlsystem wurde so verändert, dass der Staatspräsident nicht mehr vom Volk, wie es zuvor in Frankreich der Fall war, sondern vom Parlament gewählt wurde. Er behielt aber die alten Amtskompetenzen.

Das Volk durfte alle fünf Jahre für ein Programm der einen oder der anderen Großpartei abstimmen, ohne jegliche Korrektur oder Kritik. Da es sich um eine Wahl über *Inhalte* handelte, wurde diese von der Regierung als *erste wahre direkte Demokratie Europas* deklariert.

Polizei, Feuerwehr, Rettungsdienste und Militär wurden gleichgeschaltet, ihre Führungsebenen mit systemtreuem Personal besetzt. Gleiches geschah in allen bestehenden Behörden. Manche davon wurden geschlossen und durch neue, mächtigere ersetzt, oder in größere Behörden wie das *Sozialisierungsamt* eingegliedert.

Angehörigen bewaffneter Ordnungskräfte wurden in regelmäßigen Abständen die dazu vorgesehenen *demokratiefördernden* Medikamente niedrigdosiert verabreicht, um die erforderliche Gehorsamkeit sicherzustellen.

Die Konzentration von Menschen in den Städten wurde schrittweise, aber mit hohem Tempo gefördert und zugleich erzwungen, während ländliche Gegenden absichtlich in die Unterversorgung und durch die etappenweise Abschaffung individueller Mobilität ins Elend gestürzt wurden. In den Städten herrschte schon nach wenigen Monaten eine nahezu vollständig besitzlose Mobilität: Alle waren auf öffentliche Verkehrsmittel oder auf die ersten buchbaren rein elektrisch angetriebenen Sharing-Fahrzeuge angewiesen. Letztere wurden vom Superstaat kräftig subventioniert. Für Verbindungen zwischen den sonst isolierten Städten begann ein rascher Ausbau von Hochgeschwindigkeit-Schwebebahnen. Fahrten von einer Stadt zur nächsten waren aber teuer, unbezahlbar für die Einwohner geworden. Das entsprach dem Vorhaben der

Obrigkeit, dem *wissenschaftlich* gesetzten Ziel der Entfremdung der Familien von ihren anderswo lebenden Verwandten.

Immobilien am Land wurden schnell wertlos, und eine Zeit lang konnten die Bewohner in den Grenzgebieten im Osten des Superstaates, dank des Schmuggels existenzieller Güter, dem drohenden Elend einigermaßen entgegenwirken. Bis zu dem Tag, als die ersten Einheiten des *Sekundärheeres* zur *Patrouille* der Grenzgebiete Framaniens eingesetzt wurden.

Es ist sogar heute noch unklar, wie viele Menschen den Strafaktionen des *Sekundärheeres* zum Opfer gefallen sind. Eine Veröffentlichung der Todesfälle und deren Anzahl hielt die damalige Regierung Framaniens für überflüssig.

Die durch die vollzogene Energiewende bedingten, überschaubaren Strommengen reichten für die staatlich regulierte Mobilität und für den Betrieb kleiner Elektrogeräte sowie eines kleinen Kühlschranks pro Haushalt aus.

Die schrittweise durchgeführte Entvölkerung der ländlichen Gebiete diente der Unterbindung jeglicher Form von Selbstversorgung, der Reduzierung des Stromverbrauchs und der Zementierung bestehender Monopole: Wasser, Strom, Lebensmittelversorgung, Telekommunikation. Die Verbreitung alternativer Nachrichten aus den benachbarten *abtrünnigen* Staaten mittels (ohnehin schon verbotener) UKW-Radios kam infolge dessen vollends zum Erliegen.

Die regulären, bereits existierenden Streitkräfte des neuen Superstaates durchliefen einen grundlegenden Internationalisierungsprozess, der zum einen die vollständige Verschmelzung der damaligen französischen und deutschen Armeen und zum anderen die massiv geförderte Implementierung neuer Rekruten aus den damaligen Kolonien Frankreichs beinhaltete. Diesem Prozess unterlagen zudem alle bald den *USoE* beitretenden Staaten.

Ziele waren sowohl die Abschaffung aller nationalen Militärs als auch die Überwindung der bereits überflüssig und handlungsunfähig gewordenen NATO, die nach dem endgültigen Austritt der Vereinigten Staaten von Amerika und der auf null Reduzierung der Anteile Kanadas und Großbritanniens de facto nicht mehr existierte.

Die Wahl eines echten paleokonservativen US-Präsidenten hatte für das Aus der NATO gesorgt. Die USA hatten schon vor dessen Amtsantritt ihren geopolitischen Fokus auf andere Gebiete gelegt, entledigten sich aber jetzt des letzten Überbleibsels einer für ihre neuen Ziele lästig gewordenen Allianz. Zudem war das bisher bestehende Bündnis wegen unüberwindbarer Differenzen zwischen Washington und der europäischen Führungsriege politisch nicht mehr zu begründen.

Das *Ministerium zur Verteidigung der Demokratie* hatte eine umfassende Automatisierung der Streitkräfte beschlossen, mit Einbindung sämtlicher Maschinenbau- und Digitalisierungskonzerne, die nun aufgrund dieses Projektes zu einem einzigen Kartell zwangsfusionieren mussten. Das neue Kartell war zwar maßgeblich an der Planung und an der Implementierung aller Modernisierungsmaßnahmen beteiligt, unterstand aber der Obhut des Superstaates, welcher alle großen Ziele der Agenda setzte und überwachte.

In dieser Sachlage hatten sich aber die zuständigen führenden Politiker von *Radikaldemokraten* und *Radikalsozialen* erheblich verschätzt. Die im deutschen Teil des Superstaates streng vollzogene Energiewende verursachte Stromknappheit, sodass die Entwicklung ferngesteuerter und intelligenter Luft-, Wasser- und Landdrohnen zwar weit fortgeschritten war, das Militär aber die Wahl zwischen vielen kleinen oder wenigen etwas größeren Drohnen hatte. Von der Autonomie dieser Drohnen ganz zu schweigen. Auch die Propaganda brauchte erhebliche Mengen an Strom.

Zur Überwindung dieser Hürde verordnete Framaniens Staatspräsident De La Mer die sofortige Inbetriebnahme von acht stillgelegten Atomkraftwerken.

Die Entscheidung lag innerhalb der Kompetenzen seines Amtes.

Bereits wenige Monate nach der Gründung Framaniens hatte sich das Stadtbild erheblich verändert. Historische Bauten galten als unpraktisch, wurden für das *geschlossene historische Archiv* hochauflösend fotografiert und mussten neuartigen Gebäuden weichen, deren Schwerpunkt auf Funktionalität, Effizienz und sauberes Erscheinungsbild gesetzt worden war.

Privatfahrzeuge durften die Städte nicht mehr befahren, mit Ausnahme der elektrischen Lieferfahrzeuge der Wirtschaftsmonopolisten. Das Aussehen der neuen Fahrzeuge hatte sich kraft Gesetzes völlig verändert. Zulässig waren nur weiße, helle Farben, wie hellblau und rosa, mit stromerzeugenden Oberflächen und Lotuseffekt. Alle anderen Fahrzeuge waren strikt verboten.

Überall prangten Projektoren für Hologramme, zur Werbung und Verbreitung von Propaganda-Nachrichten. Weiß, sauber, steril. Das Rechteck mit abgerundeten Ecken und Kanten war die dominierende geometrische Form. Urbane Ballungszentren zeichneten das Antlitz eines Labors oder eines starren, kalten aseptischen Krankenhauses. Stadtmenschen bekamen zunehmend das Gefühl, in einem überdimensionalen weißen Smartphone zu leben.

Der Anschein von Ordnung und Regelmäßigkeit, von Sicherheit, sowie die staatliche Garantie einer Beschäftigung unter der Bedingung der absoluten Treue zum System verleiteten die Einwohner zur freiwilligen Abgabe all ihrer individuellen Freiheiten. Dies galt auch für Kunst, Geist und Schrift. Doch die mit Gesinnungsgefangenen überfüllten Gefängnisse zeigten die Schattenseite der selbsternannten *Friedensutopie*: Ihre Anzahl übertraf die der gewöhnlichen Kriminellen und Schwerverbrecher um mehr als das Doppelte.

Religiöse Einrichtungen mussten umgestaltet oder abgerissen werden. Das neue Konkordat sah nicht nur eine stärkere Bindung von Kirche und Staat vor, sondern auch eine etappenweise Verschmelzung aller christlicher Kirchen Framaniens mit allen muslimischen und jüdischen bis zu diesem Zeitpunkt existierenden Glaubensrichtungen.

Den neuen Glaubensvertrag unterzeichneten nicht nur Framanien, dessen kommissarische Provinzen und die katholische Kirche, sondern auch der einflussreichste muslimische Staat im Mittleren Osten und der *Neue Europäische Kabbalistische Rat*.

Mehr noch: Dieser Kodex brachte theologische Konsequenzen mit sich. Alle beteiligten schmiedeten an einer neuen, *wissenschaftlich-rationalen* Auslegung der eigenen heiligen Schriften und sahen drakonische Strafen für alle Kritiker dieses Modernisierungs- und Globalisierungskurses des *Friedens* vor.

Für die letzte Phase der Modernisierung war eine einheitliche weiße Kleidung zum Betreten von Gebetsräumen vorgesehen, die entsprechend dem Willen der politischen Führung Framaniens die Einheitskleidung für das zivile Leben werden sollte.

Ausgeschlossen vom öffentlichen Leben und zu Menschen zweiter Klasse herabgestuft wurden alle Angehörigen der Drittreligionen (z. B. Buddhisten). Ihre Einreise war an eine Sondergenehmigung geknüpft.

NEW EDUCATION

Und schimmere und blitze,

umrandet von Flammen

Materie erhebe dich:

Satan hat gesiegt.

E splendi e folgora

Di fiamme cinto;

Materia, inalzati:

Satana ha vinto.[1]

»Entschuldigen Sie bitte, *Professore*, warum wird ein Dämon als *siegreiche Materie* hochgepriesen? Ist dieser kein spirituelles Wesen, selbst wenn mit negativer Konnotation behaftet?«, fragte Lucia ihren Lehrer.

Verärgert, antwortete Herr Laporta: »Lucia, hast Du wieder mal nicht aufgepasst? Satan ist eine Metapher für alles, was dem Menschen gut und nützlich ist: Verstand, Ratio und Materie. Der gute alte Carducci bringt es auf den Punkt und nur *Ewiggestrige*, die sich als Verfechter der Spiritualität bezeichnen, identifizieren diese wahre Dreifaltigkeit mit einem Dämon, mit einem *Diabolon*. Für sie ist das *Symbolon* wichtig, welches sie *Brücke über dem Abgrund zwischen Wort und Bedeutung*[2] nennen. Was für ein Unfug!«

Lucia unterbrach ihn: »Carducci erwähnt aber auch die Sonne in seiner *Hymne an Satan.* War er doch spirituell angehaucht? Bezog er sich damit nicht auf die Sonnenkulte der Antike?«

Laporta kochte förmlich vor Wut. Sein Puls stieg auf einen besorgniserregenden Level. Sein Gesicht glich einem roten Feuerball: »Jetzt reicht's aber! Carducci erwähnt die Sonne als Stern, als reine Naturkraft. Hat Dir mein Kollege nicht erklärt, dass die Sonne, wie jeder andere Stern auch, ein natürlicher Kernfusionsreaktor ist?«

Stampfenden Schrittes verließ er das Podest vor der Wandtafel. Mit hochroter Miene und erhobenem Zeigefinger stand er plötzlich vor Lucia und gebot ihr: »Alles Spirituelle, egal ob heidnisch, abrahamitisch oder buddhistisch, ist irrationaler Unfug! Mumpitz! Daran glauben nur Faschisten, alte Kleriker oder einfach Idioten. Hatte ich mich im Epistemologie-Unterricht nicht klar genug ausgedrückt?« Er nahm sein Stofftaschentuch, um sich den Schweiß von Gesicht und Hals zu wischen, konnte aber nicht aufhören zu schwitzen. Er fuhr unerbittlich fort: »Alles, was sich außerhalb von Rationalität und Materie befindet, ist kein ungreifbares *Noumenon*[3]. Es existiert gar nicht, und wir befassen uns bestimmt nicht mit Dingen, die gar nicht existieren! Verstanden?«

Lucia senkte für einen Moment den Kopf, fand aber sofort wieder ihren Mut. Sie wollte sich nicht mit Predigten abspeisen lassen: »Was ist mit Emotionen, *Professore*? Sind diese auch ein Produkt *spirituellen Unfugs*? Meine Eltern lieben mich. Wie erklären Sie das? Wie erklärt Carducci das?«

Laporta spürte, dass der Unterricht für ihn auszuufern drohte, und wandte sich nun allen Schülern in der Klasse zu: »Einer der größten Denker des vergangenen Jahrhunderts, György Lukács de Szeged, hatte erkannt, dass alles, was nicht rational vernünftig und materialistisch ist, den gesellschaftlichen *Fortschritt* hindert und Mythen schafft. Ein Mensch, der Verstand und Materialismus herabstuft oder sogar ablehnt, zerstört die *Vernunft* und ist bestenfalls ein Idiot, normalerweise aber ein Vorläufer von *faschistoiden Weltanschauungen*. Emotionen? Ja, wir Menschen haben welche. Wir sind zwar die letzte Evolutionsstufe der Primaten, aber nicht die letzte Stufe der Evolutionsgeschichte. Deswegen haben wir immer noch *romantische Vorstellungen*. Ganze Scharen von *Pseudodichtern* und *Pseudodenkern* hatten sich dieser Idiotie, namens Romantik, gewidmet. Sie sind die ersten *Vernunftzerstörer*[4] der Moderne.«

Roberto hob die Hand: »Wird uns die Wissenschaft irgendwann einen übermenschlichen Zustand bescheren, *Professore*? Also, über die aktuelle Evolutionsstufe hinaus?«

Laporta musterte Roberto für ein paar Sekunden aus dem Augenwinkel, dann richtete er seinen Blick wieder auf die gesamte Klasse: »Ich weiß nicht, wer unserem Roberto diese Theorie des *größten falschen Wissenschaftsbefürworters* eingeflößt hat. Doch genau darin sehen wir die Versuchung, die *reine Wissenschaft* zu korrumpieren. Dieser deutsche *Pseudophilosoph* hatte zwar Gott für tot erklärt, wollte ihn aber durch einen anarchoiden *Übermenschen*[5] ersetzen und benannte sich selbst nach einem alten persischen Religionsstifter. Wir Epistemologen unterstützen *echte, reine* Wissenschaft, und diese ist – unserer *Vernunft* sei Dank – dem billigen Trick dieses Scharlatans nicht zum Opfer gefallen. Ausgerechnet ihm galt Lukács Pamphlet. Der Mensch der Zukunft ist *rational/vernünftig* und denkt kollektiv, eingebettet in einer neuen *Weltgesellschaft*, die von reinen Wissenschaftlern geführt wird. Daran arbeiten wir. Philosophie darf es ausschließlich zur logisch-rationalen Begründung der Wissenschaft geben. Wir Epistemologen dienen der Naturwissenschaft. Alles andere ist Zeitverschwendung.«

Die Klasse war von Laportas Gestik und Rede eingeschüchtert. Er profitierte davon und redete weiter: »Lasst mich den großen Initiator unseres *Weges des Fortschritts* zitieren! Galileo Galilei, *Märtyrer der Vernunft*, schrieb in dem *Saggiatore*: *Das wahre Weltverständnis steht geschrieben in dem großen Buch, das uns fortwährend offen vor Augen liegt: dem Kosmos [...] Es ist geschrieben in mathematischer Sprache, und die Buchstaben sind Dreiecke, Kreise und andere geometrische Figuren.*[6] Ja, liebe Kinder, auch unsere Sprache wird sich ändern und mathematischer werden: Dreiecke, Quadrate, Zahlen und Buchstaben als Variablen definieren die Realität besser, genauer und effizienter als Worte.«

Mit seiner hellbraunen Cordhose und der speckigen Weste sah Laporta nicht wie ein Mann der Zukunft aus, glaubte aber fest an diese Doktrin. Er befürwortete im ersten Schritt die Abschaffung von allen natürlich entstandenen Sprachen und das Etablieren einer Plansprache für den gesamten Planeten. Wissenschaftliche Begriffe auf Latein oder Altgriechisch konnte er kaum ertragen. Für ihn fühlten sich diese wie Ekzeme auf seiner Ohrenhaut an. Ihm fiel weniger schwer, Englisch als temporäre *Lingua Franca* zu akzeptieren. Er wusste, dass er die Etablierung einer rein mathematischen Plansprache in seiner Lebenswahrscheinlichkeit nicht mehr erleben würde, arbeitete trotzdem akribisch daran, getreu seinen Gleichgesinnten auf allen Ebenen der *zivilisierten* Gesellschaft.

Montag, 4. Mai 2026, erster Schultag nach dem *Tag der Glückseligkeit*. Lucia war gerade von der Schule nach Hause gekommen, als Susanna sie fragte, wie der Tag verlaufen war. Lucia antwortete zögernd: »Gut, Mama.«

Nach einem harten, multitasking-beladenen Arbeitstag hatte Susanna das trübe Gemüt ihrer Tochter anfänglich nicht wahrgenommen, bis sie bemerkte, dass Lucia weinte und zitterte.

»Was ist los, Liebling? Hat Dich jemand geärgert? Hat ein Lehrer oder ein Schüler Stress gemacht?« Lucia antwortete nicht und versuchte den weißen Umschlag, den sie in der Hand hatte, hinter ihrem Rücken zu verstecken. *Was versteckt sie denn da?* dachte Susanna und riss ihr den Brief aus der Hand, ahnend, dass es keine positive Neuigkeit sein könne.

Verwarnung, bitte checken Sie Ihre Nachrichten auf der Kinderbetreuungsapp und geben Sie den Code ein!

Es war ein Brief des Bildungsamtes.

Susanna öffnete die *Kinderbetreuungsapp*, einen staatlichen Kommunikationskanal der Schulbehörde für Eltern, und tippte die alphanumerische Kombination ein. Sie war außer sich.

Zu unserem Bedauern müssen wir feststellen, dass Lucias Lebhaftigkeit ein Hindernis für einen reibungslosen Unterricht darstellt. Ihre Fragen stören permanent die Vermittlung von zivilisiertem Wissen an unsere Schüler.

Aus diesem Grund laden wir Sie zum Richtgespräch mit den zuständigen Lehrern und dem Schuldirektor am Donnerstag, den 28. Mai 2026.

Eine Ablehnung und/oder eine Nichtteilnahme sind unzulässig und werden mit Geldstrafen nach Ermessen des Erziehungsgerichts sanktioniert.

Susanna dachte an eine pubertätsbedingte Verhaltensänderung ihrer Tochter und reagierte verärgert: »Warum stellst Du so viele Fragen? Bitte erzähl mir nicht, dass kein Lehrer Dir gesagt hat, dass Du Dich zurückzuhalten hast!«

Lucia, die bereits ein Alter erreicht hatte, in dem man etwas vom Erwachsenenleben begreift, wischte sich die Tränen von der Wange und antwortete: »Ja, ich wurde mündlich verwarnt, will aber gescheit lernen! Und warum war es bis Ende März gut und dann plötzlich schlecht, Fragen zu stellen? Ich habe mich nicht verändert. Die Schule hat sich verändert und ist jetzt gegen mich!«

Susanna forderte sie eindringlich auf, die Anweisungen der Lehrer zu befolgen. Es ginge nur darum, in die nächste Klasse und zum jeweiligen Schulabschluss zu gelangen. Dies war eine sehr populäre Methode, aber diesmal hatte Susanna die Lage falsch eingeschätzt.

Ihr Mann, ein stämmiger, verantwortungsbewusster Mensch, saß nebenan im Arbeitszimmer und hatte trotz seines Arbeitsstresses die Diskussion verfolgt, schwieg aber vorerst.

Susanna stürzte polternd ins Zimmer und warf ihm vor, sich von den Ereignissen, die seine Tochter betrafen, entfernt zu haben.

Sandro (eigentlich Alessandro) hatte doch immer Augen und Ohren offen und erwiderte mit ruhiger Stimme: »Findest Du es nicht ein wenig merkwürdig? Ich sehe keine Verhaltensveränderung bei Lucia und, nein, meine Tür ist nicht ständig zu.«

Insgeheim war Susanna bewusst, dass sich das Verhalten ihrer Tochter nicht geändert hatte, zumindest nicht in einem derartigen Ausmaß, dass die Schule es als Störung des Unterrichts hätte einstufen können. Dennoch überwog einmal wieder der Instinkt, sich erstmal der Schule und der Schulbehörde zu beugen. Denn es waren doch *Fachleute* oder nicht?

Die Wahrhaftigkeit des Begriffs *Fachleute* hielt sich in Italien seit Jahrzehnten in Grenzen, insbesondere im Hinblick auf die öffentliche Hand. Viele, zu viele Posten waren an Personen mittels *Empfehlungen* einflussreicher Bekannter vergeben worden, was zur maßlosen Aufblähung der öffentlichen Verwaltung geführt hatte. Es war eine der Hauptursachen des erdrückenden Staatsschuldenberges. Doch diesmal war die Verwarnung fachmännisch formuliert und nicht mit Textbausteinen aus dem vergangenen Jahrhundert. Das Vokabular der Schulbehörde hatte sich nach dem Jahreswechsel grundlegend verändert.

Während sich Oma verständnisvoll und tröstend um Lucia kümmerte, griff Susanna zu ihrem Smartphone und öffnete die Telefon-App, instinktiv, ohne nachzudenken. Sie scrollte das Verzeichnis bis zu einer bestimmten Nummer, die sie seit geraumer Zeit nicht mehr angewählt hatte. Der letzte Anruf, der von diesem Anschluss stammte, lag über ein Jahr zurück.

Susanna hielt kurz inne: *anrufen oder nicht?* Seit der Einführung der vollständig automatisierten Überwachung aller Anschlüsse, die als Bedingung für den Beitritt Italiens zu den *USoE* festgelegt worden war, standen Telefonate, SMS, MMS und E-Mails mit Teilnehmern in den *abtrünnigen* Staaten unter besonderer Beobachtung. *Drauf gepfiffen, ich ruf an!* Entschlossen tippte sie auf das grüne Hörersymbol.

»*Ciao*, Susanna hier!« Ihr Bruder Max war verdutzt, schwieg für ein paar Sekunden und antwortete: »*Ciao*. Darf ich fragen, warum Du diese *brandgefährliche* Nummer angewählt hast?«

Susanna irritierte der Unterton ihres Bruders, aber sie musste… wollte es ihm erzählen: »Wir haben eine Verwarnung von der Schulbehörde erhalten. Es geht um Lucias angeblich auffällig störendes Verhalten, das sich aber – ehrlich gesagt – gar nicht verändert hat.« Dann fügte sie hinzu: »Mir ist nur aufgefallen, dass sie immer weniger Freunde in der Klasse und überhaupt in der Schule hat.«

»Was tust Du jetzt?«, fragte er mit ernsthaftem Ton. Sie antwortete: »Ja, ich muss zu diesem *Richtgespräch*. Sonst drohen Lucia und mir heftige Sanktionen. Ehrlich gesagt, habe ich furchtbare Angst vor diesem Gespräch. So eine Verwarnung wird nicht ohne Grund ausgesprochen.«

Max war nicht überrascht, dass eine Schule aus einer künftigen *USoE*-Provinz ihre Schüler *normalisieren* wollte, war aber entsetzt, dass es diesmal seine Nichte traf: »Ja, in der Tat bist Du verpflichtet, daran teilzunehmen… Wenn Du nur auf mich gehört hättest!«

Sie unterbrach ihn: »Was hätte ich denn machen sollen? Ich konnte damals nicht einfach alles stehen und liegen lassen, um ins Ungewisse abzuhauen! Das kann ich auch jetzt nicht!«

»Liebe Susanna, erstens ist es nicht *ungewiss*. Zweitens hatte ich meine Entscheidung früh genug geplant, schon vor der ersten großen Eskalationsstufe. Das ist aber Vergangenheit. Schwamm drüber! Wenn sich aber an Lucias Verhalten nichts geändert hat und Du eine Verwarnung von der Schulbehörde wegen einer angeblichen Verhaltensänderung bekommst, dann ist da was faul. Oder etwa nicht? Und nein, das ist keine *Verschwörungstheorie*, sondern einfache Logik.«

Diesmal musste Susanna ihm Recht geben, nicht nur weil auch ihr Mann der gleichen Auffassung war. »U...und jetzt?«, stotterte sie.

Susanna ahnte schon die Antwort ihres Bruders. »Ich kann Dir keine Lösungen anbieten, bei denen Du passiv bleibst. Alles andere ist Selbstbetrug. Wenn die Schulbehörde eine solche gegenstandslose Beschuldigung konkret und aufdringlich formuliert, dann will sie Lucia schaden und ich rede nicht von schlechten Noten! Davon musst Du jetzt leider ausgehen, und Sandro auch. Aber ich vermute, er weiß es schon.«

Sie musste die *Predigt* über sich ergehen lassen, sie war sich dessen bewusst. Hatte ihr Bruder doch so oft, immer und immer wieder davor gewarnt. Und nun war es real. Trotzdem reagierte sie genervt und verunsichert: »Ja, ich weiß. Ja, ich hab's kapiert! Aber, verdammt nochmal, was soll ich jetzt bloß tun!?«

Max überlegte kurz und erwiderte ruhig, aber bestimmend: »Bitte hör mir ganz genau zu, weil das hier möglicherweise unser letztes Telefonat sein wird! Du musst erstens für den Zeitraum, ungefähr vier oder fünf Tage VOR dem Gesprächstermin, Urlaub nehmen. Zweitens: Du hast, hoffe ich, irgendwo noch meine Liste von gewissen Ausrüstungsgegenständen.«

»Ja, die hatte ich damals schon ausgedruckt.«

»Sehr gut! Dann kaufe bitte JETZT zumindest die rot markierten Artikel, solange sie noch legal sind, ja auch mit Kreditkarte oder Überweisung. Habt ihr die *altmodische* Karre noch?«

»Du meinst Sandros Firmenfahrzeug? Das steht noch in der Garage. Aber es ist verboten, damit in der Stadt zu fahren, Max!«

»Ja, aber für extraurbane Fahrten ist es bei euch noch erlaubt. Allerdings ist es wohl eine Frage der Zeit, dass Italien alle gestellten Bedingungen für den *USoE*-Beitritt vollständig erfüllen wird. Danach wird es wesentlich schwieriger, fast unmöglich sein, da raus zu kommen. Du musst also jetzt und zwar sofort raus aus der Stadt!«

Die Leitung blieb kurzzeitig still.

»Soll ich mit Mama und Sandro reden, oder übernimmst Du das?«, fragte Max, wohlwissend, dass Susanna in der Vergangenheit oft unangenehme Gespräche gerne auf unbestimmte Zeit aufgeschoben oder gar ignoriert hatte.

Doch Susanna hatte im Laufe des Gesprächs den Ernst der Lage realisiert: »Das tue ich. Keine Sorge!« Sie musste handeln, fühlte sich aber völlig überfordert: »Was ist aber, wenn inzwischen die gestellte Bedingung erfüllt wird? Wie erreiche ich Dich dann? Und wo bist Du überhaupt?«

Max mochte seine eigene Antwort zwar nicht, aber noch weniger wollte er sich selbst oder Susanna belügen: »Also, im Fall der Fälle, wenn inzwischen das selbstständige Fahren auch in Italien verboten werden sollte, dann müsst ihr einen Zug in Richtung *neutrale Zone* nehmen, und zwar bis zum nächsten Ort vor der Grenze zu den *Zivilisationsverweigerern.* Dabei werdet ihr zwar nur einen großen Rucksack pro Kopf haben, aber auch das ist besser als nichts. Wenn euch jemand fragt, was ihr im *Zwischenland* zu suchen habt, dann antwortet einfach *ein wenig Erholung in den Bergen.* Sonst nichts. Dort ist die Urbanisierung noch nicht pflichtig. Kurze Aufenthalte auf dem Land oder in den Bergen sind für Urlauber noch gestattet. Kommt aber nicht auf die wahnsinnige Idee, mit einem Verbrennungsmotor durch Framanien zu fahren. Nimm auch keine Zugverbindung, die durch Framaniens Staatsgebiet verläuft. Es sei denn, ihr wollt wirklich geschnappt werden!«

Susanna wurde immer nervöser: »Und wo soll ich genau hin? Wo bist Du überhaupt?«

Enttäuscht stellte Max fest, dass Susanna auch das verdrängt hatte: »Meinen Aufenthaltsort hatte ich Dir vor einem Jahr schon gesagt. Es ist jetzt nicht klug, den Namen zu wiederholen. Schnapp' Dir einfach eine Landkarte der *neutralen Zone* und betrachte mal deren Nordostgrenze! Du wirst drei Ortschaften ganz nah an den befahrbaren Grenzübergängen finden. Such Dir bitte eine aus! Dann mach Folgendes: 1) vor der Fahrt schreibst Du mir eine kurze SMS mit einem Pfeil, als Hinweis, dass ihr losfahrt. 2) Dann schaltest Du ALLE elektronischen Geräte aus.

Während der gesamten Fahrt müssen diese ausgeschaltet bleiben, völlig egal ob ihr mit dem Auto oder Zug unterwegs seid. 3) Am Ziel in der *neutralen Zone* angekommen, schaltest Du Dein Smartphone wieder ein, sendest mir eine Kurznachricht mit dem Namen des Ortes, wo ihr seid, und lässt das Gerät für zehn Minuten nach der SMS an. Ich werde Dich inzwischen orten und Euch dann abholen. Am Allerwichtigsten ist aber, dass ihr so ruhig und unauffällig wie möglich bleibt.«

Danke und *Ich hab' Dich lieb* waren die letzten Worte des Gesprächs.

Jetzt kam der schwierigste Teil auf Susanna zu: Das Gespräch mit ihrer Mutter und ihrem Mann, Sandro, um beiden begreiflich zu machen, dass sie ihre Koffer packen mussten. Während dies für Sandro den Verlust seiner selbständigen Existenz bedeutete, war das für eine 87-jährige Frau, die bereits als Kind den Krieg und die schwere Nachkriegszeit erlebt hatte, schon eine Nummer größer.

Susannas Mutter hatte den Krebs vor über 37 Jahren besiegt und war in guter gesundheitlicher Verfassung trotz ihres hohen Alters. Seit 2013 war sie Witwe und die Umsiedlung hätte den endgültigen Abschied von ihrem verstorbenen Mann bedeutet. Sie würde danach nie wieder zu seinem Grab gehen können.

Nichtsdestotrotz gab es keinen Ausweg: Entweder flüchten oder auf Lebenszeit gefangen zu sein und sich der Willkür immer penetranter werdender Behörden auszusetzen, deren Maßnahmen weit über das Ökonomische hinaus eine große Gefahr für Leib, Leben und Psyche bargen.

Zum Glück war es schon Mai und in den Tälern und Bergen der neutralen Zone war es angenehm warm geworden. Eine Flucht im Herbst oder gar im Winter wäre nicht realisierbar gewesen.

Am nächsten Tag brachte Susanna ihre Tochter morgens zur Schule, was normalerweise einem jeden Teenager ein wenig... OK, extrem peinlich ist. Schon fünfzehn Minuten vor acht standen sie vor dem großen weißen Tor, als weitere Schüler in Begleitung ihrer Eltern oder Großeltern eintrafen. Das Gebäude war ein Jahr zuvor vollständig saniert und so umgestaltet worden, dass es eher einer Klinik glich, als einem Schulgebäude.

Susanna entdeckte am Eingang Frau Caldei und ihren Enkelsohn Roberto, der im gleichen Alter wie Lucia war. Susanna hatte ihn vor anderthalb Wochen zum letzten Mal gesehen. Sie war überrascht und wollte ihm gerade winken, zog aber ihre Hand plötzlich zurück. Es fröstelte sie angesichts dieser Szene. Roberto starrte ausdruckslos, mit kreidebleichem Gesicht auf den Boden. Was ist mit ihm geschehen? dachte Susanna.

Als Frau Caldei ihre Tasche öffnete, um Roberto seine Medizin zu geben, fiel Susannas Blick auf die weiß-grüne rechteckige Schachtel, ein Medikament namens Tranqui-Calm. Sie kannte es und war entsetzt. Dieses Präparat war bisher nur Erwachsenen vorbehalten, da es zu starker Apathie führte. Über weitere Nebenwirkungen kursierten schon seit langer Zeit Gerüchte.

Die alte Dame musterte Susanna mit einem verstörten Blick und krächzte mit kreischendem Ton: »Gottseidank kümmert sich die Schule so professionell um unsere Jugendlichen!«

Tränen, Angst und Wut überkamen Susanna. Sie ging in die Hocke, sah Lucia tief in die Augen: »Bitte versprich mir, dass Du ab heute keinen Lehrer mehr mit irgendwelchen Fragen unterbrichst! Bitte! Es ist vielleicht schwer für Dich zu akzeptieren, aber es geht um Dich! Mir geht es um Dich! Bitte, versprich mir das jetzt!«

Lucia nickte. Sie spürte den Ernst der Lage. Ihre Mutter hatte bisher noch nie so viel Furcht gezeigt. Sie war zwar noch jung, konnte aber mit siebzehn Jahren zwischen übertriebener und berechtigter Sorge unterscheiden.

Susanna hielt kurz inne und flüsterte: »Lucia, versprich mir bitte auch, dass Du nichts - ich wiederhole: nichts - von Fremden annimmst, auch nicht von irgendwelchen Lehrern!« »Ja, Mama. Ich habe verstanden.«

Susanna richtete sich wieder auf.

Dann öffnete sich das Tor. Lucia betrat den Schulhof.

DIE LETZTEN TAGE DER ALPENREPUBLIK

» Liebe *zuschauende* und *bürgende Personen,* wir unterbrechen hiermit kurz Ihre *wohlverdiente* und *Ihnen zustehende Unterhaltung* für eine wichtige Meldung. Es ist der 15. Mai 2026, 18:23 Uhr. Zugeschaltet aus Berlin haben wir unseren kompetenten *Minister für die Verteidigung der Demokratie,* Klaus Scherkel.«, tönte die Nachrichtensprecherin Altroth mit singend, hoher Stimmlage und leitete so das hochwichtige Interview ein: »Guten Abend, Herr Minister. Sie haben uns um die außerordentliche Übertragung einer wichtigen Ankündigung anstelle der üblichen Pressekonferenz gebeten. Was ist Gegenstand Ihrer Botschaft an die *Bürgenden*?«

Als langjährige Propagandistin des wichtigsten staatlichen TV-Senders wusste Altroth über die Brisanz der Ankündigung Bescheid. Während des Dauerunterhaltungsprogramms waren grundsätzlich keine Unterbrechungen vorgesehen: weder für Naturkatastrophen, noch für schlechte Nachrichten.

Schlechte Nachrichten gab es nicht mehr.

Nur bei einer existentiellen Bedrohung Framaniens sah sich das zuständige Ministerium gezwungen, das Unterhaltungsprogramm zu unterbrechen. Alles andere hätte die Bevölkerung unnötig verunsichert.

Scherkel bemühte sich darum, etwas besorgt zu wirken und gleichzeitig Entschlossenheit zu zeigen. Es durfte niemandem auffallen. Niemand durfte ahnen, dass er sich im geheimen Hintertreffen bereits mit seinen Kabinettmitarbeitenden, seinen Ministerkolleginnen und dem Präsidenten De La Mer über den gemeinsamen Plan abgestimmt hatte. »Guten Abend, Frau Altroth. Guten Abend, liebe *bürgende Personen*. Leider mussten wir gestern Nacht eine schwere Provokation aus dem *Zwischenland* verzeichnen. Wie Sie wissen, hatte sich Framanien immer bemüht, die Beziehungen zu unserem deutschsprachigen Nachbarn nicht zu kappen, und ihm stets eine Tür offengehalten. Wir waren jederzeit gesprächsbereit, in derselben Weise wie bei all den anderen Staaten, die einen Antrag auf die Aufnahme in die *USoE* gestellt hatten. Und das obwohl das *Zwischenland* uns keine Antworten oder keine verbindlichen, zuverlässigen Antworten gegeben hatte. In der Tat – das müssen wir jetzt so sehen – hat dieser Nachbar uns die ganze Zeit an der Nase herumgeführt!«

Altroth gab Scherkel die Steilvorlage: »Bis heute, vermute ich jetzt mal.«

Scherkel legte nach: »Ja, bis heute, weil kein Mitglied der Regierung und schon zweimal nicht unser geliebter Staatspräsident weitere Provokationen ertragen kann. Dieses Verhalten stellt eine ernsthafte gesundheitliche Gefahr für unsere *bürgenden Personen* dar, die an der Grenze zu diesem *Zwischenland* wohnen und leben. Diese Zumutungen müssen aufhören.«

Altroth wirkte überheblich und setzte nach: »Leben denn noch Menschen außerhalb der Städte in unseren

Grenzgebieten, Herr Minister?« Eine rote LED-Anzeige blinkte an ihrem Kopfhörer und in ihrem Ohr ertönte der Warnhinweis: *Falsche Frage! Abzug: minus 133 Karrierepunkte.*

Diese Frage hätte sie nicht stellen dürfen. Das betroffene Gebiet war bereits durch die *Pflichtspezialisten renaturiert* worden und kein Mensch mehr lebte dort. Ein großer Fauxpas für eine so erfahrene Propagandistin.

Für einen Bruchteil von Sekunden spürbar irritiert, entgegnete Scherkel: »Ja, es leben selbstverständlich immer noch einige *bürgende Personen* in unseren Grenzgebieten. Ohne sie könnten wir diese Zonen nicht *sauber* und *demokratisch* halten. Jetzt stellen Sie sich vor: Auf der *zwischenländischen* Seite der Grenze wurden Feuer angezündet, deren Rauch den Lungen unserer *bürgenden Personen* erheblich geschadet hat! Ich habe höchstpersönlich meinen *zwischenländischen* Amtskollegen – und ich tue mich schwer, ihn noch als Kollegen zu bezeichnen – um eine Stellungnahme gebeten. Er ließ von seiner Sekretärin ausrichten, dass etwas Feuer im Freien niemandem schaden würde und zur Aufmunterung von Wanderern diene.«

Altroth, sichtlich eines Besseren belehrt, reagierte blitzschnell: »Das ist unerhört! Von dem Umweltschaden ganz zu schweigen!« Eine grüne LED-Anzeige blinkte am Kopfhörer: *Gute Arbeit! Zuwachs: plus 230 Karrierepunkte.* »Was ist nun die Antwort der Bundesregierung und des Staatspräsidenten auf diese Provokation, Herr Minister?«

Scherkel log noch nicht einmal, als er weitere Details erläuterte und von *reiflichen Überlegungen* sprach. Über die *Frage des Umgangs mit dem Zwischenland* hatten Krisensitzungen auf höchster Ebene stattgefunden, allerdings nicht erst seit diesem Vorfall. Spätestens mit dem Vorstoß von György Rákosi im Hinblick auf das *Sekundärheer* war die Marschrichtung klar definiert worden und es bedurfte nur eines halbwegs glaubwürdigen Zwischenfalls, der sich nun auf dem silbernen Tablett darbot.

Österreichs Politiker hatten sich seit Anfang der 2020er Jahre bemüht, die Wogen zwischen dem sich damals anbahnenden deutsch-französischen globalistischen Superstaat und den *Abtrünnigen* zu glätten. Mäßigung und Neutralität lautete die Devise: bloß für keine Seite Partei ergreifen! Innerhalb weniger Jahre hatte sich allerdings eine Situation herauskristallisiert, in der Österreich isoliert war und von Framanien sowie den *USoE*-Beitrittskandidaten abwertend als *Zwischenland* betrachtet wurde: ein schnell einzunehmendes *Zwischenland*.

Der wahre Grund für Framaniens Reaktion war keineswegs das Zünden von Lagerfeuern durch österreichische Bushcraft-Anhänger nah an der Grenze, sondern die Tatsache, dass Österreich seit geraumer Zeit als Transitland für die sogenannten *Zivilisationsverweigerer* in die *abtrünnigen* Länder fungierte. Mit jeder Flucht und insbesondere nach den ersten zwei großen Auswanderungswellen bekamen diese Länder frische Informationen über das tatsächliche Leben in Framanien und den *USoE*-Beitrittskandidaten. Dies verstärkte die Abneigung der *Abtrünnigen* gegenüber dem Superstaat.

Rákosis Ambition, sein Vorhaben zum ersten Mal in der Umsetzung zu sehen, und Scherkels Chancen auf die nächste Kanzlerschaft durch einen außerordentlich medial wirksamen Erfolg lieferten weitere starke Beweg-gründe und besiegelten Österreichs Schicksal.

Ganze Scharen von *Pflichtspezialisten,* die zuvor mit den fehlerbehafteten Psychoaktiva der *Vaxxi AG* behan-delt worden waren und mit jeder Menge Kriegswaffen und Munition ausgestattet wurden, hatte das *Ministerium für die Verteidigung der Demokratie* in ein Gebiet bis neun Kilometer vor der framanisch-österreichischen Grenze verlegt, bereits elf Tage vor diesem schicksalhaften 15. Mai.

Scherkel fuhr mit schneidigem Ton fort: »Wir stellen hiermit dem *Zwischenland* eine Frist zum 1. Juni 2026 für die Unterzeichnung des *USoE*-Beitrittsvertrages. Sollte bis Mitternacht keine Reaktion oder die falsche Reaktion fol-gen, sehen wir uns gezwungen, das *Zwischenland* zu *zivili-sieren. Gollahweh* schütze Framanien und seine *Zivilisa-toren!*«

»Erleuchtet sei Ihre *Vernunft,* Herr Minister!«, po-saunte Altroth hinterher und das *normalisierte* übliche Unterhaltungsprogramm flackerte wieder über alle Bild-schirme.

Während diese Ankündigung bei den *bürgenden Per-sonen* Framaniens Zustimmung fand, schlug sie in Öster-reich wie eine Bombe ein.

Der österreichische Kanzler Erich Lang hatte seit sei-nem Amtsantritt mit einem Ende der Geduld seitens des übergroßen Nachbarn gerechnet, sich aber lediglich auf weitere Verschärfungen von Sanktionen für Handels- und Personenverkehr eingestellt.

Sein Vize, Alois Strecker, war eher ein Mann der raueren Töne, aber mit einer etwas höheren Dosis an gesundem Realitätssinn ausgestattet. Strecker war sich insgeheim sicher, dass früher oder später Ereignisse größeren Ausmaßes auf seine liebe Alpenrepublik zukommen würden. Doch er hätte sich nie im Leben ein plötzliches, kurzfristiges Ultimatum zu einer vollständigen Souveränitätsaufgabe seines Landes vorstellen können. Strecker bekleidete das Amt des Vizekanzlers und des Verteidigungsministers, und hatte für die Aufstockung der Streitkräfte gesorgt, musste sich aber der zunehmenden Wirtschaftssanktionen wegen auf ein suboptimales Niveau beschränken. Mehr war nicht drin!

Zusammen mit dem Innenministerium hatte Strecker ein neues Konzept zur zivilen Verteidigung ausgearbeitet und erfolgreich implementiert. Erfolgreich deshalb, weil auch die Bürger des Landes die Wichtigkeit dieses Konzeptes sowie den begrenzten Umfang staatlicher Kapazitäten begriffen hatten und verantwortungsbewusst mitmachten.

Die letzte diplomatische Vertretung Österreichs auf dem Boden der alten BRD war schon seit Ende 2023 Geschichte. Trotzdem unternahm die österreichische Regierung einen diplomatischen Versuch und wandte sich direkt an den Präsidenten Framaniens. Alain De La Mer ließ Lang und Strecker dennoch abblitzen. Seine Entscheidung stand bereits fest: *Kein Verhandlungsspielraum für das Land, das sich die ganze Zeit vor Vereinheitlichung, Gleichschaltung und Konformität gedrückt hatte!*

Am 17. Mai erhielt der größte Teil der Streitkräfte Österreichs den Mobilmachungsbefehl, sich an den Grenzen zu Framanien zu positionieren. Das Amt für zivile Verteidigung mobilisierte alle beruflichen und freiwilligen Zivilschutz-Mitarbeiter und schickte die planmäßigen Anweisungen nach dem erarbeiteten Zivilverteidigungskonzept per App an alle Bürger. Die Verteidigung der Südgrenzen am Brenner und am Tarviser Pass wurde auf eine Notbesetzung reduziert, die de facto nur für spärliche Grenzkontrollen ausreichte.

Lang und Strecker wussten, was Scherkel mit *Zivilisierung* meinte, und hatten sich deshalb auf einen ungleichen Kampf gegen hochtechnische Militärgeräte sowie Eliteeinheiten eingestellt. Zugleich hatten beide Politiker ihre östlichen *abtrünnigen* Nachbarn um zwei Korridore zur Evakuierung von so vielen Zivilisten wie möglich gebeten und die Zusage erhalten, dass die Grenzen an regulären Übergängen offenbleiben würden. Dennoch waren Soldaten und Zivilisten weder körperlich noch mental auf das vorbereitet, was nördlich Tirols und westlich von Oberösterreich in Stellung gebracht worden war.

Die Bilder, welche alle Bürger Framaniens am frühen Morgen des 26. Mai 2026 über alle möglichen digitalen Kommunikationskanäle und Medien empfangen hatten, sorgten für Entsetzen: mehrere verkohlte Leichen und niedergebrannte Häuser unweit der Grenze zu Österreich. Es kursierte auch ein offizielles Video mit Logo des *Ministeriums zur Verteidigung der Demokratie*, in dem noch etwas Rauch nach der Löschung der Brände zu sehen war. Die Propagandatitel und Schlagwörter pflasterten die Schlagzeilen: *Feiger Präventivschlag des Zwischenlandes! Geduld am Ende! De facto Kriegserklärung! Unsere tapferen Pflichtspezialisten! Scherkel befiehlt sofortigen*

Gegenangriff. Gollahweh schütze uns! Die Vernunft wird siegen!

Bei den Leichen handelte sich um Menschen, die von den *Pflichtspezialisten* bereits bei der *Renaturierung* der ländlichen Grenzgebiete ermordet und dann liegen gelassen worden waren. Benzin, Feuer und etwas Bildbearbeitung sorgten nun für einen gewissen realistischen Effekt. Der Verwesungszustand war bereits weit fortgeschritten, aber Gerüche kann man nicht mit Bildern und Videos übertragen.

Diese Meldung sollte das einzige Gesprächsthema an diesem Tag auf allen Ebenen der *zivilisierten* Gesellschaft sein. Sowohl im digitalen Netz als auch in analogen Unterhaltungen konnte der Superstaat anhand der Reaktionen von Bestürzung, Empörung und Zustimmung für diesen *Gegenschlag* seinen Erfolg auskosten. Die Veröffentlichung war Punkt 8:00 Uhr erfolgt, aber Scherkel hatte bereits zwei Stunden zuvor den *Gegenangriffs*befehl an die *Pflichtspezialisten* erteilt. Keine Minute später verordneten die Führungsoffiziere vor Ort die *vorsorgliche* Einnahme der Psychoaktiva. Fünfzehn Minuten später waren die Truppen einsatzbereit und begannen mit dem Sturm auf die framanisch-österreichische Grenze.

Die Substanzen erzeugten einen aberrierenden Verhaltenszustand, der sich in blinder Gehorsamkeit, Brutalität und völliger Empathielosigkeit zeigte. Nur so viel Intellekt blieb übrig, um zu laden, schießen, schlachten und als Masse weiter vorzustoßen, wie Stiere einer wild gewordenen Herde. Die einzige Kontrolle ermöglichte der implantierte Chip unter der Schädeldecke eines jeden *Pflichtspezialisten*: kurze und klare Befehle, einfach per Funk übertragen.

Die Stärke dieses *Sekundärheeres* war nicht die Qualität der Kämpfer, wie man sie einer Eliteeinheit abverlangt, sondern deren zahlenmäßige Überlegenheit, gepaart mit den mittels Psychoaktiva erzeugten Eigenschaften.

Einen schützenden Grenzzaun gab es nicht. Nur etwas Stacheldrahtrolle, die vorsorglich an bestimmten potentiellen Angriffszielen entlang der Grenze ausgerollt worden war. Dazu kamen wenige Sperrvorrichtungen gegen leichtgepanzerte Militärfahrzeuge. Darüber hinaus bot sich den österreichischen Streitkräften nur die Option des Sperrfeuers... entsprechend dem Munitionsvorrat bis zur letzten Kugel.

Tirol, 6:23 Uhr, erste Angriffswelle.

Die in Ebbs, Wildbichl und nördlich von Kössen stationierten österreichischen Soldaten konnten die Wucht der framanischen *Pflichtspezialisten* durch die ausgewählte Taktik anfänglich eindämmen, mussten sich aber bis Durchholzen und Schwendt zurückziehen.

In Kufstein begann der Häuserkampf ab den ersten Straßenzügen. Freiwillige Zivilkämpfer unterstützten die regulären Streitkräfte im Kampfgeschehen. Die kurzfristige Evakuierung der Bevölkerung stand aber im Vordergrund. Hier wurde jeder Mann und jede Frau benötigt, um die schwächsten zu schützen und in Sicherheit zu bringen.

Behelfsmäßige Barrikaden und improvisierte Straßensperren hemmten die *Pflichtspezialisten* zu Beginn des Angriffs, aber ihrer Schießwut konnte jeder zum Opfer fallen, der sich in Reichweite und ohne Schutz befand. Mit dem Eintreffen der ersten mittelschweren Militärfahrzeuge Framaniens stießen diese Sperrvorrichtungen an ihre Grenzen und gaben letztendlich nach. Trotz alledem verschaffte jede Verzögerung der Invasion mehr Zeit, wertvolle lebensrettende Zeit für die Evakuierung der Schutzbedürftigen.

Tirol, 7:33 Uhr, zweite Angriffswelle.

Aufgrund der massiven Stationierung von *Pflichtspezialisten* entlang der Grenzgebiete hatte Scherkel für erheblichen Nachschub vorgesorgt: Über das Dreifache, als die gängige Kriegsschule vorschrieb.

An *menschlichen Ressourcen* mangelte es nicht. Dafür hatte das Netzwerk von György Rákosi gesorgt. Die Erfüllung einer weiteren Etappe seines Traums rückte nun in greifbare Nähe.

Zahlreiche Bestellungen der fehlerbehafteten Psychoaktiva seitens der Zentralregierung Framaniens füllten die Auftragsbücher der *Vaxxi AG,* deren Umsätze sprudelten. Die Produktionskapazitäten waren ausgelastet und der Konzern hatte jede Menge neue *Mitarbeitende* angestellt. Dies, zusammen mit der *Rekrutierung* von *schwer vermittelbaren Personen* als *Pflichtspezialisten,* hatte die Arbeitslosigkeit auf null reduziert. Scherkel konnte damit prahlen, dass es den *bürgenden Personen* des neuen Superstaates *so gut wie nie zuvor* ging.

Um diese gewaltige Rechnung begleichen zu können, hatte Staatspräsident De La Mer vom obersten Banker der neu gegründeten *USoE-Virtual-Reserve-Bank* – Carlos Papadopulos-Mendoza, einer Marionette Rákosis – einen milliardenschweren Kredit erhalten. Zur Finanzierung aller Bedürfnisse der *Pflichtspezialisten* und zur Ausschüttung von *Aufwandsentschädigungen* zu Gunsten der

NGOs von Rákosi waren bereits vor der Gründung Framaniens sogenannte *antifaschistische Solidaritätsabbuchungen* für alle *bürgenden Personen* eingeführt worden. Framanien hatte dieses Gesetz ohne Änderungen übernommen und im Vorfeld in den *USoE-Constitutional-Base-Law* verankert.

Die zweite Horde der *Pflichtspezialisten* marschierte in dieser Angriffswelle weiter und lief zu unvorstellbarer Höchstform auf, über Leichen ihrer eigenen Genossen sowie österreichischer Soldaten und Zivilisten, die sich nicht rechtzeitig in Sicherheit bringen konnten. Das weitere Vorrücken verzögerte sich zeitweilig aufgrund des zwanghaften Triebes nach Vergewaltigung und Schlachtung, den der starke Psycho-Cocktail in nicht unerheblichem Maße als Nebenwirkung hervorrief.

In Kufstein und in anderen betroffenen Orten vermengten sich die Gerüche aus Schweiß, Blut, heißem Blei und brennendem Fleisch. Dieser Gestank stellte selbst für einen hartgesottenen Menschen, dessen Sinne nicht durch Drogen vernebelt worden waren, ein gewaltiges Hemmnis dar. Es war der Gestank der Unmenschlichkeit des Krieges. Nur zu Unmenschen umgestaltete Wesen konnten ihn ertragen.

Kaum hatten die wenigen freiwilligen spontanen Milizen eine Gruppe von Zivilisten an die Mitarbeiter des Zivilschutzes übergeben, kehrten sie sofort an die Front zurück, die sich immer weiter ins Landesinnere vorschob. Einige Männer, Frauen und Kinder waren auf sich allein gestellt, konnten nur auf eigene Faust die Stadt verlassen und irrten in der Wildnis ohne Ausrüstung umher, blindlinks der tödlichen Gefahr wildlaufender *Pflichtspezialisten* ausgesetzt.

Die Verluste auf österreichischer Seite waren immens, auch deshalb, weil der Nachschub an Munition versiegte und das Sperrfeuer nicht mehr oder nur mit Unterbrechungen, aufrechterhalten werden konnte. Jede zeitliche Verzögerung bedeutete einen weiteren, größeren Landgewinn auf Seiten der *Pflichtspezialisten.*

Tirol, 8:23 Uhr, dritte Angriffswelle.

Die österreichischen Streitkräfte in Tirol waren auf dem Rückzug und mussten sich nach jedem Landverlust neuformieren. Ein Gegenangriff war spätestens jetzt undenkbar. Alle beteiligten Soldaten, gleich welchen Ranges, hatten begriffen, Teil eines übergroßen Himmelsfahrtkommandos geworden zu sein, dessen einziges Ziel lautete, das Leben von so vielen Zivilisten wie möglich zu schützen, die sich gerade auf der Flucht befanden.

Ein lautes, ohrenbetäubendes, dumpfes Geräusch unterbrach für einen kurzen Augenblick die Kampfhandlungen am Boden. »Endlich kommt Luftunterstützung!«, schrie der Befehlshaber vor Ort. Sein Enthusiasmus wurde schlagartig gebremst. Denn die eingesetzten Kampfhubschrauber hatten zwar aus der Luft sichtbare Löcher in die Reihen der *Pflichtspezialisten* gerissen, konnten aber das Vorrücken der Aggressoren nicht stoppen.

In Windes Eile verständigte sich der Befehlshaber der Bodentruppen in Tirol mit dem Koordinator der Luftangriffe darauf, Hubschrauber für den Transport von Zivilisten einzusetzen. Die verzweifelten, fliehenden Menschen vom Kriegsschauplatz weg in Sicherheit zu bringen, erschien angesichts der lebensbedrohlichen Situation sinnvoller, als aus der Luft in eine wütende Menge zu schießen, ohne den feindlichen Druck auf die Front reduzieren zu können.

Aber auch für diesen Plan war keine Zeit mehr. Denn zur Verstärkung der *Pflichtspezialisten* rollten nun mit rasender Geschwindigkeit viele vollautomatisierte gepanzerte Selbstfahrlafetten in die Menge, mit Kanonen und Raketenwerfern für den Bodenkampf und für die Flugabwehr bestückt.

Unter dem stetig zunehmenden Beschuss von Splitter- und chemischen Granaten brach die Tiroler Verteidigungsfront vollends zusammen. Es war das größte militärische Aufgebot in der Geschichte der Alpenrepublik. Die Tapferkeit hatte den barbarischen Aggressor nicht aufhalten können.

Das Chaos nahm seinen Lauf. Ab jetzt war jeder Überlebende, Zivilist oder Soldat, auf sich alleine gestellt.

Die Nachricht über den Zusammenbruch der Verteidigung in Tirol erreichte nun auch die österreichische Bundesregierung. Der Aggressor bewegte sich rasch nach Osten.

Mord und Verwüstung sollten planmäßig weitergehen.

In weiser Voraussicht über das, was bald passieren würde, beschlossen Österreichs Bundeskanzler und dessen Vize geistesgegenwärtig die sofortige Evakuierung aller Städte, einschließlich der Hauptstadt.

Alle handlungsfähigen Streitkräfte und der Zivilschutz erhielten den Auftrag, die Flucht der Bevölkerung nach

Süden und nach Osten zu schützen, insbesondere in Richtung Burgenland, und das mit allen verfügbaren Mitteln.

Die drei angrenzenden *abtrünnigen* Staaten hatten in Anbetracht der Lage ihre Bereitschaft zugesichert, alle noch offenen, regulären Grenzübergänge nicht zu schließen. Wiederum hatten sie bereits nach Verkündung des Ultimatums damit begonnen, die *grünen Grenzen*, soweit es ging, abzuriegeln, und sowohl reguläre Streitkräfte als auch freiwillige Milizen in Alarmbereitschaft versetzt.

In Framanien meldeten die Medien jeden Durchbruch in die Verteidigungslinien Österreichs als glanzvolles und spektakuläres Ereignis, als *wichtigen Etappensieg* in diesem ersten *antifaschistischen Krieg* des Superstaates gegen das *ewiggestrige Zwischenland*. Die Propaganda rollte und huldigte das Verbrechen als *Tapferkeit des Sekundärheers*. Mehr noch warb sie für eine zwingend notwendige Erhöhung der *antifaschistischen Solidaritätsabbuchungen*, um das *Sekundärheer* noch weiter auszubauen.

Oberösterreich, 10:23 Uhr, vierte Angriffswelle.

Die österreichische Führung erkannte die Bedrohung und musste nun von einem massiven Angriff auch gegen das Salzburger Land ausgehen, entsprechend dem bisherigen taktischen Angriffsschema. Doch Scherkel hatte eine Überraschung geplant.

Auf breiter Front überquerte nun Framaniens *Sekundärheer* mit einer noch gewaltigeren Truppenstärke die gesamte Grenzlinie zu Oberösterreich und drang scharenweise ins Landesinnere ein. Der Befehl, der per Funkchips in die Köpfe der *Pflichtspezialisten* übertragen wurde, lautete nicht mehr, die Streitkräfte zu attackieren und zu schwächen, sondern alles zu töten, was sich bewegte. Die Bekämpfung der österreichischen regulären Truppen und freiwilligen Kombattanten übernahmen ferngesteuerte Land- und Flugdrohnen. Die *Pflichtspezialisten* griffen die wehrlose Zivilbevölkerung nun gezielt und direkt an.

Durch diese Taktik wurde das Salzburger Land vollends vom Rest Österreichs abgeschnitten: Niemand konnte diesem Kessel entfliehen. Die Horden, die Tirol erfolgreich überfallen hatten erhielten weitere Verstärkung und rückten immer weiter nach Osten vor. Eine bedrohliche Kriegswalze unvorstellbaren Ausmaßes.

Die Routen und Ausweichwege waren überfüllt mit flüchtenden Zivilisten, die den weiter vorrückenden *Pflichtspezialisten* zu entkommen versuchten. Letzten Endes brach die Infrastruktur unter dieser Last zusammen, sodass zunehmend mehr Menschen den vorrückenden Horden zum Opfer fielen.

Keine drei Stunden später stand das *Sekundärheer* an der Grenze zur Hauptstadt und Oberst Gruber sah sich angesichts dieser fatalen Lage gezwungen, die Flucht der österreichischen Führung in das benachbarte Ausland vorzubereiten.

Erich Lang und Alois Strecker berieten im sicheren Regierungsgebäude, das in weiser Voraussicht für den Ausnahmezustand errichtet worden war, und versuchten, sämtliche noch zur Option stehenden Maßnahmen zu koordinieren. Sie waren die einzigen anwesenden Vertreter der gesamten politischen Führungsriege Österreichs. Alle anderen – Abgeordnete und Minister, zusammen mit ihren Familien – waren bereits evakuiert worden oder standen kurz davor, per Hubschrauber die Hauptstadt zu verlassen.

Streckers Mobiltelefon klingelte: »Schatzl, ich bin's. Wir sind schon an Bord und auf dem Weg nach Bratislava. Mir und unserem kleinen Franz geht es gut.«, tönte eine Frauenstimme am anderen Ende der Leitung. Strecker war erleichtert, ein Lebenszeichen seiner Ehefrau zu hören und versprach ihr, so schnell wie möglich aus Wien abzufliegen. Aber er wollte bleiben, so lange seine Anwesenheit notwendig wäre. Währenddessen telefonierte Lang mit dem Befehlshaber der Streitkräfte in der Steiermark, um einen Lagebericht zu erhalten. Die Lage war brenzlig und Strecker wollte sich auch nach der Frau seines Freundes und Bundeskanzlers erkundigen: »Ist auch Luise an Bord?« »Nein.«, antwortete sie, »Sie ist auch abgeflogen, aber mit einem anderen Hubschrauber. Sie ist bereits in der Slowakei. Erichs Telefon ist dauerhaft belegt. Sie hat ihm mehrere Nachrichten gesendet. Wann verlasst Du und Erich die Stadt? Mach Dir keine Sorgen, wir sind bald alle wieder zusammen und in Sicher…« Dann verstummte die Leitung.

»Kathrin, bist Du noch da? Kathrin!!!«, schrie Strecker.

Eine Boden-Luft-Rakete hatte den Hubschrauber getroffen und zum Bersten gebracht. Die größten Verbände der *Pflichtspezialisten* hatten Wien noch nicht erreicht. Allerdings zogen bereits die ersten ferngesteuerten Militärfahrzeuge Framaniens durch die Hauptstadt. Deren Maschinengewehre ebneten den Weg entlang der Straßen und nahmen das österreichische Militärgerät systematisch unter Beschuss.

»Herr Bundeskanzler, ich möchte ungern stören, aber es ist Zeit zu gehen.«, Oberst Gruber versuchte ruhig zu wirken. Lang entgegnete lapidar »Ja«, hatte aber am Rande, während seines Gesprächs mit dem kommandierenden Offizier aus der Steiermark das Geschehen seines Vizes mitbekommen. Er drehte sich zu ihm: »Alois, was ist los? Hast Du gehört? Es ist auch für uns die Zeit zu gehen, jetzt.« Strecker raffte sich trotz seines Kummers zusammen, wischte sich die Tränen aus den Augen und schüttelte den Kopf. Lang bekräftigte: »Wir haben keine Zeit mehr, Alois!«

Strecker sah kurz in die fordernden Augen des Obersts und wandte sich wieder Lang zu: »Nein, mein lieber Freund. Du hast Zeit und jede Menge Aufgaben bei unseren Leuten, die in Sicherheit gebracht wurden. Für mich ist die Zeit hier abgelaufen. Diese globalistischen Bastarde haben uns reingelegt, unser Volk massakriert und mir meine Familie weggenommen. Schau mich an! Ich bin ein alter, gebrochener Mann. Du bist noch jung und hast noch Einiges zu tun, für Deine Familie und für alle Überlebenden unseres Volkes. Geh jetzt bitte! Leb wohl, mein Freund.«

Mehr als »Danke, danke für alles, lieber Alois.«, brachte der erschütterte Lang nicht über seine Lippen.

»Was soll ich tun, meine Herren?«, insistierte Oberst Gruber. Strecker antwortete prompt: »Bringen Sie unseren Bundeskanzler hier in Sicherheit, sofort!« »Und was soll ich für Sie tun, Herr Vizekanzler?«, fragte Gruber. »Herr Oberst, Sie geben mir jetzt Ihre Dienstwaffe und Ihre Munition. Ich danke Ihnen herzlich für Ihre Dienste, die Sie unserem Land erwiesen haben. Leben Sie wohl.« Der Klang seiner Stimme war bebend und entschlossen.

Gruber blieb keine Wahl, er durfte nicht widersprechen. Er begleitete Lang zum Flugplatz, wo der Hubschrauber mit laufendem Motor wartete. Lang blickte für einen Bruchteil einer Sekunde zurück. Dann stieg er in den Helikopter.

Strecker nahm Grubers Pistole, steckte ein paar Ersatzmagazine in seine rechte Hosentasche und Umhängetasche und ging die Treppe hinunter. Er verließ das Gebäude und lief entlang der Straße zu den sichtbaren Barrikaden. Dort traf er auf eine kleine Gruppe von Soldaten, die eine dieser improvisierten Straßensperren aufgestellt hatten, um ein paar Menschen beim Verlassen deren Wohnungen etwas Schutz und Zeit zu verschaffen. Die Soldaten hatten kaum Munition. Ein Sperrfeuer war deshalb nicht mehr möglich, um die wütenden Angreifer aufhalten zu können.

Einer der Soldaten erblickte Strecker und richtete die Aufmerksamkeit seiner Kameraden auf ihn. Er dachte, es wäre ein verwirrter Zivilist, der den Fluchtweg nicht finden würde. Auf den zweiten Blick erkannten die fünf Soldaten den Vizekanzler. »Was tun Sie hier, Herr Vizekanzler? Sollten Sie nicht schon lange in Sicherheit sein?«, fragte der Jüngste in der Gruppe. »Erstens heiße ich Alois. Zweitens sind wir ab sofort per *Du*. Drittens habe ich ein paar Zigaretten für uns alle.«, entgegnete er schmunzelnd. Den Galgenhumor hatte er noch nicht verloren. Ohne die genauen Hintergründe zu kennen, hatten die Soldaten Streckers Schicksal begriffen. In solch traurigen Zeiten bedurfte es keiner Worte.

»Wie heißt ihr?«, fragte Strecker. »I bi der Sigi, dann von links nach rechts haben wir den Alfred, den Egbert, den Hellmut und der letzte – der in Übergröße – ist der Sven.«, antwortete der Jüngste. »Und wir wollen alle eine Ihrer... ähm... Deiner Zigaretten haben, Alois. Also, her damit!«, fügte Sven hinzu.

Alle lachten, es war ein einigendes und ehrliches Lachen, während Strecker seine Zigaretten verteilte. Dann zündeten sie diese an und schauten in die Richtung der Barrikade, die kurz vor dem Zusammenbruch stand.

»Nein, ich lasse mich diesmal nicht stressen!«, polterte Alfred laut, »Die Sperre soll bis zum Ende unseres letzten Zuges halten! Ehrlich: Ich hätte nie im Leben gedacht, dass ich meinen letzten Glimmstängel zusammen mit unserem Vizekanzler qualmen würde.«

Hellmut drehte sich um und stellte fest, dass keine Zivilisten mehr aus den in Sichtweite stehenden Gebäuden kamen. Sein Blick fiel wieder zur Barrikade: Es war so weit. Alle warfen ihre Kippen weg, machten ihre Waffen scharf und bereiteten sich vor.

Die ersten wütenden *Pflichtspezialisten* durchbrachen die Barriere und stürzten sich nun auf die sechs letzten Verteidiger. Die fünf Burschen und Strecker sahen sich für einen letzten würdigen Blick tief in die Augen.

Dann rannten sie der Horde entgegen, schreiend »AUSTRIAAAA!!!«

AUGEN ZU UND DURCH

Ein Pfeil erschien auf dem Display des Smartphones. Es war exakt 4:30 Uhr. Das Brummen des Mobiltelefons riss Max aus dem dösigen Halbschlaf. *Na endlich!* dachte er.

Er sprang aus dem Bett, machte sich startbereit und zündete mit etwas Holz den Ofen an. Tanja war bereits wach und bereitete das Frühstück in der großen Wohnküche vor. Jörg lag halbwach auf dem alten braunen Schlafsofa und rieb sich die Augen, als Max in die Küche stürzte. »Sie sind vor einer halben Stunde losgefahren! Bei guten Verkehrsverhältnissen sollten sie um eins im Grenzgebiet sein. Vermutlich werden sie nach Haugsdorf fahren: Der Ort ist klein und unauffällig.«

Jörg war augenblicklich hellwach und freute sich, spürte aber eine gewisse Anspannung. Er konnte zwischen einem gefahrlosen Trip in der Natur und dieser Angelegenheit unterscheiden. Trotzdem wollte er unbedingt mithelfen und überhaupt mit dabei sein. Während sich Jörg vorbereitete, konnte seine Mutter Tanja ihre Unruhe nicht verbergen. Sie lief hin und her, quer durch Küche und Diele und zauderte, ob es denn wirklich sein müsse.

»Ja!«, polterte Max selbstbewusst, »Sonst schaffen sie es nicht über die Grenze. Sei unbesorgt bitte! Ich bringe uns nicht in Gefahr.«

Tanja war trotz seiner Beteuerungen nicht überzeugt, aber ihr Vertrauen überwog letztendlich. Zeit für Diskussionen gab es nicht mehr. Alle wussten, dass Susanna zusammen mit Mann, Tochter und Großmutter ihre Heimat verlassen musste.

Gegen zehn Uhr stieg Jörg mit seinem Stiefvater in den alten dunkelgrünen Geländewagen und die Beiden fuhren los. Die Fahrt zum nächsten offenen Grenzübergang würde eine gute Stunde in Anspruch nehmen. Trotzdem hatten sie in Anbetracht der möglichen Gefahren, die in den Grenzgebieten lauerten, die nötige Ausrüstung zum Überleben und Selbstschutz im Kofferraum verstaut.

Jörg schaltete das Radio ein. *Dobrý den! Es ist 10:30 Uhr, am 25. Mai 2026. Und jetzt die Wettervorhersage: bis heute Abend beständig, wolkenlos. Höchsttemperatur bis 13° in den Bergen und bis 18° im Flachland. In der Nacht ca. 5° bis 7°.*

Morgen nur ein paar Schleierwolken, kein Regenrisiko...

Er hatte ein gutes, vertrauensvolles Verhältnis zu seinem Vater, obwohl er mittlerweile wusste, dass Max nicht sein leiblicher Vater war. Jörg war noch nicht volljährig, aber innerlich schnell erwachsen geworden. Er wusste zwar, was Spaß und jugendliches Leben bedeuteten, übernahm aber schon in seinem jungen Alter Verantwortung. Mit seinen etwas kantigen Gesichtszügen und halbkurzen braunen Haaren sah er etwas älter als siebzehn aus.

»Du kannst auf jedem Sender bleiben, aber beim Schlager schaltest Du sofort um!«, drohte Max scherzhaft. »Ja klar, Papa!«, schmunzelte Jörg.

Kurz vor Znojmo, unweit der Grenze zur *neutralen Zone*, stießen sie auf mehr und mehr Militärfahrzeuge und auf jede Menge bewaffneter Zivilisten. Ab hier war das Aufgebot für die Grenzsicherung deutlich sichtbar. Ein ähnliches Bild zeigte sich bis Břeclav in der Region

Jihomoravský kraj, dann weiter bis Šamorín in der Slowakei und Apátistvánfalva in Ungarn.

Entsprechend verlangsamte sich die Weiterfahrt bis Chvalovice erheblich. Max entschied sich für eine Pause.

Durch Framaniens Ultimatum an das *Zwischenland* hatten alle Politiker und Militärs der vier *abtrünnigen* Staaten den Ernst der Lage wahrgenommen und, ohne zu zögern, alles in Bewegung gesetzt, was die jeweiligen Staatsgrenzen schützen konnte. Alle vier Länder hatten de facto auf Kriegswirtschaft umgestellt. Zumindest kurzzeitig war dies möglich, dank der entsprechenden, bereits vorgenommenen Verfassungsänderungen. Die vier Staaten erwarteten seit der Verkündung des Ultimatums bis Mitternacht des 1. Juni 2026 die dritte und womöglich letzte Auswanderungswelle aus dem Westen, diesmal aber auch aus der *neutralen Zone* selbst.

Das Smartphone klingelte. Max hob ab. »Ciao, ich bin's, Susanna. Wir sind auf dem Weg zu euch, zwischen Klagenfurt und Graz...«, sie wollte weiter ansetzen, als Max ihr ins Wort fiel: »Warum rufst Du an? Hatte ich Dir nicht gesagt, ALLE elektronischen Kommunikationsgeräte bis zum letzten Ort vor der Grenze ausgeschaltet zu lassen?« Susanna wirkte genervt: »Ja, aber Oma ist erschöpft von der Fahrt. Wir werden in Graz Stopp machen und morgen Früh weiterfahren. Es sind dann nur noch drei bis vier Stunden bis Haugsdorf.« Max wurde energischer: »Zumindest habe ich euer Fluchtziel richtig geahnt. Es macht die Sache einfacher. Aber warum hast Du jetzt schon den Ortsnamen erwähnt? Du hörst nie auf mich!« Lucia versuchte den Streit zu ignorieren. Sie wusste, dass Oma sehr müde war, aber ihr Onkel hatte wohl nicht umsonst klare Anweisungen gegeben.

Susanna machte unmissverständlich klar, dass sie auf den Zwischenstopp bestand. Max fühlte sich schlagartig in die Vergangenheit zurückversetzt. Diese naive, phlegmatische Art seiner Schwester erinnerte ihn an einige missliche Lagen in seiner Jugend. Nichtsdestotrotz musste er die Geduld aufbringen, um die Familie zu schützen und schilderte ihr die Lage zwischen dem Grenzübergang und Znojmo: »Du hast keine Ahnung, was sich hier aufbauscht! Haben die Medien bei Euch nichts von dem Ultimatum erzählt? Du darfst die Weiterfahrt nicht verzögern und, wenn doch, nur um ein paar Stunden. Dann musst Du weiter nach Haugsdorf fahren und nicht erst morgen früh! Kapiert?« Susanna legte auf.

»Du wirst sehen, dass sie alle heil hierherkommen werden, Papa.« Jörg versuchte seinen Vater zu beruhigen. Sicher war er sich aber nicht.

Je länger Susanna Pause machen würde, desto größer wäre die Wahrscheinlichkeit auf dem Weg zur Grenze auf mehr Verkehr zu stoßen. Das versprach nichts Gutes. Max wollte auch seine Frau nicht noch mehr beunruhigen. Sie hatte ihn schon zuvor gewarnt. Susanna hatte bereits in der Vergangenheit wegen ihrer Unberechenbarkeit und Sturheit einiges an Problemen geschaffen. Tanja bezeichnete Susanna deshalb schon seit sie verheiratet waren, als *Gefahr für die Familie*. Max behielt die Sorge für sich und machte sich zusammen mit Jörg daran, die Ausrüstung betriebsbereit zu machen.

»*Ahoj, co tady děláte?* (Hallo, was macht ihr hier?)«, fragte ein Mann in Jägerkluft, als er Jörg und Max beim Verladen des Wagens erblickte. »*Ahoj Pavel!* Du bist auch hier. Ich habe Dich auf dem Weg hierher gar nicht gesehen. Ich will meine Schwester und ihre Familie vom Grenzübergang Haugsdorf/Chvalovice abholen. Und was tust Du hier?«, entgegnete Max.

Pavel war einer der Nachbarn in der kleinen Siedlung bei Příštpo. Er lebte mit seiner Frau zwei Häuser weiter und hatte zwei erwachsene Söhne, Jaromír und Václav, beide Profihacker, die drei Jahre zuvor ausgezogen waren. Jaromír hatte sich ein paar Kilometer weiter niedergelassen. Václav war der Liebe wegen nach Budapest gezogen. Pavel war aber alleine verreist und hatte sich, trotz seines beachtlichen Alters – knapp über 60 – zu einem der größten freiwilligen Verbände des inoffiziellen Grenzschützes verpflichtet. Deswegen war er hier.

Während sich die zwei Kumpels über die Lage und die drohenden Gefahren austauschten, checkte Jörg die Ausrüstung.

Vier Stunden waren vergangen. Es war vier Uhr nachmittags. Jörg und Max standen am Grenzübergang und warteten. Jörg tippte ungeduldig mit dem Zeigefinger auf das Dach des alten Geländefahrzeugs. *Höchste Zeit, Tanja anzurufen und über die Verzögerung zu informieren!* dachte Max. Er wusste, was ihn erwartete. Tanja war außer sich: »Ich habe es gewusst. Sie hört NIE auf Dich! Aber Du machst weiter und weiter, immer und immer wieder. So verantwortungslos wie Susanna ist kein Mensch, den ich kenne!«

Max hörte zu und wurde zunehmend nervöser, bemühte sich aber um eine ruhige Antwort: »Ja, es hat mich auch geärgert, aber ich habe keine andere Möglichkeit und sie auch nicht.« Tanja wollte etwas sagen, als Jörg seinem Vater das Telefon vollen Mutes aus der Hand riss. Er hatte sich das bei seinem Vater noch nie erlaubt, aber die Lage war diesmal ernst. Für Streit war jetzt keine Zeit. Er musste jetzt seinen Mann stehen: »Mama, ich bin's. Hör auf, Dich unnötig zu sorgen. Wir sind vorbereitet und werden es hinkriegen! Spätestens heute Nacht sind wir zwei mit allen anderen zurück. Ich hab' Dich lieb.«

»Ich Dich auch, mein Sohn.«, erwiderte Tanja mit zitternder Stimme und legte auf. Aus ihrem kleinen Jörg war nun ein Mann geworden. Tanja erkannte, dass sie sich beruhigen musste, da sie die Situation nicht ändern konnte und wilde Spekulationen ihr noch mehr Sorgen bereiten würden. Ihre Schwägerin hatte mal wieder Fakten geschaffen und alle in Lebensgefahr gebracht. Sie war es leid, in dieser Sache recht zu behalten.

Jörg und sein Vater stiegen wieder ins Auto und fuhren weiter nach Chvalovice. Dort würden sie auf Susannas Anruf warten. Doch wie lange würde es wohl dauern, bis sie sich meldet?

Es war schon dunkel, als das Telefon klingelte: »Hallo Max, Mama hat mich überredet, zwar in Graz Pause zu machen, aber spätestens gegen zwölf Uhr nachts weiter zu fahren.«, prustete Susanna in den Hörer.

»Früher, verdammt! Spätestens um neun oder zehn Uhr müsst ihr euch vom Acker machen! Ich weiß nicht, was ich noch sagen soll, damit Du es kapierst. Du fährst nicht in den Urlaub.«, brüllte Max. Aber auch das half nichts. Susanna blieb stur: Erst gegen zwölf Uhr würden sie die Fahrt fortsetzen.

Vier Stunden nach dem Anruf waren die Straßen nach Osten in Richtung Burgenland prall gefüllt. Etwas weniger belastet waren die Verbindungen nach Wien und in Richtung niederösterreichisch-tschechische Grenze. Kurz vor Mitternacht saß Susanna mit ihrem Mann, Sandro, der Oma und Lucia wieder im Auto, kam aber nur stockend voran. Sie mussten nun mindestens mit weiteren sechs Stunden Verzögerung bis zur Grenze rechnen, oder vielleicht auch länger.

Gegen vier Uhr morgens erreichte die Familie Wiener Neustadt. Per Stop-and-go. Da Susanna nicht ortskundig war, konnte sie auch nicht auf die Landstraßen ausweichen: Das Risiko, sich zu verfahren, wäre zu hoch gewesen und hätte noch mehr Zeitverlust bedeutet.

Um halb sieben erreichten sie endlich Wien, als die grauenvolle Nachricht über die erste unerwartete Angriffswelle auf Tirol ihren Bruder erreichte. Max wusste nicht, wo seine Schwester war, und versuchte vergeblich, sie zu erreichen. Es war gegen die Regeln, die ausgerechnet er ihr auferlegt hatte, aber was war bis dahin mit seiner Schwester überhaupt geregelt gelaufen? Sie war immer ihren eigenen Regeln gefolgt, gegen jede Abmachung! *Tanja hatte es geahnt!* dachte Max. Aber das half jetzt auch nichts mehr. Die Situation lief aus dem Ruder.

Max war nicht der Einzige, der die Nachricht über den Angriff auf Tirol im Radio gehört hatte. Für Tanja, die zu Hause alleine in Angst und Bange fieberte, brach eine Welt zusammen: Die Vorstellung, ihren Mann und ihren Sohn zu verlieren, brachte sie an die Grenzen ihrer Belastbarkeit.

Die Kämpfe beschränkten sich zu diesem Zeitpunkt auf Tirol, aber die Angst hatte auch die Menschen in Niederösterreich dazu gebracht, ihre Wohnungen zu verlassen und die Flucht über Landstraßen und Autobahnen zu ergreifen. Das führte zur weiteren Belastung der schon ohnehin überstrapazierten Verkehrsinfrastruktur der Alpenrepublik.

Sichtlich beunruhigt, schaltete Susanna ihr Smartphone wieder ein und rief ihren Bruder an. Sie kam keinen Meter weiter und hatte auch zwischenzeitlich ihr Autoradio eingeschaltet. Die Meldung, die in mehreren Sprachen ausgestrahlt wurde, lies sie schaudern: Jetzt wusste sie den Grund für diese brenzlige Lage.

»Susanna, wo bist Du jetzt?«, fragte Max voller Sorge. Susanna war kurz angebunden, sie hatte Wien erreicht, kam doch nicht oder nur schleppend weiter. Max gab ihr den Rat, auf keinen Fall durch Wien zu fahren, sondern die Hauptstadt so weiträumig wie möglich zu umfahren, dann ausnahmsweise ihr Navi mit dem Ziel Hausdorf einzuschalten und die Option *Autobahnen vermeiden* einzustellen.

Noch unter Schock aber nun endlich über den Ernst der Lage bewusst, folgte Susanna diesmal dem Rat ihres Bruders. In der Tat ging es ab Wien auf der Landstraße ein wenig schneller voran. Ein berauschendes Ergebnis war es trotzdem nicht. Das Bangen ging weiter.

Kurz vor Hausdorf schallte die Nachricht aus den Lautsprechern des Autoradios, dass eine zweite Angriffswelle Kufstein den Todesstoß versetzt hatte.

Vor lauter Aufregung rangen Susanna und ihre Familie um Luft. Sie hatten das geplante Ziel letzten Endes erreicht, aber das Grenzgebiet war auf beiden Seiten dermaßen dicht, dass auch ihr Bruder nichts weiter tun konnte, als auf der anderen Grenzseite auf sie zu warten.

Einige Grenzübergänge waren offen, entsprechend der inoffiziellen Vereinbarung zwischen der Alpenrepublik und den *Abtrünnigen*, standen aber unter Kontrolle regulärer Ordnungskräfte und freiwilliger Grenzschützer in staatlicher Aufsicht. Max und Pavel gehörten dieser Gruppe der *Freiwilligen* an.

Dank dieser Mitgliedschaft und der Freundschaft mit Pavel hatte Max die Erlaubnis, zeitweilig Flüchtende aus Framanien und aus dessen Provinzen über die Grenze zu bringen.

Die Nachricht über die dritte Angriffswelle der *Pflichtspezialisten* auf Österreich hatte letztendlich auch die Grenzgebiete erreicht und die flüchtenden Menschen dort in Panik versetzt. Einige stiegen aus ihren Fahrzeugen und versuchten, zu Fuß die Grenze zu Erreichen. Dies war ein fataler Fehler, da sie trotz verstopfter Straßen zu Fuß noch mehr Zeit benötigten und der Weg durch Felder und Wälder nicht ungefährlich war.

Der Grenzschutz hatte den Übergang so gut wie möglich umorganisiert, sodass mehrere Menschen das sichere Gebiet erreichen konnten. Ein Zeitgewinn von über einer Stunde war, angesichts der Lage, ein großer Erfolg. Dieser verpuffte aber schnell, als Horden von *Pflichtspezialisten* auch Oberösterreich angriffen und einen weiteren Exodus auslösten. Spätestens jetzt glaubte niemand mehr in dem einen oder anderen Heimatdorf an eine vermeintliche Sicherheit.

Scharen an kreischenden Menschenmassen reihten sich in lange Warteschlangen. Nur langsam und tröpfchenweise konnten sie die Grenze passieren. Dies ging einige Stunden weiter, bis die ersten *Pflichtspezialisten* in Sichtweite der Flüchtenden standen. Einige Menschen, welche den Fußweg zur *grünen Grenze* gewählt hatten, standen nun vor einem Stacheldraht, während hinter ihnen die Meute vorrückte.

Reaktionsschnell fingen einige freiwillige Grenzschützer an, auf die Horden in zweieinhalb Kilometer Entfernung das Feuer zu eröffnen und brachten eine große Zahl von *Pflichtspezialisten* zu Fall, was die hinteren Reihen der Horde ein wenig ausbremsen konnte.

Um mehr Menschen retten zu können, konnten sich die Grenzschützer nicht darauf beschränken, die Flüchtenden in Richtung der regulären Übergänge zu leiten. Sie mussten spontan weitere Öffnungen am Zaun schaffen, wissend um die Gefahr, die Barriere gegen die anstürmenden Horden dadurch zu schwächen. Sie mussten es riskieren.

Die Entscheidung stellte sich als richtig heraus, rettete aber bei weitem nicht allen Flüchtenden das Leben. Susanna und ihre Familie passierten die Grenze nach Chvalovice, völlig am Ende, genauso wie die vielen anderen, die es auch geschafft hatten. Aber für die meisten, die noch nicht annähernd die Demarkationslinie erreicht hatten, war es zu spät. Sie fielen den Aggressoren zum Opfer und wurden von den wütenden *Pflichtspezialisten* niedergemetzelt. Ein Verteidigungsfeuer aus den Stellungen der Grenzschützer war zu diesem Zeitpunkt völlig sinnlos: In diesem Chaos ein weiteres Feuer zu eröffnen, ohne zwischen Flüchtenden und Aggressoren unterscheiden zu können, hätte weitere zahlreiche Opfer an unschuldigen Zivilisten bedeutet.

Die meisten *Pflichtspezialisten* hatten ihre Munition nahezu aufgebraucht, aber auch dies reduzierte ihren Blutdurst nicht: Sie setzten nun Blankwaffen ein, während die unbewaffneten Flüchtenden nichts entgegenzusetzen hatten.

Anders sah die Lage im Burgenland aus, wo sich die Angreifer zu weit ausgedehnt hatten. So konnten sie ihre Vernichtungsaufgabe nicht mehr erfüllen. Im Gegenteil: Die Grenzschützer konnten sie durch gezielte Schüsse relativ einfach stoppen.

Es war die dritte und zugleich letzte Auswanderungswelle in die *abtrünnigen* Länder. Ab jetzt waren die Grenzen geschlossen und die Fronten verhärtet.

Susanna, Sandro, Lucia und die Oma standen vor Max und Jörg. Max sah seiner Schwester tief in die Augen. Sie hatten sich lange nicht gesehen. Tränen liefen Susanna die Wangen herunter und sie fielen sich wie in alten Tagen in die Arme. »Nochmal gut gegangen, Max«, flüsterte Susanna mit einem zaghaften Lächeln« »Ja«, seufzte Max und zwinkerte. Er war froh, dass es nochmal gut gegangen war. Während Jörg Lucia musterte, zog ihn die betagte Dame in ihre Arme. Ein *Ciao bellissimo* folgte und das Eis war gebrochen. Denn Oma war eine richtige Oma, voller Liebe, Geduld und Lebendigkeit. Sie hatte Jörg nach einem Blick in ihre dunkelgrünen Augen sofort liebgewonnen. Sandro ergriff Max' Hand und klopfte ihm auf die Schulter. Sie stiegen in ihre Fahrzeuge und machten sich auf den Weg. »Schatz«, bibberte Max vor Freude in den Hörer, »sie sind da, wir sind zusammen und es geht uns gut! Wir kommen jetzt nach Hause!« Jörg riss erneut das Smartphone an sich: »Siehst Du, Mama? Ich hatte Dir gesagt, dass wir es hinkriegen würden.«

Es war knapp, aber der Junge hatte seinen Sinn für Humor nicht verloren. Tanja, die sich in der Zwischenzeit wieder gesammelt hatte, fiel ein Stein vom Herzen.

Die Erleichterung war aber nicht von allzu langer Dauer, denn ein bedrückendes Gefühl ergriff Max und seinen Sohn, als sie sich in die Augen sahen: Sie wussten, dass dies nur eine Blaupause für die kommenden Ereignisse war.

DAS NEUE LEBEN

Heißer Dampf stieg empor und verwischte die Konturen der verschneiten Hügel und Bäume. Die weiße Pracht überzog die gesamte Landschaft in der Umgebung und die Natur in der ganzen Kraj Vysočina schien still und ruhig zu sein. Tanja war früh aufgestanden, hatte ihren schweren Mantel angezogen und stand mit ihrem Kaffeecup auf der Veranda des Bauernhauses. Es war eisigkalt. Ihre Finger erwärmten sich an der glühenden Tasse. Mit ihren stahlblauen Augen starrte sie in die Weite, als ob sie nach Antworten suchen würde. Das Mondlicht ließ die Landschaft so hell erscheinen, dass alles gestochen scharf zu sehen war. Die Monate, die seit der Ankunft Max' Familie vergangen waren, kamen ihr wie eine halbe Ewigkeit vor. An das Leben auf einem Bauernhof fernab jedweder Bequemlichkeiten, die sie aus vergangenen Zeiten der urbanen Zivilisation kannte, hatte sie sich gewöhnt, aber, so sehr sie auch die neu zugezogenen Familienangehörigen mochte, für ihre kleine Familie waren sie eine große Belastung. Es war schwer, sich in so kurzer Zeit den neuen Bedingungen anzupassen. Die Verständigungsprobleme waren allgegenwärtig. Sandro, Max und Jörg packten bei den schweren Arbeiten auf dem kleinen Acker des Bauernhofes mit an. Lucia und Susanna halfen Tanja bei der Verarbeitung der Ernte für die Wintervorräte. Der gute Wille beiderseits wurde durch die Sprachbarriere gebremst.

In ihrem Herzen fühlte Tanja, dass sie ihre geliebte bayerische Heimat vielleicht nie wieder in ihrem Leben sehen würde. Der Gedanke tat ihr weh. Max war doch so gut integriert damals, auch er hatte schwer zu kämpfen, sich von *seinem geliebten Bayern*, wie er es nannte, zu trennen. Doch sie hatten die Realität zu akzeptieren, die ihr und ihrer kleinen Familie, aufgrund der Untätigkeit der Mehrheit ihrer damaligen Landsleute eingebrockt worden war. Die Freunde, Bekannten, Arbeitskollegen waren blind und resigniert. Mehr noch: Sie hörten nicht zu, verteufelten Tanja als *Unruhestifterin, Verschwörungstheoretikerin* und hatten das Bayernland kampflos aufgegeben. Sie erinnerte sich noch an die vielen Gespräche. Wie oft hatte sie versucht, Menschen endlich zum Handeln zu bewegen, um die geliebte Heimat Bayern zu retten, als dies noch möglich war. Zu sehen, wie Pavels Familie und alle Einheimischen im tschechischen Hochland ihre Kultur, ihre Brauchtümer und Traditionen und letztendlich die Natur ihrer Heimat pflegten, sorgte bei Tanja für Freude und Tränen zugleich.

Tanja erinnerte sich noch an die Zeit, in der sie und Max noch im Westen, im alten europäischen Staatenbund, der ein oder anderen Aufgaben des damaligen täglichen Lebens hinterherliefen: Arbeit, Haushalt und Weiterbildungen, um ihre Jobs zu behalten und am Arbeitsmarkt *wettbewerbsfähig* zu bleiben, prägten ihr Leben, ungeachtet der Jahreszeiten. Am Wochenende schauten sie sich die Wochenrückblicke auf den damals noch erreichbaren alternativen Medien-Kanälen an, ohne aber an Diskussionen in Foren und in den sozialen Netzwerken teilzunehmen. Für die Selbstzensur hatten sie sich vor der Adoption Jörgs entschieden, um die Genehmigung vom *Sozialisierungsamt* zu bekommen. Immer wieder erinnerte sich Tanja an den Tag, als die ersten alternativen Medienkanalbetreiber verhaftet worden waren. Der breiten Masse war dies gleichgültig. Hier in der winterlichen

Stille, weit weg von ihrem alten Leben, konnte sie es zeitweilig verdrängen, aber nicht vergessen.

»Es tut mir leid, dass wir keinen Kaffee mehr haben, meine Liebe, aber er ist nun endgültig ein knappes Gut geworden.«, flüsterte Max ihr ins Ohr, während er seine Hände auf ihre gelegt hatte. Tanja drehte sich zu ihm, gab ihm einen Kuss und schaute auf sein verschlafenes Gesicht. Er hatte ihre glänzenden Augen nicht übersehen, wischte ihr die kleine Träne von der Wange und umarmte sie, traute sich aber nicht, zu sagen, dass alles wieder gut werden würde. Er hatte sie alle aus der Gefahrenzone gebracht, aber wirklich in Sicherheit? Solche Diskussionen über Sicherheit und Selbstschutz führte er fast ausschließlich mit Pavel, dessen Sohn Jaromír und mit anderen Gleichgesinnten bei den regelmäßigen Austauschrunden im Dorf, während der Ernte des Brennholzes oder bei der Jagd.

»Pavel und Jaromír sollten bald hier eintreffen, nicht wahr?«, fragte sie besorgt. Max warf einen kurzen Blick auf seine Armbanduhr: »Erst in ungefähr einer Stunde werden sie hier sein. Mach Dir keine Sorgen! Wenn wir zurückkommen, dann gibt es zwar Arbeit, aber wieder gesundes wildes Fleisch auf dem Speiseplan.«

Max hatte entschieden, diesmal Jörg nicht mitzunehmen, nicht nur wegen seines jungen Alters, sondern weil er für alle anderen eine wichtige Stütze war. Der Junge war nicht gerade begeistert. Er wollte auch auf die Jagd, war sich aber seiner Verantwortung voll bewusst und stand seinen Mann im Hause.

Aus der Ferne konnte man das grelle, flackernde Licht erkennen, gefolgt von den knirschenden Geräuschen der breiten Profilreifen auf dem verschneiten Straßenbelag. Pavel und Jaromír hatten das Notwendige in ihr Fahrzeug gepackt, um zwei Wochen in der Wildnis zu überleben. Es war noch ausreichend Platz für Max und seine Ausrüstung.

Sie parkten den alten Geländewagen abseits des Bauernhauses und warteten am Straßenrand. Es war sehr früh, und sie wollten den Rest der Familie nicht um den Schlaf bringen. Max stand nun mit seinem großen, schweren Rucksack auf den Schultern und der Repetierbüchse in der Tasche auf dem großen Steinsockel. Er umarmte Tanja und gab ihr einen letzten Kuss. »Pass auf Dich auf!«, hauchte sie ihm ins Ohr. Sie blickten sich noch einen Moment tief in die Augen. Dann begab er sich auf den schmalen Weg zur Landstraße.

Die Schneedecke reichte bis über die Hälfte seiner Gamaschen. Zum Glück hatte es vor zwei Tagen aufgehört zu schneien, aber er wusste, so sehr er die freie Natur auch liebte, dass er eine Jagdwanderung unter schweren Bedingungen vor sich hatte.

»*Ahoj Pavel, ahoj Jaromír!*«, begrüßte Max seine zwei Jagdgenossen, »Leider habe ich diesmal nicht viel anzubieten: nur diesen hausgemachten Likör. Ihr wisst schon: für die kommenden, rauen Nächte.« »Grappa ist doch eine echte Bereicherung!«, ergänzte Jaromír mit einem breiten Schmunzeln.

»Komm, zeig mir, was für ein *Eisen* Du diesmal mitgenommen hast!« Max öffnete seine Tasche. »Das hier ist mein einziges *langes Eisen* in diesem Kaliber. Solide alte deutsche Technik, allerdings aus spanischer Produktion.«, erwiderte Max, während er Pavel und Jaromír seinen *Spanish Mauser* von *La Coruna* zeigte. Pavel inspizierte die Büchse mit fachmännischem Blick und gab sie Max zurück: »Ja, damit hätte auch der stärkste Keiler keine Chance. Vorausgesetzt, der Kerl hinter dem Schaft ist gescheit genug.« Alle drei brachen in grölendes Gelächter aus. Dann fuhren sie los.

Die ersten Sonnenstrahlen schienen durch das kleine Fenster und weckten Jörg, der tief eingesunken auf dem alten braunen Sofa lag. Er schob die Wolldecke von sich. Das Holz im Kamin glühte noch. Jörg richtete sich auf, rieb sich die Augen, warf sich die Jacke um und ging hinaus, um etwas Brennholz zu holen, während ihm die zwei Katzen vorauseilten.

Der Duft des hausgemachten Brotes durchströmte die Wohnküche. Tanja hatte es über Nacht gebacken und deswegen kaum geschlafen.

Jörg war nicht entgangen, dass auch in der Holzhütte, die sein Adoptivvater mit Jaromírs Hilfe gebaut hatte, ein schwaches Licht brannte. *Vielleicht ist Lucia schon aufgewacht?* dachte er. Er nahm zwei Holzklötze, stellte sie auf den breiten Holzstamm und viertelte sie mit der Axt. Nach einem kurzen Blick auf die Hütte, ging er wieder ins Haus.

»Wenn es so schmeckt, wie es riecht, dann sollten wir eine Bäckerei eröffnen.« Tanja fühlte sich geschmeichelt und zwinkerte ihm zu: »So viel Teig können wir nicht bekommen und wir sind auch keine Getreidebauern.«

Jörg wusste, dass sie Recht hatte. Der Kartoffelanbau hatte von Anfang an geklappt. Somit sicherten sie sich ein Grundnahrungsmittel über die Jahre hinweg. Doch für

Getreide war der Acker zu klein und es machte auch keinen Sinn, die Fläche dafür zu teilen.

Jörg legte das erste Stück des gevierteilten Holzklotzes in den Ofen. Es wurde wieder angenehm warm.

Ein lautes *Tock, Tock, Tock* unterbrach die Szene. Tanja zuckte und richtete ihren Blick zur Tür. Die Tür war nicht verschlossen, aber Lucia war es gewohnt, sich erst anzukündigen, anstatt die Schwelle einfach so zu betreten. Tanja erschrak jedes Mal erneut. Sie war es nicht gewohnt und wollte sich wohl nie daran gewöhnen. Es erinnerte sie zu sehr an die alten Zeiten: Das Bangen aus der Vergangenheit, ob denn nun jemand vor der Tür stand, der sie oder Max abholen wollte, um sie in den Knast oder sonst wohin zu bringen.

Jörg machte kehrt, schnappte sich eine Tasse und hielt sie Lucia entgegen: »Möchtest Du einen Tee? Ein bisschen Stärkung am Morgen tut gut, findest Du nicht?« Lucia nickte: »Danke, Jörg.« Lucia errötete. Sie nahm die Tasse und setzte sich an den großen Holztisch. »Ist der Onkel schon weg, Tante Tanja?« »Ja, Pavel und Jaromír waren schon da und sind mit ihm losgefahren. Hast Du das vergessen, Liebes?« Lucia erinnerte sich jetzt, dass ihr Onkel eine Woche oder länger unterwegs in der Wildnis sein würde, aber sie war zu müde von der anstrengenden Woche. Sie hatte es tatsächlich vergessen. Und nun konnte sie sich nicht mal verabschieden. Tanja bemerkte ihre traurigen Augen und versuchte sie aufzumuntern: »Max wollte euch nicht wecken. In einer Woche ist er wieder da. Es ist alles in Ordnung. Sei nicht traurig, Liebes!«

Lucia zog ihre schwere Jacke aus, nahm ihre Mütze ab. Ihr langes hellbraunes Haar fiel über ihre Schultern. *Die Kleine muss sehr erschöpft sein, wenn sie auch das vergessen hat.* dachte Tanja und rüttelte an Lucias Latzhose: »Lucia, Du hast Dich schon für die Arbeit angezogen? Es ist Sonntag!« Lucia verzog die Augenbrauen und erwiderte: »Ja es ist Sonntag, aber die Pflanzen in dem *Kunststoffhaus* müssen gepflegt werden. Sie kennen keine Wochentage!« Jörg setzte sich und schmunzelte: »Du meinst sicherlich das Gewächshaus, richtig?« Lucia wurde rot und flüsterte: »Ja, genau das meine ich.« Sie wiederholte das Wort *Gewächshaus*, langsam und zweimal hintereinander. Derweil stellte Tanja den frischen Brotlaib und einen Teller auf den Tisch und schnitt ein paar Scheiben herunter. Sie betrachtete Lucia beim Üben der Laute und versuchte sie zu ermutigen: »Du brauchst Dich nicht zu schämen, wenn Du ein Wort noch nicht kennst. Du bist hier erst seit wenigen Monaten und kannst Dich schon mit mir und Jörg unterhalten. Ich habe selbst eine Sprachbarriere und bin schon seit sechs Jahren hier! Pavel zum Beispiel, er weiß es und redet langsam und deutlich mit mir. Doch wenn er sich mit meinem Mann unterhält, habe ich heute noch Schwierigkeiten, alles zu verstehen. Ich muss häufig noch Max nach der einen oder der anderen Einzelheit fragen, die mir entgangen ist.« Jörg unterbrach Tanja. Dabei war sein ironischer Unterton nicht zu überhören: »Ja, Mama, dann gehen wir zwei, Lucia und ich, in den *skleník* jetzt!« Tanja runzelte die Stirn. *Mein Sohn ist genauso klug wie frech.*

Lucia blieb der verdutzte Blick ihrer Tante nicht verborgen. *Was für ein Frechdachs!* dachte sie. Sie sprang auf, zog sich Jacke und Mütze an: »Tante Tanja, irgendwann, lerne ich, wie man *Schlaumeier* auf Tschechisch sagt.« Sie ergriff seinen Arm, hakte sich bei ihm ein, spitzte die Lippen und zwinkerte: »Ach Jörg, jetzt komm, Du laufende Enzyklopädie! Wir haben zu tun.«

Inzwischen waren Susanna und Sandro aufgestanden. »Guten Morgen, meine Liebe! Alles klar mit Dir?«, fragte Sandro gefühlvoll, während er das Wasser für die Morgentoilette auf den Kocher stellte. Ein lakonisches *Sì* folgte. Susanna war zwar froh, ihre Tochter vor der staatlich angeordneten *Sonderbehandlung* in der Schule gerettet zu haben, machte aber keinen Hehl daraus, ihre Schwierigkeiten mit den Leben auf dem Land zum Ausdruck zu bringen. Sandro stellte ihr die heiße Wasserschüssel auf den kleinen Badetisch. Während sie sich wusch, ging Sandro unter die lauwarme Dusche. Kurze Zeit später standen sie vor Tanjas Haustür, mit Schaufeln ausgestattet, und halfen beim Schneeschippen. Sie klopften sich den Schnee von Kleidung und Schuhen und betraten das Haus.

»Wo ist Lucia?«, fragte Susanna nervös. Tanja deutete auf das Gewächshaus.

»Ist sie nicht zu jung für...?«, setzte Susanna an, als Sandro sie unterbrach: »Für was, Susanna? Um ein paar Kräuter zu pflegen?« Susanna mochte es nicht, wenn ihr jemand ins Wort fiel. Doch Sandro ließ nicht locker: »Unsere Tochter ist noch ein Teenager, aber kein kleines Kind mehr. Erinnerst Du Dich daran, warum uns die Schule die Verwarnung erteilt hatte? Angeblich stellte Lucia zu viele Fragen. Unsere Tochter ist wissbegierig und lässt sich nicht mit lapidaren Erklärungen abspeisen. Und sie ist auch ein praktisch denkender Mensch. Sie lernt nicht nur aus Büchern.«

Tanja bemerkte Susannas kritischen Gesichtsausdruck, und bat sie, sich mit ihr an den Tisch zu setzen. »Susanna, es tut mir leid für die Umstände, aber mehr als einen Kräutertee kann ich Dir nicht anbieten. Ich leide selbst immer noch unter dem Komfortverlust, aber was wäre die Alternative gewesen?«

Plötzlich quietsche die Tür vor der Holztreppe. Es waren nicht die Katzen. Oma war aufgestanden und unterbrach die Szene in der Wohnküche: »*Buongiorno!* Hier riecht es aber ausgezeichnet! Der Duft von frischem Brot und Kräutertee haben mich sanft aufgeweckt. Wie geht es meinen Kindern?« Oma hatte das Gespräch mitbekommen. Sie beherrschte zwar die Sprache nicht, kannte aber den Ton ihrer Tochter Susanna und ihres Schwiegersohns Sandro, wenn sie sich zankten. Sie war über achtzig Jahre alt und hatte einiges erlebt. Nach dem Krieg, als Kind einer alleinerziehenden Mutter, deren Mann zwei Tage nach ihrer Geburt verstorben war, hatte sie anders, weit schlimmeres erlebt, als ein Leben auf dem Bauernhof in einem fremden Land. Für die Oma war die Umstellung auf dieses neue Leben trotzdem eine Herausforderung. Wegen der doppelten Sprachbarriere war sie von Max, Sandro und Lucia abhängig. Doch ihr starker Charakter und ihre Lebenslust hatten ihr über die Jahre hinweg immer wieder geholfen, aus heiklen Situationen herauszukommen und ihre Mitmenschen zu motivieren.

Nachdem Oma nun wissen wollte, was hier im Gange war, erläutere Sandro, worüber geredet worden war. Sie kannte ihre Tochter nur zu gut und stellte Susanna zur Rede: »*Insomma!* Glaubst Du, dass es für Deine alte Mutter einfach ist?« Susanna wollte ansetzen, aber Oma unterbrach sie: »Wenn ich mich so wie Du hätte hängen lassen, dann wäre ich nicht groß geworden, hätte nie geheiratet und nie Kinder großgezogen! Glaubst Du, dass alles rosig war, nach dem Krieg? Du hast meine Geschichte schon öfters gehört und ich will mich nicht wiederholen. Ich rede jetzt von der Gegenwart: Trotz aller Widrigkeiten tragen wir alle Verantwortung, für uns selbst und für unsere Kinder. Weißt Du? Deine Mutter hat keine Bildung wie Du genossen, aber es heißt nicht, dass sie nicht begreift, was vor sich geht. Die Schule wollte Lucia unter Drogen setzen! Dauerhaft! Die Schulbehörde wollte Lucia zu einer apathischen *deficiente* machen. Vorbei mit der klugen, liebevollen Tochter! Wenn Du an ihrer Stelle gewesen wärest, dann hätte ich Dich geschnappt und mich mit Dir auch in einem Zelt verschanzt.«

Susanna schämte sich. Ihre Mutter hatte recht. Oma umarmte sie und flüsterte ihr ein paar Worte der Aufmunterung ins Ohr. Susanna war verzweifelt. Das war einer ihrer Momente der Schwäche. »Sandro, Entschuldigung.«, schluchzte sie. Er nahm sie in die Arme: »Du brauchst Du Dich nicht zu entschuldigen. Versuch aber zu verstehen, bitte! Für mich hat sich auch Einiges geändert. Alles hat sich geändert. Aber dieses Leben hat auch seine positive Seite. Findest Du nicht? Wir machen zwar keine *Karriere* mehr, aber was war denn diese *Karriere*? War es der Sinn unseres Lebens? Hier sehen wir uns jeden Tag, alle zusammen. Ja, wir arbeiten hart und müssen auf viele Bequemlichkeiten verzichten, verbringen aber viel mehr Zeit zusammen, als damals. Und unter uns gesagt: Von so einer Holzhütte hatte ich immer geträumt.«

»Das Gewächshaus ist Goldwert. Pflanzenanbau und Ernte auch im Winter ist schon was Feines.«, sagte Lucia, die mit Jörg am späten Nachmittag in das Haus zurückgekehrt war. Oma betrachtete die frisch geernteten Kräuter mit einem Lächeln: »Die guten alten Zeiten kommen wieder! Kommt, setzt euch hier an den Tisch und helft mir, das Essen vorzubereiten!« Tanja setzte sich zu den anderen und half mit. *Ja, die guten alten Zeiten!* dachte sie. *Nein, wir leben jetzt in einer guten Zeit. Mal sehen, wie lang sie noch anhält!*

»Hurra, hurra, das Gulasch ist da!«, brüllte Max voller Freude, als er die Wohnküche betrat. Nach fünf Tagen waren er, Pavel und Jaromír zurückgekehrt, mit reichlicher Beute. Als erfahrener Jäger kannte der alte Pavel die Gegend wie seine Westentasche und wusste genau, wo Hirsche und Schwarzwild anzutreffen waren, im Sommer wie im Winter. Seinen Ansitzplatz hatte er zwölf Jahre zuvor an der richtigen Stelle gebaut.

Was bis vor wenigen Jahren als Leidenschaft galt, war nun existenzielle Grundlage zur Selbstversorgung geworden. Zur Notwendigkeit.

Max nutzte jeden Jagdausflug, um sich Techniken und Feinheiten anzueignen. Eine Zielscheibe auf langer Entfernung zu treffen war einfach, das Aufspüren und das Erlegen eines Tieres aber eine Herausforderung.

Nach Erledigung der roten Arbeit an Ort und Stelle hatte Pavel die Beute zum Dorfmetzger gebracht. Dieser hatte am selben Tag den Hirsch und das Wildschwein zu Fleisch verarbeitet, auf das sich nun beide Familien freuen konnten. Der Metzger kannte Pavel seit seiner Jugendzeit. Beide hatten die gleiche Schule besucht und beide verband eine felsenfeste Freundschaft.

Max hatte seinen Anteil der Beute erhalten. Er war mit schwerer Last beladen und brauchte Hilfe, konnte sich nicht ins Haus schleichen und dann die ganze Arbeit allein erledigen. Tanja und Jörg halfen ihm.

Jörg hatte keine Zweifel, dass sein Vater unversehrt zurückkehren würde. Tanja bereitete hingegen jeder Ausflug ihres Mannes in den Wald, zur Jagd oder zum Sammeln von Holz oder Pilzen, große Sorgen. Nicht die Wildnis bereitete ihr Angst, sondern vielmehr ein möglicher plötzlicher Angriff verirrter *Pflichtspezialisten* im Grenzgebiet. Die Grenzanlage sorgte für den notwendigen Schutz, konnte aber keine absolute Sicherheit bieten.

Es wurde Abend und alle saßen am großen Tisch. Sie hatten das erste Gulasch des Winters genossen, zwei Wochen vor dem Weihnachtsfest. Jörg schnappte sich die Akustikgitarre seines Vaters, stimmte sie und fing an zu klimpern. Es war angenehm warm in der Wohnküche. Im Winter ersetzte der Holzofen das Lagerfeuer, um das sich die Familie abends in den Sommermonaten zwischen Haus und Holzhütte sammelte.

You can't always get what you want..., begann einer nach dem anderen zu singen, nachdem Jörg die ersten Akkorde erklingen ließ.

EIN ZERRISSENES IMPERIUM

» Herr Botschafter, mäßigen Sie Ihren Ton in diesem Plenarsaal!«, forderte der UN-Generalse

kretär von dem US-amerikanischen Vertreter, nachdem dieser in einer feurigen Rede Framaniens Kampfhandlungen auf Schärfste verurteilt und militärische Konsequenzen in Aussicht gestellt hatte.

Die UN hatte zahlreiche Mitglieder verloren, nicht alle freiwillig. Einige waren rausgeschmissen worden. Regionalmächte hatten sich verselbstständigt, die Organisation verlassen und dann einige angrenzende kleine Staaten geschluckt.

In den USA regierte seit kurzem ein neuer Präsident, der weder auf einer Linie mit den globalistischen Bestrebungen des neuen europäischen Superstaates war, noch seinen Gegnern im eigenen Land politische Angriffsflächen lieferte.

Er hatte sich einen nichtinterventionistischen Kurs auf die Fahne geschrieben, doch er wusste, wer diesmal hinter diesem völkerrechtswidrigen Vernichtungskrieg stand: Die gleichen Mächte, die seine Gegner im Inland finanziell sowie politisch und medial unterstützten.

Formell bestanden die zwei alten, traditionellen Parteien noch. Faktisch verlief die politische Front in den USA aber zwischen den *Constitutionals* und den *Progressives*. Quer durch den Kongress und durch die ganze Nation hatte sich ein tiefer Graben gezogen, zwischen denjenigen, welche die Verfassung streng auslegten und verteidigten, und denjenigen, welche dieselbe Verfassung für *nicht mehr zeitgemäß* hielten. Letztere kooperierten intensiv mit Framanien, waren aber im eigenen Land in der Unterzahl und konnten den globalistischen Plan nicht ohne Weiteres mitunterstützen.

Die *Progressisten* versuchten nun, aus der interventionistischen Drohung des US-Präsidenten politisches Kapital zu schlagen: vergeblich. Die desillusionierte Bevölkerung hatte sich von jeglicher politischen leeren Rhetorik entfernt und wollte Fakten, Ergebnisse sehen. Die Zäsur hatte der damalige Kandidat der *Constitutionals* vor der Wahl in seiner Antwort auf die Frage der Mainstream-Medien vollzogen: »Ja, wir sind die reichste und größte Nation der Welt. Ja, wir spielen gerne den Global-Player und die Weltpolizei, aber – Hand aufs Herz – was hat hierzulande ein jeder *John Smith* davon? Und sind wir im Anbetracht dieser Tatsache auch wirklich die beste Nation der Welt, wie manche hier ständig behaupten?«, und er setzte fort: »Ich bin möglicherweise nicht der erste und nicht der einzige, der so etwas gesagt hat, aber es ist Zeit, diesen Paradigmenwechsel endlich zu vollziehen, anstatt ihn zum bloßen, leeren Wahlkampfslogan zu machen.«

Innenpolitisch waren die *Constitutionals*-Gouverneure in der Mehrheit und hatten angefangen, die Haushalte ihrer jeweiligen Bundesstaaten zu sanieren. Vernünftig, ohne überzogene Sparmaßnahmen. Sie hielten die Infrastruktur in Schuss, strichen aber alle Verschwendungen wie die Förderung fragwürdiger Studien und ebenso fragwürdiger Studiengänge wie Genderismus an Universitäten. Dennoch waren die Bundesstaaten mit den Hochburgen der Finanzwirtschaft und des IT-Sektors fest in der Hand der *Progressisten*. Diese konnten sowohl Geld- als auch Informationsströme auf eigene Faust steuern, zumindest mittelbar.

Der politische Krieg durchzog auch das Geflecht der Nachrichtendienste, sodass diese eher mit gegenseitiger Bespitzelung als mit dem Schutz der Bevölkerung vor Gefahren von außen beschäftigt waren.

Immun waren auch die Streitkräfte nicht. Trotz stagnierender Investitionen hatten die Vereinigten Staaten von Amerika immer noch den mächtigsten Militärapparat der Welt, aber insbesondere in der Navy und in der Air-Force befanden sich, allein wegen der unverzichtbaren neuen Features ihrer Ausrüstung, viele Sympathisanten der *Progressisten*. Anders verhielt es sich bei traditionell verfassungstreuen Militärs: den Marines und der Nationalgarde. Letztere auch deshalb, weil die *Progress*-Gouverneure sie in ihren Bundesstaaten nahezu vollständig abgeschafft hatten und stattdessen für den Einsatz der Army im Inneren plädierten. Hier stand ihnen der US-Präsident selbst im Wege.

Gemäß der US-Verfassung war er immer noch Oberbefehlshaber aller US-Streitkräfte.

Die vom US-Botschafter vorgetragene Drohung hatte die Ausdehnung der von Framanien begonnenen Invasion Österreichs auf die benachbarten Länder gestoppt. China und Russland hatten sich enthalten. Eine Resolution zugunsten Framaniens wurde nicht verabschiedet. Es blieb bei dem fruchtlosen Plädoyer des framanischen Botschafters für den *antifaschistischen* Kampf gegen *notorische Ewiggestrige* und *Feinde der Friedensutopie.*

Aus ökonomischer Betrachtung hatten die USA einen beinahe autarken Kurs eingeschlagen. Rohstoffe wurden aus den eigenen Gebieten gefördert, zum großen Ärger des größten Ölförderlandes im Nahen Osten. Der neue, ehrgeizige König Beshir Haddad Qasem belieferte nun verstärkt Framaniens Militär mit fossilen Energieträgern und mit *neuen menschlichen Ressourcen*, welche in den eigenen Heimatländern keinen Platz mehr hatten, keine Subventionen mehr erhielten und nach Europa auf Luft-, Land- und Seeweg schrittweise übergesiedelt wurden. Die Ölmonarchie erhielt als Gegenleistung massive Rüstungslieferungen aus Framanien, sodass sie zur mächtigsten Regionalmacht im Nahen Osten aufgestiegen war, zum großen Verdruss ihrer nicht ganz so friedlichen Nachbarn.

Nicht nur der benachbarte muslimische Kirchenstaat beäugte die im Übermaß wachsende Ölmonarchie mit Argwohn und Misstrauen.

Der selbsternannte *Gründervater* des neuen Osmanischen Reiches zeigte hegemoniale Bestrebungen und hatte selbst massiv aufgerüstet. Größter Lieferant war auch hier Framanien, allerdings lief diese Art von Geschäft unter dem Tisch. Mit dem Eintreten der Handlungsunfähigkeit der NATO genoss der neue Sultan den Status der größten Militärmacht in Europa, zumindest auf das konventionelle Arsenal bezogen. Der neue Sultan Arslan bot sich *kooperationsbereit* an, als Ersatzstütze für kleine osteuropäische Länder auf dem Balkan sowie zwischen den Karpaten und dem Schwarzen Meer. Er wollte sein Reich sowohl auf Teile Europas als auch auf die benachbarten Turkvölker südlich der Russischen Föderation ausweiten, vorerst durch Bestechungsversuche der jeweiligen Regierungschefs, und dann in ultima ratio durch Androhen von Militärgewalt.

Weder die Ölmonarchie, noch das Sultanat verfügten offiziell über Atomwaffen. Dennoch war jedwede Massenvernichtung nicht nur mittels Atombomben realisierbar. Es gab auch andere Massenvernichtungswaffen.

Den gefährlichsten Faktor spielte die veränderte Doktrin des Sultanats und der Ölmonarchie: Sie hatten sich an Framanien angepasst und hielten die Machbarkeit als einzig geltendes Kriterium für jedwede politische, geheimdienstliche oder militärische Aktion.

Das Klischee über technologisch rückständige Länder erwies sich bei diesen großen Regionalmächten als falsch, traf nur auf ihre dünn besiedelten Gebiete zu. Mittelgroße Städte und die großen Metropolen zeigten ein anderes Bild, vergleichbar mit der sterilen Erscheinung der futuristischen Städte Framaniens.

PANARABIA

Nervöse Schritte schallten in der leeren runden Halle und kontrastierten deren majestätische Ausstrahlung. Beshir Haddad Qasem lief im Kreis herum, über ihm dominierte der prunkvolle Lüster. Er wollte allein sein. Wieder mal. Der junge König hatte wenig übrig für den verschwenderischen Lebensstil seiner Vorgänger und der meisten Familienangehörigen. Beshir genoss die Macht auf seine eigene Art und Weise: Er lebte für die Macht des Staates und betrachtete sich selbst als den lebenden Staat. Neider und Feinde munkelten von Solipsismus und warfen ihm selektive Wahrnehmung vor, ohne ihn direkt anzusprechen. Aus Furcht.

Nach dem Tod seines Vaters hatte Beshir die Zügel der Monarchie, des gesamten Staatsapparates und der Wirtschaftsbosse festgezogen, für manche Oligarchen fester, als es ihnen lieb war. Die Korruption hatte den Staatsapparat breit und tief durchseucht, sodass Beshir ein leichtes Spiel hatte, Beweise gegen unerwünschte unwillige Plutokraten zu finden, diese in Ungnade fallen zu lassen und deren Vermögen zu konfiszieren.

Die ganze Region rund um die Ölmonarchie war seit Jahrhunderten von Despoten geprägt: Kalifen, Königen, weltlichen Diktatoren mit zivilem oder militärischem Erscheinungsbild und religiösen Führern, in ständigem Allianzwechsel und nahezu dauerhaftem Kriegszustand. Oberflächlich betrachtet, passte Beshir in diese Reihe. Doch er setzte für sein Land und seine Religion ganz andere Maßstäbe, auch für sich selbst. Bescheidenheit in seiner Erscheinung war kein Zeichen von Knappheit oder

Armut, sondern von Solidität, und deckte damit unauffällig die wahren Ambitionen des neuen Monarchen.

»*Salam*, mein Lieber!« Nur ein Mensch durfte sich so eine Anrede erlauben, ohne um seine körperliche Unversehrtheit fürchten zu müssen. Farid Amir Khalil eilte zum König, aber sein Schritttempo war kein Zeichen von Angst und Unterwürfigkeit.

Verwandte hat man. Bekannte und Freunde kann man sich aussuchen. Beshir und Farid hatten sich während ihrer gemeinsamen Studienzeit an der königlichen Universität kennengelernt, sich über ihre Enttäuschungen, Visionen und Ambitionen ausgetauscht. Der König hatte bereits lange vor seiner Inthronisierung die große Weltkarte vor Augen, sein Jugendfreund und heutiger Berater hatte alle Details penibel im Kopf. Der Teufel steckt im Detail und Farid sorgte dafür, dass sich der Teufel gar nicht eines jeden Details bemächtigen würde.

Gemeinsam hatten der König und sein Berater die nüchterne Betrachtung des historischen und politischen Geschehens. Sie durchschauten die staatlich-religiöse Propaganda, die sich vergeblich bemühte, die unzähligen Fehlschläge und Versäumnisse zu kaschieren. Diese ständige Retusche der Geschichte war ihnen peinlich: Sie schämten sich förmlich fremd für die Dozenten und für die eigenen mächtigen Familien, die den Dozenten solche Anweisungen erteilten.

»Danke, dass Du so schnell zu mir gekommen bist, Farid. Ich bin heilfroh, auf Deine Hilfe zählen zu können.«

»Das ist ein Ding! Seit Du König bist, ist meine Wenigkeit der erste Mensch, den Du hierher, ins Zentrum der

Macht, bestellst.« Beshir lud seinen Freund ein, sich gemütlich an den runden Wurzelholztisch zu setzen. Dies deutete auf eine lange Beratung hin. Farid wusste, dass er das Vertrauen des frisch eingesetzten Monarchen genoss. Unter sich waren die beiden jungen Männer einfach Beshir und Farid: ohne Rollen, ohne Titel. Doch auch der beste Freund holt einen nicht um zwei Uhr nachts, wenn es keine Frage von Leben und Tod ist.

»Ich hoffe, Du bist mir nicht böse, dass ich so kurzfristig keine Wasserpfeife organisieren konnte.«, scherzte Beshir mit seinem höchsten, inoffiziellen Berater. Es war seine Gewohnheit, bei heiklen Beratungen mit einem Witz zu beginnen.

»Vor einem Jahr hast Du das *große Aufräumen* in den Ministerien und der Justiz abgeschlossen. Es war eine tiefe und breite Säuberung. Was steht ab heute an: Die ganze Welt?«, fragte Farid.

Mit einer Handbewegung schaltete Beshir die holografisch-interaktive Projektion der Weltkugel ein.

Sein Freund war beeindruckt. *High-Tech statt einer Papierlandkarte. Das sind echte Königsprivilegien!* dachte er sich, ungeachtet dessen, sein Schmunzeln zu verbergen.

Schnell schalteten beide auf Ernsthaftigkeitsmodus um. »Das, was Du *Säuberung* nennst, mein lieber Farid, ist Katzenwäsche! Wir haben allein hier in unserem Land noch jede Menge Schmutz zu beseitigen, der weder mir noch unserem Propheten genehm ist und unser Land daran hindert, mit den ganz Großen dieser Welt mitzuhalten.«

»Stellst Du Dich jetzt auf die gleiche Ebene mit unserem Propheten?«, wandte Farid scherzhaft ein.

Beshirs Gesichtsausdruck verdunkelte sich: »Nein. Ich komme einfach chronologisch nach dem Propheten und habe noch mehr zu tun als er zu seiner Zeit. Die Welt ist komplizierter geworden als damals. Findest Du nicht?« Farid schwankte zwischen Neugier und Furcht vor dem, was sein ehemaliger Studienkamerad verkünden würde.

Beshir fing an, an der holografischen Weltkugel Bereiche hervorzuheben, Punkte zu markieren, um seine Strategie zu veranschaulichen. Farid holte sein Tablet aus seiner Umhängetasche und begann damit, sich interaktive Notizen zu machen.

Nachdem die USA den Weg in einen zunehmenden Isolationismus eingeschlagen hatten, hielt der König die neue Ausgangssituation für ein Geschenk Gottes und betrachtete sie als Aufforderung zu einem neuen Eroberungsfeldzug.

Dem König war die aufmerksame und verwunderte Reaktion seines Jugendfreunds nicht entgangen: »Deine Augen verraten mir, dass Dir dieses Spielzeug gefällt.«

»Deine verraten mir, dass Du Dir sehr hohe Ziele gesetzt hast, Beshir! Die USA mögen sich auch für eine Weile zurückziehen, aber ich würde mich nicht darauf verlassen.«

»Ich auch nicht, Farid. Sogar in meinem eigenen Land vertraue ich niemandem außer Dir. Außerhalb dieses Landes bin ich noch vorsichtiger. Wir müssen allen großen *Players* auf dem Planeten den Eindruck vermitteln, dass sie uns vertrauen können und dass wir kooperieren. Insbesondere Framanien ist mein neuer Joker.«

»*Fram*-was?«

»Wenn Du noch nichts davon gehört hast, Farid, dann bin ich besser als alle unsere Geheimdienste zusammen. Wobei, offen gestanden, dazu braucht man nicht viel. Sie liefern mir bestenfalls leicht gefärbte Quellen aus zweiter Hand. Meine eigenen Quellen haben mir berichtet, dass die zwei größten und am stärksten globalisierten Staaten Europas bald fusionieren werden. Die Ankündigung ist für Dezember 2024 geplant, mit sofortigem Inkrafttreten am 1. Januar 2025.«

Farid staunte und rieb sich die Augen. Er fragte seinen Freund und König, woher er das wissen wolle. »Von unserem Freund und Verbündeten in der *zivilisierten* Welt, dem Oberspekulanten Rákosi. Die Staatsverschmelzung ist beschlossene Sache. Danach werden alle anderen europäischen Staaten finanziell dermaßen unter Druck gesetzt, dass sie alle in einen neuen Superstaat aufgehen werden: die *United States of Europe.*«

Beshir erläuterte seinem wissensbegierigen Kumpel sämtliche Einzelheiten des neu aufkommenden Superstaates, mit besonderem Augenmerk auf die Thematik der *neuen menschlichen Ressourcen.*

»Ach, die *Ressourcen*! Willst Du auf diese Art und Weise unser Land und unsere Nachbarstaaten entvölkern?«, fragte Farid mit Entsetzen.

Beshir entgegnete zynisch: »Die Vorläuferstaaten der *USoE* sind Meister des Recyclings. Sie werden wohl mit diesen *geschenkten Menschen* etwas anstellen können. Wir können nicht mehr so handeln, wie unsere Vorgänger. Die Nachfrage nach Rohöl, unserer einzigen Einkommensquelle, ist seit fast einem Jahrzehnt rückläufig und in Westeuropa steht die erste Phase der globalen Energiewende an. Die Rechnung wird in den betroffenen

Ländern nur mit der Abschaffung der Mobilität und mit der Versklavung der eigenen Völker aufgehen, aber auch unsere finanzielle Lage wird sich im Zuge dessen weiter verschärfen. Wir können die schwer kontrollierbaren Extremisten in unserem Land und in der Region nicht mehr halten und mit Geld auf Pump aus abnehmenden Ölverkäufen nicht mehr besänftigen. Wir müssen in dieser Sachlage radikal umdenken und entsprechend handeln. Sonst rebellieren diese Fanatiker gegen uns.«

Beshirs Ausführungen sprangen Farids Vorstellungsvermögen. Doch Beshir ließ ihm keine Zeit um nachzudenken: »Wir geben den globalisierten Europäern Kleingeld zur Aufnahme und Versorgung der *neuen menschlichen Ressourcen*, die wir dorthin exportieren. Den Rest werden der neue Superstaat und Rákosi selbst finanzieren. Das große Geld behalten wir. Damit erwerben wir neue Kriegstechnologie und locken europäische Wissenschaftler an, damit sich diese am besten dauerhaft bei uns niederlassen. Keine Sorge: So viele sind es nicht. Unsere *Menschenexporte* steigern die Importe von Technik und Knowhow um das Dreifache.«

»Was ist mit unseren Verbündeten hier in der Region? Sollen sie auch entvölkert werden? Können wir mit ihnen keine Kriegskoalition bilden?«

»Verbündete? Koalition? Entschuldige, mein lieber Farid, aber ich heiße nicht *Nasser*. Ich will keine Verbündeten. Ich will PROVINZEN meines Imperiums! Wie oft haben unsere Vorgänger an diese Koalitionslüge geglaubt? Es ist eine Chimäre, ein Hirngespinst. Kaum ein benachbarter Staat war und ist bis heute noch immun gegen diese Geisteskrankheit. Hast Du vergessen, wie jämmerlich der Baathismus verendet ist? Wie ein zahnloses Tier! Nein

Farid, wir brauchen wieder ein Imperium wie zur Zeit des Propheten.«

Farid nickte. Er fühlte, dass sein Kumpel, der als König sein eigenes Land wie eine Socke umgestülpt hatte, auch einen guten Plan für eine neue *panarabische* Hegemonie verfolgte. Eine Lösung für die Bedrohung, die aus dem benachbarten Kirchenstaat ausging, sah Farid im Beshirs Plan jedoch nicht.

Als ob er Gedanken lesen könnte, lieferte Beshir, unaufgefordert, seine Antwort: »Mach Dir keine Sorgen wegen dieser persischen Ungläubigen! Wenn wir alles geschickt einfädeln, wird die ganze Welt uns als die Guten und sie als Brutstätte des Terrors ansehen. Dann versetzen wir ihnen den Gnadenschuss.«

»Es kursiert das Gerücht, dass der Kirchenstaat über Atomwaffen verfügt. Hast Du das berücksichtigt?«, wandte Farid ein. Beshir erwiderte selbstsicher: »Es ist nur ein Gerücht. Aber nehmen wir mal an, dass es stimmt. Sie könnten unsere politische und militärische Elite gar nicht treffen, weil sie nicht wissen, wo sich unsere geheimen Schutzeinrichtungen und Hauptquartiere befinden. Außerdem werden wir bald über ganz andere Spielzeuge zur Massenvernichtung verfügen, die leise sind und eine nachhaltige Wirkung entfachen. Wir können präventiv handeln, ohne dass unser Feind den Präventivschlag überhaupt wahrnimmt. Sobald sich die erste Wirkung zeigt, ist es für ihn zu spät.«

Er hatte Farid überzeugt, der sich allerdings fragte, wie sein Land ohne seine Haupteinnahmequelle funktionieren würde, selbst wenn nur während einer Übergangszeit, deren Dauer er aber für nicht einschätzbar hielt. Farid äußerte schüchtern seinen Einwand und bekam im

Handumdrehen Beshirs harsche Antwort: »Du sorgst Dich um das Öl? Als im sechsten Jahrhundert der erste glorreiche Feldzug unserer Geschichte begann, hatten unsere Vorfahren keine Ahnung von dieser klebrigen Masse unter ihren Füßen. Trotzdem konnten sie Nordafrika besetzen, ihr Reich bis Cordoba ausdehnen und alle unter ihren eisernen Fersen versklaven. Auf Gott vertraue ich, wie unser Prophet damals es tat, brauche aber heute etwas mehr als einen Säbel. Den Säbel würde ich gerne gegen moderne Lenkwaffen, Ortungssysteme und chemische Keulen aus Framanien tauschen. Wir brauchen diese Technologien auch für die Zeit nach unserem Feldzug, um unser künftiges Imperium zusammenzuhalten.

Damals übernahmen wir von den *Ungläubigen* nützliche Dinge und perfektionierten sie: von den Griechen das Astrolabium, von den Indern die Zahlen und so weiter. Wir müssen heute das Gleiche tun. Framanien produziert Kriegsgeräte mit Qualitätsstufe *10*? Wir setzen die *11* darauf!«

Farid zeigte auf die virtuelle Landkarte: »Europa ist nicht nur diese *USoE*. Was tun wir mit diesen vier *bissigen Hunden*? Sie bleiben hart gegen den heutigen europäischen Staatenbund und werden gegenüber den *USoE* nicht einknicken.«

Beshir belächelte den Einwand seines Freundes: »Die vier *Winzlinge* bereiten mir wenig Sorgen. Sie mögen sich wie Schnecken in Schale schmeißen. Jedes *Insekt* fühlt sich in seinem Panzer sicher, bis der Druck zunimmt. Die Panzerung dieser vier *Insekten* ist sehr dünn.«

»Was tun wir mit Arslan?«, fragte Farid.

»Ihn habe ich auch eingeplant. Er ist in der Tat meine einzige Marionette vor den Toren Europas. Lassen wir ihn vorerst glauben, er sei tatsächlich der neue osmanische Sultan! Er erfüllt für uns zwei Aufgaben: Er stiftet genug Chaos vor Ort und sitzt am letzten Glied des *humanitären Korridors*. Nur dass das klar ist: Wir kämpfen nicht nur für unsere Religion. Wir kämpfen für eine panarabische Herrschaft! Perser und Osmanen gehören nicht zu unserem Volk und ich werde alles dafür tun, sie von der Landkarte zu fegen.«

Farid empfand zugleich Angst und Begeisterung für dieses Vorhaben. Letztere überwog in seinem Herzen. Nur eine Sache war ihm nicht klar. Welche Rolle hatte sein Freund für ihn in diesem großen Plan vorgesehen?

»Die Diplomatie mit Framanien und den *USoE* wird Dein Ressort sein, mein neuer Premierminister!«

Farid konnte es nicht fassen, was der König ihm verkündet hatte. Seinem Enthusiasmus zu trotz, gab es eine Unannehmlichkeit: »Mit Scherkel und Rákosi werde ich keine Probleme haben, aber erspare mir bitte diese *Frau*!«

Beshir erlaubte keine Widerrede: »Genau die designierte framanische *Ministerin für Gerechtigkeit und inneren Frieden* ist Dein Zielobjekt. Sie wird das öffentliche Leben kontrollieren und den staatlich monopolistischen Repressionsapparat steuern. Sie verkörpert alles, an dem Europa zugrunde gehen wird: Hybris und Dekadenz. Also, klemm Dir eine Wäscheklammer auf die Nase und beschäftige Dich mit ihr! Der Gestank wird halb so unerträglich für Dich sein.«

Farid musste die Kröte schlucken. Allein der Gedanke war ekelerregend. Doch er wusste, er hatte keine Wahl.

Farid suchte nun etwas, was ihm Motivation und Trost zugleich für diese Aufgabe geben würde.

»Ist es Allahs Wille?«

»Es ist Deines Königs Befehl!«

DAS DRITTE ROM

» *Eurasien* ist nicht nur eine Vision. Es ist unser Erbe, unser Schicksal, unsere Mission!«, polterte der alte Alexandr Puschkin. Sein Finger zeigte dabei gen Himmel. Er pausierte nur kurz, um einen Schluck Wasser zu trinken und sich durch die langen grauen Haare zu streichen. Er feuerte weiter die Menschenmenge der Massenveranstaltung auf dem Roten Platz an. Sein politisches Credo predigte er bereits gebetsmühlenartig seit dreißig Jahren. Am Anfang, bis zehn Jahre nach dem Zusammenbruch der Sowjetunion, wollte kaum jemand davon wissen. Politiker und das einfache Volk hatten ganz andere Sorgen: das eigene Weiterbestehen und den Wiederaufbau des Landes.

Doch mit der Rückkehr von Stabilität und bescheidenem Wohlstand kamen der Stolz und die Bereitschaft zurück, sich auf der Weltbühne neu zu behaupten. Puschkin fand Gehör in zunehmend höheren Kreisen: Medien, führenden Politikern nahezu aller Parteien, Geheimdiensten und Militärs.

Er wusste nicht, ob er seinen Traum jemals umgesetzt sehen würde, doch er war seit Anfang der 2020er Jahre inoffiziell zum höchsten Berater des russischen Präsidenten aufgestiegen, den er allerdings nur als *Truchsess* betrachtete, als Wegbereiter für die Rückkehr des legitimen Zaren.

Anders als in der vorsowjetischen Zeit vertrat Puschkin keine rein monarchistische Weltanschauung im klassischen Sinne, sondern postulierte die Inthronisierung eines *Volkszaren*, der sowohl die Funktion eines *Imperators* als auch die eines volksnahen *Dux* verkörpern würde. Der Anwärter auf den Posten des *Volkszaren* existierte bereits: der amtierende Verteidigungsminister, der jüngste Minister im russischen Kabinett.

Puschkins Theorien hatten sich durch die ganze russische Föderation verbreitet, und darüber hinaus bis in die Mongolei, wo er den baldigen Aufstieg des rechtmäßigen Nachfolgers von *Ungern Khan* verkündet hatte. Diese Doktrin hatte die Bevölkerung und die buddhistischen religiösen Führer der Region in Aufbruchsstimmung versetzt und befeuerte ihr Engagement. Selbst in Dingen des täglichen Lebens sahen die Mongolen wichtige Schritte zur Erreichung dieses Ziels.

Puschkin träumte vom *Dritten Rom* und verleitete die einflussreichsten Personen Russlands dazu, dieser Vision zu folgen. Nach Rom und Konstantinopel sei nun Moskau an der Reihe – nach dem Fiasko des Bolschewismus und dem postsowjetischen Chaos – wieder Stärke zu erlangen, sich auszuweiten und die Rolle der neuen *Ewigen Stadt* zu übernehmen.

Für Puschkin und seine Gleichgesinnten hatte es in der Geschichte keine Erneuerung des Römischen Reiches durch Karl den Großen gegeben, und schon zweimal nicht mit der Legitimation des Papstes, also desjenigen, der anstelle des byzantinischen Kaisers die Rolle des *Pontifex Maximus* für sich unrechtmäßig beansprucht hatte. Gemäß seiner Doktrin hatte eine *Translatio Imperii* von Rom nach Konstantinopel stattgefunden, der eine zweite *Translatio* von Konstantinopel nach Moskau folgen würde. Die bolschewistische Revolution von 1917 und die darauffolgenden 74 Jahre bis zum Zusammenbruch des sowjetischen Kommunismus betrachtete er zu Anfang seiner politischen Karriere als Unfall der Geschichte. Im weiteren Verlauf hatte er sich selbst davon überzeugt, es sei ein aus dem Ausland herbeigeführtes Komplott gewesen, gegen den Aufstieg des *Dritten Rom*. Dem gefallenen sowjetischen Regime räumte der Ideologe lediglich den Verdienst ein, das russische Reich territorial zusammengehalten zu haben.

Netzwerke im Namen des *Dritten Rom* waren seit Mitte der 1990er Jahre in mehreren Ländern Europas aktiv. In Folge der zunehmenden Europäisierung – des alten europäischen Staatenbundes und des neuen europäischen Superstaates Framanien – versank ein Teil dieses Netzwerks nahezu in die Bedeutungslosigkeit. Im Westen wurde auch ein Verbot für zahlreiche eurasische Organisationen und Puschkins Netzwerke verhängt. Diese Netzwerke fanden nun politische und finanzielle Unterstützung aus oberster Stelle in Russland.

Doch 37 Jahre nach dem Zusammenbruch des Kommunismus kämpfte das selbsternannte *Dritte Rom* immer noch gegen zahlreiche innere Probleme unterschiedlicher Natur: Die Wirtschaft war zwar wesentlich besser als zu Sowjetzeiten aufgestellt, kam aber in mehreren Regionen des riesigen Landes nicht richtig in Fahrt, nicht nur wegen der vom Westen auferlegten Sanktionen.

Das Militärgerät, insbesondere das taktische Arsenal, war dringend zu erneuern oder, je nach Kostenabwägung, billig zu verkaufen. Zum Teil fand es Einsatz in kleinen Stellvertreterkonflikten im Südwesten des Landes. Zwar besaß Russland das zweitgrößte Militär der Welt und war in der Lage, sich gegen eine jede Regionalmacht und auch gegen das stetig wachsende China zu behaupten, konnte aber dem eigenen hegemonischen Anspruch nicht gerecht werden.

Geschäfte mit dem benachbarten großen *Reich der Mitte* waren nicht mit Sanktionen vergiftet, dennoch gleichzeitig Fluch und Segen für Russland, sowohl auf der rein ökonomischen als auch auf der politischen Ebene. Beide Ebenen waren in Russland und China unzertrennlich.

Durch den Verkauf von Rohstoffen an China verschaffte sich Russland zum einen frisches Kapital, zum anderen auch einen wichtigen Handelskanal für den Import von Technologie und Konsumgütern.

Die daraus resultierende gegenseitige Abhängigkeit widersprach den ambitionierten geopolitischen Bestrebungen beider Riesen.

Doch Russland war nicht nur Öl, Gas und Atomwaffen. Der Kreml betrieb seit Jahren ein Programm zur Förderung eigener Siedler in bis dato unbewohnten Gebieten der Föderation. Freiwillige Siedler bekamen, zumindest laut Papier, ausreichend Subventionen in Form von Startkapital und Ausrüstung, um neue Gebiete zu erschließen und diese dann zu bewirtschaften. Mit diesem Vorhaben zur Selbstversorgung eines Teils des Volkes wollte sich Russland in Bezug auf die Lieferung existenzieller Güter weniger abhängig von China und anderen Ländern machen.

Seit dem Amtsantritt des neuen US-Präsidenten war offiziell kein Frieden mit Russland geschlossen worden, aber es wurden keine weiteren Sanktionen verhängt. Die laufenden Stellvertreterkonflikte zwischen den zwei

Großmächten schienen eingefroren zu sein. Es blieb auf beiden Seiten die Skepsis für das globalistische Konstrukt, das sich im Westen Europas verfestigte.

Mit der Degradierung fast aller westeuropäischen Länder zu Satellitenstaaten Framaniens war die Gründung der *USoE* de facto beschlossene Sache. Nur der offizielle Beitritt Italiens und Spaniens, festgelegt für 2028, war noch nicht vollzogen worden. Beide Länder hatten aber die eigene Anpassung an die Standards der künftigen *USoE* so stark vorangetrieben, dass es sich bei dem offiziellen Beitritt nur um eine Formalie handelte.

Nach den Ereignissen in Österreich hatten die *Abtrünnigen* einen nachvollziehbaren Grund, mit dem *Dritten Rom* zu liebäugeln. Aber sie erinnerten sich immer noch an die *Hilfeleistungen* der alten Sowjetunion (Unterdrückung des Budapester Aufstands 1956 und Prager Frühlings 1968) und missbilligten zu offene Annäherungsversuche.

THE NEW UNIVERSAL CHURCH

Der Aufstieg Russlands als *Drittes Rom* war insbesondere für eine religiöse Instanz ein Dorn im Auge. Der ein Jahrzehnt zuvor gewählte Papst hatte sich seit Anfang seines Pontifikats dem westlichen technokratischen Globalismus angeschlossen, selbst wenn dieser die traditionelle Basis der katholischen Kirche unterminierte. Mit diesem Kurs überwog der Universalitätsanspruch des Vatikans endgültig gegenüber der eigenen Tradition. Denn die Kirche hatte in ihrer ganzen Geschichte zwar zahlreiche Anpassungen der einen oder der anderen weltpolitischen Lage hinter sich gebracht und viele Päpste wussten von der Notwendigkeit kleiner Kompromisse gegenüber weltpolitischen Neuerungen, um den Erhalt der Kirche zu garantieren. Doch dieser Papst überschritt die Schwelle des *kleinen Kompromisses* und war fest entschlossen, *seine* katholische Kirche zu *entkatholisieren,* dem neuen kulturmarxistischen *Canon* des Globalismus anzugleichen und somit die erste weltweite synkretistische Religion zu schaffen. Lieber würden er und seine Institution einen universellen, traditionslosen Synkretismus lenken, als in den Abgrund der Geschichte zu stürzen. Dies war verfälschte Spiritualität, aber immerhin weltweit herrschend, monopolisiert und so mächtig, dass er, der Papst, dessen Vorgänger sich als *Servus Servorum* bezeichneten, gemeinsam am Tisch der großen Drahtzieher sitzen würde.

Der Pontifex baute neuartige Brücken der globalen, fortschreitenden Gleichschaltung, welche eine beispiellose Säuberungsaktion innerhalb und außerhalb der Kirche mit sich brachte.

Erst exkommunizierte der Papst die vier *Abtrünnigen*, dann das renitente *Zwischenland*. Mit Russland brach er jedweden Dialog ab. Denn der Papst hatte keine Chance, das neue aufsteigende Imperium zu beugen, wie es die Päpste im Mittelalter mit dem Frankenreich und dem Heiligen Römischen Reich Deutscher Nation getan hatten. Kein künftiger Zar des *Dritten Rom* würde jemals bettelnd nach Canossa kommen.

Bischöfe und einfache Priester in den betroffenen Ländern mussten sich entscheiden: Entweder die eigenen Leute verraten und für die neue globalisierte Kirche agieren, oder den Bann akzeptieren und sich von ihrer Institution loslösen. Als einfache Seelsorger hätten sie weitermachen können, aber ohne die Autorität und den Segen des Vatikans. Mehrheitlich entschieden sie sich für diesen zweiten Weg und wurden, zumindest politisch gesehen, zu den neuen *Protestanten*. Die Erben der historischen Protestanten waren dabei, sich wie die Katholiken der Globalisierung anzuschließen und den eigenen Stifter zu leugnen.

Auch der Dorfpfarrer von Příštpo war betroffen. Die Entscheidung fiel ihm anfangs schwer, aber in seinem Herzen war er sich sicher, die eigenen Prinzipien und alles, was er geliebt hatte, nicht verraten zu wollen. Seine Entscheidung teilte er den Anwesenden in der Sonntagsmesse in seiner Dorfkirche mit. Die Nachricht verbreitete sich rasant im gesamten Landkreis, sodass auch Max und seine Familie Kenntnis darüber erlangten. Die Zäsur hatte die einfachen Leute erreicht. Manche stritten sich sogar darüber, ob es denn nicht sinnvoller wäre, der neuen universalen Kirche eine Chance zu geben. Doch die Liebe zur Freiheit und Selbstbestimmung überwog im Herzen des Volkes.

Die Oma war durch diese Wendung schwer getroffen. Ihr gesamtes Weltbild eines eisernen wahren Glaubens und eines unfehlbaren Papstes wankte wie unter der verheerenden Wirkung eines Erdbebens. Trotz aller Zweifel und innerer Unsicherheiten musste sie erkennen, dass auch dieser Papst zu der Kategorie von Menschen zählte, die ihre Enkelin unter Drogen gesetzt hätten und ganze Landstriche der Gewalt der *Pflichtspezialisten* geopfert hatten.

Max, der sich gerade mit Pavel und Jaromír darüber unterhielt und nicht wirklich etwas für kirchliche Angelegenheiten übrighatte, kommentierte dies mit den Worten: »*Desine fata deum flecti sperare precando!*«

Pavel und sein Sohn wussten nicht, was er mit diesem Satz in der Sprache der katholischen Kirche gemeint hatte. Max entgegnete sichtlich verärgert: »Es ist nicht die Sprache dieser Sekte, sondern die der römischen Republik und des römischen Imperiums. Dieser Satz stammt vom Dichter Vergil, genauer gesagt, aus dessen Poem *Äneis*. Als Aenea in voller Verzweiflung anfängt, die Götter anzuflehen, ermahnt ihn die Sibylle von Cumae, dass er aufhören solle, zu hoffen, das Schicksal mit Gebeten ändern zu können. Mancher interpretiert dies als Resignation. Ich sage, man kann das Schicksal mit Taten ändern! Wir sind auf uns selbst gestellt, nicht auf einen Gott, der uns nicht beachtet und nicht auf eine Kirche, die uns verachtet und vernichten will. Nur um das klarzustellen: Ich bin nicht dieser ruhmreiche Aenea und habe nicht die gleiche Geschichte. Genauer gesagt: Vergils Poem ist gar keine wahre Geschichte. Aber ich hätte diesen selbsternannten Göttern der Globalisierung meine Frau, meinen Adoptivsohn und mich selbst überlassen, wenn ich versucht hätte, sie anzuflehen und um eine Veränderung durch ihre *Gnade* zu bitten. Man kann keinem Verräter vertrauen, insbesondere keinem, der sich als eine Art Gott, *Deus ex Machina* oder so ähnlich darstellt und zu dir sagt, du sollst ihm vertrauen, weil er wisse, was er tue und was für dich gut sei.«

Pavel war perplex: »Mein lieber Freund, ich kapiere immer noch nicht genau, was Du damit sagen willst.«

»Ach Pavel«, seufzte Max, wohlwissend, dass er vor seinem besten Freund stand und fuhr fort: »Einfach gesagt, wir müssen mit unseren eigenen Köpfen denken und auf unsere Herzen vertrauen, anstatt irgendwelchen Institutionen oder Experten unsere Entscheidungen zu überlassen.« Jaromír, der hinter seinem Vater stand und Max' Ansicht der Dinge teilte, machte ein Zeichen der Zustimmung und flüsterte: »Genau.«

Innerhalb der katholischen Kirche, selbst in den hohen Kreisen ihrer Entscheidungsträger, Orden und mächtigen katholischen Institutionen, fielen die Säuberungsaktionen noch grausamer aus, als außerhalb. Die Betroffenen hatten keine Möglichkeit, einfach auszutreten und sich aus dem Staub zu machen. Wer sich nicht beugte und den geringsten Zweifel äußerte, der wurde seines Amtes enthoben und in Gebiete zwangsversetzt, die Elend, wenn nicht sogar den sicheren Tod bedeuteten.

Es war die neue *Inquisitio Haereticae Pravitatis*, die neue *Libertas Ecclesiae 2.0*. Die *Freiheit* der Kirche, allen Menschen den eigenen globalistischen Konformismus aufzuzwingen.

ZWISCHEN ZWEI MEEREN

D ie Regierungschefs und Oppositionsführer der vier *abtrünnigen* Staaten trafen sich zu einem vereinbarten Gipfel in Bratislava, zusammen mit dem nun landlosen österreichischen Bundeskanzler und einer Vertretung der Aussiedler aus den westeuropäischen Gebieten.

Spätestens nach den blutigen Ereignissen in Österreich war allen vier Staaten klar, dass es nicht mehr nur um Wirtschaftssanktionen oder Bußgelder ging. Solche Strafen, sowie das dauerhafte Bashing gegen einen jeden Kritiker waren im alten europäischen Staatenbund an der Tagesordnung. Aber *Framanien* war in die nächste Phase übergegangen: Unterwerfung oder Vernichtung.

Dennoch verhielten sich die Politiker der vier Rebellenstaaten eben immer noch wie Politiker, die zwar im Großen und Ganzen die Realität begriffen hatten, doch ab und zu auf politisch-diplomatische Lösungen hofften, die es faktisch nicht mehr gab.

Das gemeine Volk und die aus Westeuropa ausgezogenen Siedler hatten einen deutlich realistischeren Blick und somit eine nüchterne Auffassung der Gesamtsituation. Furcht, Ratlosigkeit aber auch Kampfbereitschaft wechselten sich ständig in den Köpfen der teilnehmenden Politiker und spiegelten sich in ihren Gesichtern wider.

Erich Lang und den Vertretern der Aussiedler ging es – im Grunde genommen – nicht anders. Sie betrachteten aber die Gesamtsituation aus einer anderen Perspektive: aus einer operativen Perspektive. Entsprechend hatten sie sich vor dem Treffen ausgetauscht und sich dafür entschieden, operative Vorschläge in die Versammlung einzubringen. Kein Diplomatie-Handbuch konnte die persönliche Erfahrung ersetzen.

Das Wort ging zuerst an den Gastgeber, den slowakischen Ministerpräsidenten. Der Saal war still: Man hätte die Stecknadel fallen hören können. Der erfahrene Diplomat Labacs beschränkte sich vorerst auf die Kurzfassung des Überfalls auf Österreich, der mittlerweile vier Wochen in der Vergangenheit lag, und übergab dem Chef der größten slowakischen Oppositionspartei das Wort.

Pacholic war ein Mann um die vierzig, rauer aber gepflegter Erscheinung. Er verdiente zwar nicht das Prädikat eines Meisters der Rhetorik, dennoch zweifelsohne das eines Meisters der kurzen und prägnanten Reden. Eigentlich bestand die Differenz zwischen den beiden darin, wer die größte Skepsis gegenüber den sich anbahnenden *Vereinigten Staaten von Europa* verlauten ließ. Pacholic bewies diesmal, einen weitgehenden Blick zu haben, und schilderte den politischen Kontext auch außerhalb Europas. »Wer jetzt immer noch glaubt, dass die entsandten *Pflichtspezialisten* scheiterten, weil ihnen Munition und Treibstoff ausgingen und diese Horden von unseren Grenzschützern gestoppt worden seien, der lebt in einer Traumwelt. Und das ist äußerst gefährlich, meine werten Kollegen!«, wetterte er fordernd, »Sicherlich haben Sie mitbekommen, dass der US-Präsident indirekt mit einer Intervention gedroht hatte, selbstverständlich zum großen Ärger der *Progressisten* im eigenen Land. Aber auch diese Präsidentschaft wird bald enden, genauer gesagt in zwei Jahren. Und 2028 werden auch Spanien und Italien den

USoE beitreten. Wir haben also auf der einen Seite eine traurige Gewissheit in Europa und auf der anderen Seite ein mögliches Kippen der Kräfteverhältnisse in Amerika, wohlbemerkt zu unseren Ungunsten. Eine Rückkehr der USA zu den alten Zeiten, also zur globalistischen Agenda ist alles andere als ausgeschlossen. Wir können uns nicht darauf verlassen!« Er bemerkte die erschrockenen Gesichter einiger Teilnehmer und übergab das Wort an den Regierungschef seines westlichen Nachbarn.

Dobroslav Horák schloss sich als tschechischer Regierungschef seinem slowakischen Kollegen sowie dem slowakischen Oppositionsführer an, bestätigte deren Auffassung der Dinge, warf aber *in medias res* zwei konkrete Vorschläge in den Raum: Es bedurfte seines Erachtens sowohl einer erheblichen Aufstockung der Streitkräfte – einschließlich der Reserve – als auch einer effektiven bewaffneten zivilen Verteidigung. Letzteres stieß zwar auf Zustimmung unter den Aussiedlern, aber auf die ablehnende Haltung Ungarns, zumindest des amtierenden ungarischen Ministerpräsidenten Molnár. Der ungarische Oppositionschef Saabo hörte aufmerksam zu und zeigte sich offen, vielleicht wegen seines noch jungen politischen Lebens.

Die delegierte Vertreterin der tschechischen Opposition verzichtete vorerst auf ihre Redezeit. Hedvika Svodobová konnte es auch diesmal nicht lassen, sich zumindest ein wenig als Hingucker des Tages darzustellen, aber es war – wie immer – ihr bewährter Trick. Denn oberflächlich war diese Frau keineswegs, aber viele ihrer Kollegen waren auf diese Fassade immer wieder hereingefallen und hatten sie unterschätzt. So schwieg sie vorerst weiter.

»Das ist für unser Land nichts Neues. Wir haben schon lange angefangen, einen umfassenden Zivilschutz durch Milizen unter staatlicher Aufsicht auszubauen. Bitte sagen Sie mir nicht, dass dies alles sei! Sind wir umsonst hierhergereist?« Die Stimme des polnischen Premiers Kacmarek klang polemisch und etwas skeptisch. Er setzte fort: »Haben Sie vor vier Wochen geschlafen?« Er schlug mit seiner Faust auf den Tisch und verdrehte die Augen. Offenbar war Kaczmarek nie ein Mann der leisen Töne und die neue Lage schien ihn vollends in den irrationalen Alarmmodus versetzt zu haben.

Erich Lang ergriff das Wort und äußerte seine Zustimmung für das tschechische Vorhaben: »Hätte ich damals schon auf meinen Vizekanzler gehört, der, wie Sie wissen, sein Leben für die vielen Leben flüchtender österreichischer Mitbürger geopfert hat, dann wäre es anders gelaufen und zumindest ein Teil Österreichs würde heute noch existieren und sei es auch nur als Pufferzone zu Ihren Ländern, liebe Kollegen!«

Seit seiner Auswanderung im Jahr 2023 hatte Max angefangen, sich mit der unmittelbaren Nachbarschaft und anderen politisch auszutauschen, die – wie er – in den Grenzgebieten lebten. In Pavel hatte er einen echten Gleichgesinnten, einen konkret denkenden Menschen und zugleich eine auf der lokalen Ebene einflussreiche Person gefunden.

Zwar gab es eine alternative Szene auch östlich des Böhmerwaldes, wie in Deutschland bis kurz vor Beginn der Staatsfusion und der harschen Gleichschaltung, allerdings waren die Menschen bodenständig: Jammerei, Dauernörgelei und realitätsfremde Vorstellungen waren verpönt. Sofern die tägliche Arbeit es zuließ, nahmen Pavel und Max an Diskussionen mit praktischem, operativem Charakter teil.

Dank der Freundschaft mit Pavel durfte Max dem Treff diesmal beiwohnen, selbst wenn offiziell ohne Rederecht.

Polen lehnte den ungarischen Vorstoß, sich Russland weiter anzunähern, kategorisch ab und erntete Molnárs Kritik: »Im Ernst, glauben Sie immer noch, dass die Vereinigten Staaten von Amerika Ihnen zu Hilfe eilen werden? Haben Sie es verpasst, dass die NATO tot ist? Und wie unser slowakischer Kollege richtig geschildert hat, ist spätestens in zwei Jahren eine Rückkehr der US-Politik zum Globalismus nicht auszuschließen. Das würde die volle Unterstützung für die *USoE* gegen uns bedeuten. Was machen Sie dann?« Molnár bekräftigte weiter: »Das *Dritt...* ähm... Russland hat immer noch die militärische Stärke, die wir dringend benötigen. Wenn wir zumindest ein Zweckbündnis mit den Russen schließen würden...«

»Dann würden wir wie ein Welpe einem neuen Herrchen hinterher wedeln, Herr Ministerpräsident!«, unterbrach ihn Saabo urplötzlich. Alle waren verdutzt. Saabo setzte fort: »Ja, Polens Vorstellung einer möglichen amerikanischen Hilfe ist jenseits der Realität, aber auch Sie, Herr Molnár, reden immer von *Eigenständigkeit* und von *patriotischer, nationaler* Politik. Ist das wirklich national, was Sie hier präsentieren? Und nein, ich mache hier keine Vergleiche zu den schrecklichen Ereignissen von 1956! Russland ist nicht die alte Sowjetunion und möglicherweise geraten wir nie wieder in eine solche Situation wie damals. Dennoch hat Russland – oder, wie Sie es nennen, *das Dritte Rom* – sehr wohl hegemoniale Bestrebungen nach Westen. Es mag schon sein, dass die Russen uns diesmal unterstützen würden, statt uns zu besetzen und zu unterdrücken, aber wir würden in ein unumkehrbares Abhängigkeitsverhältnis geraten. Ja wir hätten dann mit einem sehr sperrigen *Freund* zu tun. Außerdem sehe ich nicht ein, dass wir aufgrund einer falschen Strategie unsere Völkerfreundschaft mit Polen aufs Spiel setzen!«

Molnár ließ nicht nach und warf Saabo vor, sich für die nächsten Parlamentswahlen profilieren zu wollen, da ein Livestream des Gipfels in allen vier *abtrünnigen* Ländern lief, wenn auch in einer sehr bescheidenen Audio- und Videoqualität.

Saabo war nicht kleinzukriegen: »Mit Verlaub, Herr Ministerpräsident. Wenn wir diese Entwicklung nicht aufhalten und unsere Verteidigung nicht überdenken, dann wird es keine Wahlen mehr geben. Denken Sie mal darüber nach!«

Saabo hatte ein offenes Ohr für das tschechische Vorhaben. Er besaß zwar verhältnismäßig wenig Fachkompetenz auf dem militärisch-strategischen Gebiet, hatte aber die Zahlen klar im Blick. Und diese ergaben ein desolates Bild: Allein die Landstreitkräfte betreffend, konnte Ungarn zum Schutz seiner 9,8 Millionen Einwohner nur auf 32 schwere Kampfpanzer, 1.123 leicht gepanzerte Fahrzeuge, 300 schwere Geschütze nicht selbstfahrender Feldartillerie, 65 veraltete mobile Raketenwerfer und null selbstfahrende Artillerie zählen. In einer realen Kriegssituation gegen eine reguläre Armee eines vergleichbar ebenso kleinen Landes hätte Ungarn gerade einmal knapp über 72 Stunden durchhalten können.

Pavel hatte nun das Wort und beleuchtete präzise alle Lücken und Schwächen des bestehenden Verteidigungsmodells. Er erinnerte den ungarischen Premier nachdrücklich daran, dass der Zaun seines Vorgängers zwar eine gute Maßnahme für die damalige Zeit gewesen war, dennoch diese niemals ausreichen würde, um eine solche Masse an wütenden und unter Drogen gesetzten Menschen zu stoppen. Zudem bestand das Problem des benachbarten Rumäniens, das sich die Option eines Beitritts zu den *USoE* immer offenhielt: Rákosi war schon mehrmals in Rumänien gewesen und hatte den dortigen Politikern immer wieder finanzielle *Hilfe* angeboten, unter der Bedingung von offenen Grenzen und logistischer Unterstützung für noch mehr *menschliche Ressourcen*. Der Zaun an der Grenze zu Rumänien war keine feste Anlage wie der Zaun an der Grenze zu Serbien.

Pavel setzte auf zivile Verteidigung, konnte aber Molnár nicht überzeugen. »Wir sind zwar in einer außergewöhnlichen Lage, leben aber nicht in einem Epos!«, stichelte Ungarns Premier.

Unerwartet griff Max zum Mikrofon: »Ja, Herr Ministerpräsident, Sie haben Recht: Wir leben nicht in einem Epos. Wir haben keinen Zauberer, kein magisches Schwert, keinen allmächtigen Kelch und keinen Ring, den wir einfach ins Feuer werfen können, und alles wird gut!« Gelächter erfüllte den Saal. Max ließ sich nicht irritieren und fuhr fort: »Oder vielleicht doch. Denn wir drehen uns buchstäblich im Kreis. Wir haben nur uns selbst, und Framanien zwingt uns dazu, zwischen Versklavung oder Vernichtung zu wählen. Ich glaube aber nicht, dass dies alternativlos ist, wenn wir endlich diesen Gedanken-Ring in den Mülleimer werfen und ein effektives Zivilverteidigungskonzept auf die Beine stellen.«

Hedvika Svodobová, die bisher in eisiger Stille die aufgeheizte Debatte verfolgt hatte, stand nun auf, warf mit einer schwungvollen Kopfbewegung ihr pechschwarzes langes Haar hinter die Schultern und setzte an: »Ich möchte Sie erstmal daran erinnern, dass Sie eigentlich keine Redeberechtigung haben, *Max*. Allerdings bin ich neugierig. Erklären Sie mir bitte, was Sie konkret vorschlagen wollen. Haben Sie doch eine brauchbare Lösung? Haben Sie doch den *Heiligen Gral*?« Dann schmunzelte sie, zwinkerte kurz und ermunterte Max, weiter auszuführen.

Jetzt muss ich das durchziehen! dachte Max in diesem Moment. Er hatte die Steilvorlage erkannt, die sie ihm geliefert hatte, nickte kurz und fuhr fort: »Sie haben Recht, Frau Svodobová. Ich dürfte hier eigentlich gar nicht reden. Allerdings wird es vielleicht für mich und für alle Beteiligten hier die letzte Rede sein, wenn wir nichts unternehmen. Ich bin Ihnen sowie Herrn Horák und dem gesamten tschechischen Volk von ganzem Herzen dankbar, dass Sie mich sowie viele andere nicht im Stich gelassen haben. Wir, die rebellischen Aussiedler aus Westeuropa, bewirtschaften das Land, zusammen mit den Einheimischen. Ebenso haben wir zusammen zur Grenzsicherung bei den letzten Ereignissen beigetragen, mit Erfolg. Was mein Kumpel Pavel aber hier meint, ist, dass das bloße Einrichten von Bürgermilizen sowie das einfache Aufstocken der jeweiligen Militärs, Truppenstärke und Gerätschaften, ungenügend sind. Denn gegen uns werden die *USoE* mit höchster Wahrscheinlichkeit ein reguläres Heer, eine Luftwaffe und dieses *Sekundärheer* gleichzeitig und gezielt einsetzen. Unsere Streitkräfte sollten die regulären feindlichen Armeen bekämpfen, gleichzeitig Bürgermilizen ausbilden und zumindest grob koordinieren, zusammen mit dem Zivilschutz. Auch alle Grenzanlagen sollten ausgebaut werden, insbesondere an allen Punkten, wo es gar keine oder keine ausreichenden natürlichen Barrieren gibt. Viel wichtiger ist aber dabei die Änderung der Zielsetzung: Die Ereignisse in Österreich haben deutlich gezeigt, dass Evakuierung alleine keine Lösung ist. Machen wir uns allen klar, dass die *USoE* uns einkassieren wollen und dass wir keine Turbinen unter dem Erdboden haben, mit deren Hilfe wir abheben und den Kontinent verlassen können. Eine jede Evakuierung würde unsere Streitkräfte sowie den staatlichen Zivilschutz zusätzlich belasten. So hart wie es klingen mag, müssen im Ernstfall alle Wehrfähigen KÄMPFEN!«

Alle verstummten.

Der slowakische Premier entgegnete vehement: »Wie sollen wir dieses Vorhaben überhaupt bewerkstelligen? Das wäre dauerhafte Kriegswirtschaft, wie sie im Buche steht!«

Nun ergriff Pavel erneut das Wort, dankte Max für seine Unterstützung und bediente sich eines ruhigeren Tons: »Herr Labacs, die ländlichen Regionen können sich jetzt schon mit dem Nötigsten selbst versorgen. Supermärkte und weitere Relikte der Vergangenheit nehmen wir nur ausnahmsweise in Anspruch und zwar nur für Dinge, die wir selbst wirklich nicht in Eigenregie produzieren können. Max' Vorschlag ist also keineswegs aus der Luft gegriffen. Zudem kann das schwere Gerät in unserem Land und in Polen produziert werden. Was das Volk, also uns, betrifft, benötigen wir eine einfache, belastbare und zuverlässige Bewaffnung: Am besten soll ein jeder Bürger aller beteiligten Länder eine Lang- und eine Kurzwaffe besitzen, und selbstverständlich die passende Munition. Sollte die Produktion im Inland nicht ausreichen, dann gäbe es doch noch ein paar Flecken auf der Erde, die uns kostengünstig beliefern könnten. Länder, die dem brachialen Globalismus noch nicht verfallen sind: zum Beispiel ein halbwegs blockfreies Land wie Brasilien. Ab einer gewissen Abnahmemenge wären sogar die Luftfrachtkosten verträglich.«

Nur Ungarns Ministerpräsident konterte noch dagegen und sprach sich mehrmals für die Möglichkeit einer politischen Lösung aus. Der österreichische Bundeskanzler stand diesmal kurz davor, angesichts solch einer Sturheit die Fassung zu verlieren. Er riss sich doch zusammen und versuchte seinen ungarischen Amtskollegen zu überzeugen: »Herr Molnár, werter Kollege, eine politische Lösung im Sinne von Verhandlungen mit denjenigen, die Österreich zu Fall gebracht haben, gibt es nicht. Dennoch stehen wir Volksvertreter in der gegenwärtigen Situation vor einer gewaltigen politischen Aufgabe, die wir unbedingt meistern müssen. So wie ich es sehe, sollten wir besser auf andere europäische Länder zugehen, die den *USoE* ablehnend gegenüberstehen oder sich noch nicht entschieden haben, aber im Abseits ohne Partner sehr wenig Chancen hätten. Betrachten Sie mal bitte den West- und Ostbalkan! Wir müssen eruieren, wer unser Freund und wer unser Feind ist und unsere Strategie demnach orientieren.«

Nachdem Polens Oppositionsführer Woźniak alle Beteiligten auch auf die baltischen Staaten aufmerksam gemacht hatte, die weder zu dem *USoE* angegliederten Skandinavien noch zu Russland tendierten, erschien die

126

Tragweite der politischen Aufgabe in all ihrer Deutlichkeit. Es ging um nichts Geringeres als einen breiten Streifen zwischen dem Schwarzen Meer im Süden und dem Baltikum im Norden. Das gezeichnete Bild rief bei allen Teilnehmern historische Erinnerungen hervor. Die Gemeinsamkeiten mit dem historischen *Intermarium*[9] aus der Zeit zwischen den zwei Weltkriegen beschränkten sich aber auf bloße Geografie und mögliche Gefahren vom Westen und Osten. Ein polnischer Führungsanspruch bestand diesmal nicht. Die Wunden der Vergangenheit waren geheilt. Die Zeiten hatten sich geändert.

Zwei Tage lang wurde in dieser Versammlung über sämtliche Einzelheiten diskutiert und debattiert. Zwei Hauptbeschlüsse resultierten: Zum einen billigten alle Teilnehmer die politischen Sondierungen mit den Ländern zwischen den zwei Meeren, sowie die entsprechende Freund/Feind-Evaluation. Zum anderen verpflichteten sich die vier *Abtrünnigen*, alle Maßnahmen zur militärischen und zur zivilen Verteidigung umzusetzen. Nur Ungarn legte für sich selbst den Fokus darauf, in erster Linie mehr Reservisten auszubilden, anstatt Bürgermilizen auszubauen. Der Termin für die nächste Sitzung wurde auf den 28. Januar 2027 festgelegt. Zwischenergebnisse sollten, nach einstimmiger Entscheidung, alle drei Monate dokumentiert werden.

Wir haben noch Zeit zu reagieren, aber keine Zeit mehr zu verlieren, lautete das Schlusswort der Versammlung.

WAS HEISST DAS?

Lucia beobachtete Jörg, während ihr dieser den gerade von einem Baum frisch abgetrennten Stummel eines Zweigs entgegenhielt. »Die Methode mit der Birkenrinde habe ich Dir schon gezeigt. Sie ist optimal für Feuer bei Windstille und bei mäßigem Wind. Das hier aber brennt auch bei Nässe. Riech mal!«

Sie näherte sich mit der Nase. Die offene Querschnittstelle des Zweigs duftete nach Harz. »Das nennt man *Louč*... oder auch *Kienspan*«, sagte Jörg schmunzelnd. Er rieb mit dem Klingenrücken seines Messers an dem riechenden Teil, holte den Feuerstahl heraus und erzeugte damit einen kleinen Funkenregen. Die geriebenen Späne fingen zu brennen an.

»Wenn ein Ast einer Kiefer, einer Tanne oder einer Fichte abgetrennt wird, versucht der Baum, seine Wunde durch Harz zu heilen. Es ist sozusagen das Blut des Baumes. Das Harz imprägniert dann den Holzstummel und macht ihn zum besten Zünder bei Nässe. Siehst Du? Es brennt wesentlich länger und kontrollierbarer als blankes, trockenes Holz.«, erklärte Jörg.

Der Aufforderung zum Ausprobieren kam Lucia ohne Zögern nach: Sie hatte so etwas noch nie gesehen.

Tag für Tag lernte sie Neues und eignete sich wichtige Kenntnisse über die in der Natur vorhandenen Stoffe an, die für das alltägliche Leben von Nutzen waren. Von essbaren Pflanzen über Pilze bis hin zu den verschiedenen Holzarten. Selbstverständlich lernte sie auch, giftige und ungenießbare Pflanzen von den verzehrbaren zu unterscheiden. Durch die Arbeit am Bauernhof ihres Onkels hatten sich auch ihre Sprachkenntnisse deutlich verbessert. Wenn es etwas gab, das sie nicht ausstehen konnte, war es der Zustand, sich mit anderen Menschen nicht verständigen zu können.

Lucia und Jörg waren mit dem Auto zum nächstliegenden Wald gefahren, um Holz zu sammeln. Keine leichte Arbeit, aber sie empfand es immer noch als ein kleines Abenteuer und das, zusammen mit ihrer Neugier, gab ihr den nötigen Motivationsschub.

»Was hieß das Wort auf dem Schild, neben dem Ortsnamen?«, fragte sie. Sie bezog sich auf einen Wegweiser, an dem sie kurz zuvor vorbeigefahren waren.

Jörg überlegte kurz. Dann fiel es ihm wieder ein: »Ach ja, *národní* meinst Du! Richtig?« »Ja, genau: *národní.*«

Jörg konnte seine Belustigung nicht verbergen: »Das wundert mich nicht, dass Du die Bedeutung dieses Wortes nicht kennst.

Du hast es möglicherweise auch in Deiner eigenen Muttersprache noch nie gehört. Das bedeutet *national.*«

Es war wieder mal einer dieser Momente, in denen sie ihn aufgrund seiner Besserwisserei auf *Teufel komm raus* nicht ausstehen konnte. Aber ihre Neugier half ihr, diesen Gemütszustand zu überwinden.

»Dann erklär es mir, bitteschön!«, forderte sie.

Erwischt! Wieder meine verfluchte Klugsch...! dachte Jörg. Ein wenig beschämt setzte er sich zu ihr: »Oh Gott, wo fange ich jetzt an? Also das Wort *national* stammt aus dem Lateinischen, der alten Sprache des untergegangenen Römischen Reiches, und hat mit der Idee von Geburt zu tun. *Nation* bedeutet Volk, Sippschaft, Menschenschlag: eine größere Gruppe von Menschen – weit über die Größe einer Familie oder eines einzigen Familienstamms hinaus – mit gemeinsamen ethnischen bzw. kulturellen Merkmalen. Wir sind hier in Tschechien und haben uns den Einheimischen angepasst. Wir sind aber keine gebürtigen Tschechen, sondern kommen von woanders her. Es gibt Familien mit ähnlichen Ansichten und in der Regel vertragen sie sich miteinander.«

»Wie wir und Pavels Familie?«

»Ja, genau!«, antwortete er und lächelte.

Diesmal musste sie ein wenig länger überlegen: »Ja, es klingt verständlich, aber warum habe ich dieses Wort in meiner alten Schule noch nie gehört? Was ist so *böse* daran?«

Jörg warf einen kurzen Blick auf seine Uhr. Holz hatte er mit Lucia genug gesammelt, aber bald würde es wieder dunkel werden. Es war schon Oktober. Er entschloss sich daher für die Kurzfassung: »Im Prinzip ist gar nichts Böses daran. Allerdings ist es in der Vergangenheit schon öfters passiert, dass so eine *Familie* sich über andere stellen wollte. So sind zahlreiche Kriege, einschließlich zwei Weltkriege entstanden. Oft wurde dieser Trick verwendet: Eine *Familie* erklärte, dass ein paar Mitglieder auf dem Territorium einer anderen *Familie* lebten, und verlangte von dieser anderen Familie immer mehr... bis ein Konflikt zwischen den beiden ausbrach.«

Das ist wirklich schlimm! dachte Lucia.

Jörg setzte fort: »Es ist so, dass sich mit der Zeit die eine oder andere Nation eingebildet hatte, ein eigenes Imperium zu schaffen, obwohl sie sich selbst von einem alten Vielvölkerstaat losgelöst hatte. Denn es gibt einen riesigen Unterschied zwischen der Liebe für die eigene Nation, für die eigene Heimat einerseits und dem Neid, dem Hass auf andere Nationen andererseits.«

Lucia war aber immer noch nicht klar, warum sie in der Schule so etwas noch nie gehört hatte. Sie hatte nur von *bösen Rassisten* und von *guten Weltmenschen* gehört, welche *Aberglauben* durch die *Vernunft* besiegt hätten.

»Na ja, liebe Lucia«, seufzte Jörg und verzog dabei den Mundwinkel: »Wie viel wahre Vernunft diese *Weltbürger* tatsächlich mit sich tragen, haben wir gerade in Österreich gesehen, aber in Italien auch. Oder täusche ich mich? Denn die Verwarnung, von der Du mir erzählt hattest, gehört zu diesem globalen Plan. Wer mitspielt, der wird gleichgeschaltet. Wer nicht mitspielt, der fliegt raus und wird danach vernichtet. Der Irrsinn dieser Leute besteht darin, dass sie glauben, durch die Abschaffung aller kulturellen Identitäten und durch Gleichschaltung aller Menschen zu einer rein rationalistisch-materialistischen Weltanschauung den *Weltfrieden* erreichen zu können. Ja, Sklaven sind friedlich, begehren nicht auf, eben weil sie Sklaven sind!«

Lucia schluckte und blickte Jörg tief in die Augen. *Wunderschön, verlier jetzt bloß nicht den Verstand!* dachte er. Verlegen sah er auf seine Armbanduhr: »Jetzt ist es aber Zeit zurückzufahren. Unsere Eltern machen sich Sorgen und ich will nicht, dass jemand friert.«

Allons enfants de la Patrie, Le jour de gloire est arrivé![10], hallte es durch den Saal.

»Genug. Bitte schalten Sie es ab!«, forderte der Richter des obersten Gerichts Framaniens. Der Staatsanwalt hatte an der Miene des Richters erkannt, dass er keinerlei Beweise mehr brauchte, und wandte sich an den Angeklagten: »Sie können nicht mehr leugnen, ein *abscheuliches nationalistisches Kampflied* gebrüllt zu haben, Herr Fournier! Leute wie Sie unterminieren unsere *Demokratie* und den *Weltfrieden* und ich werde dafür sorgen, dass Sie entsprechend bestraft werden. Darauf können Sie sich verlassen!«

Der 80-jährige Fournier stand selbstbewusst im Gerichtssaal. Er hatte in seinem Leben mehr gesehen, als diese Beamten des neuen Superstaates zusammen es sich jemals hätten vorstellen können. Und nun war er angeklagt. Ihm drohte eine langjährige Freiheitsstrafe, sodass er mit höchster Wahrscheinlichkeit im Knast sterben würde. Trotzdem behielt er seinen stolzen Blick und brüllte dem Staatsanwalt ins Gesicht: »DAS ist die Hymne der Demokratie! Haben SIE es vergessen? Die Französische Revolution! Unsere Revolution!«

Der Richter wies die Gerichtsdiener an und ließ Fournier in den eisernen, weißgefärbten Käfig einsperren, der in der Mitte des Tribunals thronte: »Herr Fournier, Sie haben nicht nur gegen unsere europäische und hoffentlich bald weltweite *Demokratie* verstoßen. Sie besitzen auch noch die Unverschämtheit, hier in diesem *Saal der Vernunft* den Staatsanwalt anzubrüllen! Das allein beweist in Ihrem Fall deutlich die besondere Schwere der Schuld. Deswegen verurteile ich Sie *im Namen der Vernunft, der Demokratie und des Weltfriedens* zu lebenslanger Haft.

Es ist Ihre Entscheidung, ob Sie Ihre Strafe im Gefängnis absitzen oder lieber als *Betreuungskraft* für unsere neuen *Pflichtspezialisten* arbeiten möchten. Sie sind diesem *demokratischen* Gericht und dessen *humaner Gnade* zu Dank verpflichtet!«

Fourniers Pflichtverteidiger hatte ihm dazu geraten, sich kooperativ zu zeigen und sein Vergehen einzugestehen. Doch Fournier war zu stolz, um sich einer solchen Farce zu beugen. Er war 1946 auf diese Welt gekommen. Zu seinem Glück war ihm der Krieg erspart geblieben, aber die Jahre danach waren für ein Kind kein Leben auf dem Ponyhof. Fournier hatte trotz aller Widrigkeiten die Zähne zusammengebissen, Verantwortung übernommen, mit seiner Frau zwei Kinder großgezogen und mit 65 Jahren seine todkrank gewordene Frau bis ans Ende ihrer Tage gepflegt. Das alles war dem selbsternannten *Superstaat des Weltfriedens* völlig egal. Fournier wurde wieder in den Knast begleitet.

Aus dem langen Flur konnte man den stumpfen Klang eines Stechschritts hören. Klaus Scherkel stand ruhig und gelassen vor dem riesigen Fenster und blickte nach draußen. Er wusste, wer im Anmarsch war. Alle anderen Anwesenden waren keine Politiker. Sie waren Befehlsausführer, Personen niederen Ranges. Sie kannten und fürchteten das Geräusch, das immer lauter wurde und dann schlagartig verstummte.

Sie stand nun mit ihren hochhakigen rosafarbenen, mit Strass beschmückten High Heels mitten im Raum, bekleidet mit einem mittelkurzen roten Rock, einer weißen Bluse und ihren zum Dutt gebundenen Haaren. Jeanette Chenilles blondgefärbtes Haar und blasse Haut betonten ihre übertrieben starke Schminke über Gebühr. Nur Personen hohen Ranges war es vorbehalten, von den gesetzlich vorgeschriebenen Kleidungsfarben (weiß, hellblau und hellrosa) abzuweichen. Der Ton ihrer Stimme wirkte gekünstelt und glich einer singenden Amsel, die eine Erkältung zu verbergen versuchte: »*Bonjour*!«, zwitscherte sie, während sie den Riemen ihrer Handtasche streichelte. Alle Anwesenden verbeugten sich.

Scherkel drehte sich, lächelte, hob eine Augenbraue und musterte ihr schillerndes Antlitz abwertend: »Anscheinend haben Sie doch nicht alles unter Kontrolle, Madame Chenille. Oder täusche ich mich?« Er wusste, dass er ihr mit seinem amüsierten und provokativen Unterton einen Schlag versetzen würde. Er genoss es.

Jeanette Chenille leitete das *Ministerium der Gerechtigkeit* und das *Ministerium für den inneren Frieden*. Sie stand Mitten in ihrer ersten Amtszeit. Geboren als *Jean* Chenille war sie ein Kind der ersten *modernen, vernünftigen* Familien und hatte seit Anbeginn einen starken Ehrgeiz für ihre persönlichen Ziele gezeigt. Gerüchte über ihre Karriere gab es mehr als genug und jetzt kam dieser Skandal hinzu. Ihr verdunkelter Gesichtsausdruck auf Scherkels Frage hin verriet, dass sie äußerst verärgert war. Trotzdem hielt sie den Riemen fest in ihrer zur Faust geballten Hand. Ein zynisches Zwitschern folgte: »Alles bestens! Wie Sie sehen können, hat unsere Polizei, die unter <u>meiner</u> Kontrolle steht, diesen *Unruhestifter* und *Querulanten* schnell ausfindig machen können und vor Gericht gebracht. Nun sitzt er im Knast und das auf Lebenszeit. Ich verstehe Ihre Einwände nicht, lieber Kollege. Wollen wir uns nicht lieber über die Verluste während des Feldzugs gegen das *Zwischenland* unterhalten? Außerdem wollen wir doch den *Weltfrieden*, aber der US-Präsident hatte über seinen UN-Botschafter etwas ganz Anderes ausrichten lassen. SIE haben beinahe einen Krieg ausgelöst, den wir nicht hätten gewinnen können.«

»NOCH nicht!«, erwiderte Scherkel, seine Miene wurde ernst, seine Stimme laut: »Ja, wir haben viele Verluste gehabt, aber unser – mein – *Sekundärheer* war siegreich. Selbstverständlich haben wir noch Einiges zu verbessern, allerdings ist das lästige *Zwischenland* Geschichte. DAS zählt, werte Kollegin!«

Scherkel wusste, dass er damit Recht hatte. Rákosi höchstpersönlich stand hinter diesem Vorhaben und dieser hatte mindestens genauso viel politische Gewichtung wie der Präsident der *USoE* selbst. De La Mer hatte möglicherweise Chenilles Karriere gefördert, allerdings hatte der *Weltfrieden* nach Rákosis Plan die absolute Priorität. Dagegen hatte der Skandal um den *nationalistischen Unruhestifter* Fournier hohe Wellen geschlagen. Das war Chenilles Baustelle. Sie konnte den Fall Fournier nicht unter den Teppich kehren und war gezwungen, die Arbeit der Polizei und Staatsanwaltschaft medial in den Vordergrund rücken zu lassen. Das Volk hatte die Pille bereits geschluckt, aber Chenille hatte sich gegenüber ihren Ministerkollegen angreifbar gemacht und musste nun ihre Ambitionen auf den Posten des Kanzlers zumindest vorübergehend zurückstellen. Hier war Scherkel – ihr einziger Konkurrent – klar im Vorteil.

Scherkel verließ schweigend den Raum. Chenille war irritiert. Ihre Miene verzog sich zur Fratze. Scherkel hatte sein Ziel wieder mal erreicht. Sie kochte förmlich vor

Wut. Missmutig forderte sie alle Anwesenden auf, den Raum augenblicklich zu verlassen. *Endlich bin ich diesen Abschaum los.* dachte sie. Sie eilte zur Glaswand, wo zuvor Scherkel stand und starrte durch das Fenster. Der Anblick des neuen Pariser Wahrzeichens motivierte sie: Ein riesiges Denkmal aus neu entwickeltem Kunststoff ragte in seiner weiß-braunen Zigarrenform weit in den Himmel empor und prägte seit der Gründung Framaniens das Bild der Hauptstadt. Es hatte den alten eisernen Turm ersetzt, der als nicht mehr zeitgemäß galt. Als Staatsemblem zierte die Zigarre die Flagge der *USoE* und signierte zudem alle neuen amtlichen Dokumente. *Dank mir, mein Verdienst!*

In Gedanken versunken, stellte sich Chenille die Frage, was mehr Gewichtung hatte: Ein allgegenwärtiges Denkmal, mit dem das Volk ihren Namen assoziierte, oder der *Fournier-Skandal?*

Es klopfte an der Tür. »Herein!«, krächzte sie. Major Henri Bachraoui betrat den Raum und salutierte.

Nach einem sechsjährigen ununterbrochenen Einsatz in Afrika war der Hubschrauberpilot wieder nach Europa zurückgekehrt. Während dieses Einsatzes hatte sich nicht nur das Hoheitsabzeichen an seiner Uniform geändert: Bachraoui diente inzwischen einem neuen Superstaat, der den Anspruch erhob, weltweit *Frieden* und *Fortschritt* für alle zu stiften, sowie alle *vernünftigen* Bürger der Welt aus *egoistischen, nationalen Tyranneien* zu *befreien.* Bachraoui hatte vom Sieg des *Sekundärheers* erfahren und war anfänglich stolz darauf, dass auch Menschen aus seinem ursprünglichen Heimatkontinent dazu beigetragen hatten. Denn letztendlich bestand seine Mission hauptsächlich darin, den bestehenden *humanitären Versorgungskorridor* zu den *USoE* zu sichern und auszubauen. Bachraoui glaubte an den Superstaat, hoffte bald auf einen Weltstaat und vertrat die Auffassung, dass nur die Truppen dieses Superstaates Anspruch auf Gewaltmonopol hätten. Alle anderen würden den *Weltfrieden* hindern und seien auszuschalten, *vernünftig* und *wissenschaftlich*, versteht sich. Wegen seiner Verdienste war er vor kurzem zum Major befördert worden.

»Welche Angelegenheit führt Sie hierher, Monsieur Bachraoui?«, fragte Chenille, zwinkerte und sah ihm tief in die Augen. Er überging die Geste und behielt Haltung.

Eine Angelegenheit hatte er gewiss. Sein Anliegen war so stark, dass er Chenilles eindringlichen Blick überwand, und erklärte: »Madame Ministerin, ich hatte mich für diese Mission freiwillig verpflichtet, weil mir gesagt worden war, dass ich Meinesgleichen effektiv helfen könnte, ihnen den gleichen Weg zu den Chancen gewähren, die ich selbst hier vor langer Zeit bekommen hatte. Ebenso hatten meine Frau und ich alle Erziehungsprojekte des Staates für unsere Kinder, für alle Kinder des *Friedensstaates* befürwortet. Diese Projekte befürworte ich immer noch, aber ich wollte unmittelbar nach meiner Rückkehr die *Helden* des *Sekundärheeres* huldigen, von deren Taten mir in Afrika berichtet worden war.«

»Fahren Sie fort, Herr Major!«, forderte sie.

Bachraoui hielt kurz inne. Er war unruhig, aber seinen Zorn konnte er nicht verbergen: »Aber ich habe die *Pflichtspezialisten* des *Sekundärheeres* gesehen und war schockiert. Wer hat sich diese Grausamkeit ausgedacht? Es sind keine Soldaten. Es sind Wesen, denen jegliche Menschlichkeit entfernt wurde! Ich wende mich hier an Sie, weil sie als *Ministerin für Gerechtigkeit und inneren*

Frieden die Autorität haben, diesen Wahnsinn zu stoppen und den Schuldigen zur Verantwortung zu ziehen.«

Mehrere Gedanken spukten in Chenilles Kopf herum. Einerseits hatte sie jetzt die Gelegenheit, ihren stärksten Konkurrenten politisch auszuschalten, allerdings nur unter der Voraussetzung, Scherkels Projekt selbst in Misskredit ziehen zu können. Und genau das würde sich als extrem schwierig erweisen, da Rákosi höchst persönlich dahinterstand. Am Ende würde alles bei einem Kampf auf der obersten Ebene enden: zwischen De La Mer als höchstem Amtsinhaber der *USoE* und Rákosi als einflussreichstem, dennoch amtslosem Globalisten. Sie benötigte Zeit zum Überlegen, wollte sich aber strategisch den Major für ihre Causa sichern, ohne sich etwas über ihre opportunistischen Gründe anmerken zu lassen. Keiner durfte ihre wahren Absichten bemerken. *Schon gar nicht dieser Major. Er ist nützlich!* dachte sie. Sie näherte sich Bachraoui. Sanft legte sie ihre Hand auf seine Brust und versicherte ihm, dass sie sich die Sache annehmen würde. Dann ließ sie sich seine Telefonnummer geben und flüsterte lasziv: »Ja, das werde ich für Sie tun. Eigentlich finde ich Sie ganz süß, auch wenn Sie schon lange kein Kind mehr sind.«

Bachraoui trat einen Schritt zurück. Auf diese Situation war er nicht vorbereitet. Er war zwar auf die *Errungenschaft* der *offenen* Familie umerzogen worden, empfand Chenilles Angebot aber als äußerst unangenehm: *Karriere durch Affäre* war nicht sein Stil. Trotzdem schwieg er. Sein Anliegen war in diesem Moment wichtiger.

Was erlaubt er sich, dieser Wurm, mich zu schmähen? dachte Chenille, ließ sich aber nichts anmerken: »Bis bald, Herr Major!« Bachraoui salutierte und verließ den Raum.

Sie ergriff blitzartig den Hörer des Amtstelefons, um den Chef der Intelligence anzurufen, doch eine innere Stimme ließ sie aufhorchen. *Spontane, unüberlegte Entscheidungen sind das Schädlichste, was ich mir selbst antun kann.* dachte sie. Sie wog die Vorteile und Risiken ab, den Präsidenten höchst persönlich zu involvieren: Sie war zwar in gewissen Dingen seine Favoritin, aber sie war sich nicht sicher, ob De La Mer sich auch in einem höchstbrisanten politischen Streit gegen Scherkel hinter sie stellen würde. Außerdem wusste sie genau, dass ihr Vorhaben einen regelrechten politischen Krieg zwischen ihrer Partei, den *Radikalsozialen*, und Scherkels *Radikaldemokraten* verursachen würde.

Dadurch würde vielleicht ein *unruhiger, nicht harmonisierter* Wahlkampf wie aus vergangenen Zeiten wieder hochkommen. Zudem bestand das Restrisiko, dass De La Mer sowohl sie als auch Scherkel beseitigen würde, um das *USoE-Weltfriedensprojekt* nicht zu gefährden.

All diese Gedanken ließen ihr keine Ruhe. Die mediale Aufarbeitung des *Fournier-Skandals* war für Chenille nun zweitrangig geworden. Sie entschied sich, den Fournier-Fall an das Presseteam des Ministeriums zu delegieren. *Dafür ist dieser Presseabschaum doch da.*

Der Gedankenwirrwarr um den eigenen egozentrischen Plan erstreckte sich über zwei Tage, bis ihr endlich die Lösung einfiel, welche die Risiken nahezu auf null reduzieren würde und für sie zur höchsten Gunst führen sollte: Sie brauchte einen Whistleblower, am besten gleicher (oder ähnlicher Herkunft) wie die *Pflichtspezialisten* selbst. *Ja, Bachraoui als Whistleblower!*

Chenille eilte zum Telefon und wählte die Nummer des Majors.

INSEL DER GLÜCKSELIGKEIT?

» Schönen guten Abend, liebe *bürgende Personen*! Hier spricht Ihr Staatspräsident im Namen der *globalen Demokratie* und des *Weltfriedens*. Wie Sie bereits aus den Medien erfahren haben, hatte sich unsere Regierung – und ich zuletzt auch – im letzten halben Jahr intensiv um eine Wiedereingliederung unseres Partners auf der anderen Seite des Ärmelkanals bemüht. Dennoch konnten wir kein Ergebnis erzielen. Zu unserem größten Bedauern müssen wir feststellen, dass es bei einer rein ökonomischen Zusammenarbeit bleiben wird. Des Weiteren zeigt das Vereinigte Königreich keine bedingungslose *Solidarität* gegenüber allen potenziellen *Pflichtspezialisten*, ohne die wir keinen Sieg gegen *ewig gestrige Nationalisten* wie das *Zwischenland* hätten erzielen können. Das veranlasst uns zur Annahme, dass in UK immer noch eine *rassistische Ader* vorherrscht.

Wir brauchen aber noch mehr *menschliche Ressourcen*, wenn wir mehr *Pflichtspezialisten* haben wollen. Und das wollen wir gewiss! Selbstverständlich hat uns der berühmte *Philanthrop* Rákosi seine finanzielle Unterstützung für den *humanitären Korridor* zugesichert, aber hier tragen wir alle die Verantwortung und brauchen eine höhere Bereitschaft, zu teilen. Aus diesem Grund kündige ich eine Erhöhung der *Solidaritätsabbuchungen* um ca. 5,4% ab dem 1. Januar 2027 an. Ich bin überzeugt, dass wir zusammen diese Herausforderung meistern werden. Ein Satz aus der jüngster Vergangenheit ist nun angesagt: *Nous pouvons le faire!*«

Im Jahr 2027 hatten die *USoE* ganz Westeuropa fest im Griff. Wirklich? Nein, es gab immer noch ein helvetisches und ein britisches Dorf.

Die Schweiz hatte sich seit vier Jahren schrittweise zurückgezogen, unterhielt zwar Handelsbeziehungen mit Framanien und dem Nachfolger-Superstaat *USoE,* aber diese waren spätestens bei der Halbierung der Bargeldmenge in Westeuropa erheblich weniger geworden. Die ländlichen Gemeinden hatten einen Weg eingeschlagen, der durchaus mit demjenigen östlich des Böhmerwaldes und der Oder-Neiße-Linie verglichen werden konnte, zumindest in den Ansätzen. Selbstverständlich wussten die führenden Politiker der Eidgenossenschaft und der einzelnen Kantone, dass sie auf nahezu vollständige Autarkie nicht setzen konnten. Denn die Schweiz musste nicht nur Produktionsgüter und Rohstoffe importieren, sondern auch genug Mittel haben, um die eigene Bevölkerung und die Goldreserven schützen zu können. Ja, die Schweiz war wieder zur Golddeckung zurückgekehrt, auch wenn durch diese Form der Golddeckung nicht vom Vollgeld im klassischen Sinne gesprochen werden konnte. Die Schweiz hatte *gutes* Geld und brauchte *gute* Importgüter.

Nachdem das größte Ölförderland des Nahen Ostens einen ähnlichen Feldzug wie Framanien in seiner Region vollzogen hatte, setzte es als de facto Monopolist eine Bedingung für Öllieferungen: die Aufnahme von *neuen menschlichen Ressourcen* aus dem eigenen Hinterland und aus den benachbarten Satellitenstaaten. Für die Schweiz war es inakzeptabel, sodass sie von da an das notwendige Öl aus Großbritannien und aus Russland bezog.

UK hatte sich von den *USoE* distanziert, allerdings nicht aus patriotischen Gründen, sondern weil die *USoE* als Konkurrent zur Realisierung der *weltweiten Frie-densutopie* die alte Heimat von H. G. Wells überholt hatten und nun die Regeln diktierten. Alle britischen Bemühungen, das alte Commonwealth als globale Alternative wiederzubeleben, waren gescheitert: Lediglich Kanada intensivierte den Handel mit dem Vereinigten Königreich, obwohl das Land nördlich der Vereinigten Staaten von Amerika mittlerweile den *USoE* politisch wesentlich näherstand und alles daransetzte, deren Standards etappenweise einzuführen.

Die britische Regierung hatte aber zwei zusätzliche Probleme: Zum einen die direkte Grenze des Ulsters zu Irland, das wiederum unter direkter Kontrolle der *USoE* stand. Zum anderen war der schottische Separatismus, von Paris und Berlin politisch unterstützt, wieder aufgeflammt. Schottland bedeutete für London insbesondere eines: Ölvorkommen vor der Küste. Für die *USoE* war es ein willkommenes Destabilisierungsmittel.

Von den guten alten Beziehungen zu den Vereinigten Staaten von Amerika war recht wenig übriggeblieben. Großbritannien hatte als US-Außenposten massiv an Bedeutung verloren, auch militärisch, nachdem Washingtons Außenpolitik auf den Pazifik und Lateinamerika neu ausgerichtet worden war. Zwischen den zwei einst mächtigsten Verbündeten herrschte zwar kein Streit, aber das Verhältnis konnte man als kühl bezeichnen.

Lediglich mit dem neuen Osmanischen Reich unterhielt UK einen halbwegs intensiven Handel. Der Sultan selbst hatte ökonomische Beziehungen nötig und war weit weg genug von der britischen Insel, um Forderungen zu stellen. Wählerisch zu sein, konnte sich London nicht leisten.

Alle politischen und ökonomischen Veränderungen hatte das Volk hart zu spüren bekommen. Selbst im *Mekka* der Finanzwirtschaft – der City of London – lief es nicht mehr so gut wie in vergangenen Zeiten.

Es war mittlerweile ein offenes Geheimnis, dass die kleinen Leute einen Schwarzmarkt mit Tauschgeschäften betrieben, auch Waren gegen Dienstleistungen. Der neue Bewohner von Downing Street besaß aber so viel *Common Sense*, dass er und seine Minister das *Not-macht-erfinderisch*-Prinzip nicht torpedierte. Alle spürten die Spannungen, die sich weltweit an mehreren Stellen aufbauten, gleich der brodelnden Caldera eines Vulkans. Und es gab mehrere Calderas, rund um den Globus verteilt.

Abermals hatte Mr. Fog das Beitrittsangebot der *USoE* zurückgewiesen, fragte sich aber, wie oft sein Land noch in der Position bleiben würde, solche Angebote abzulehnen. Der Realitätssinn des Premiers verleitete ihn zu der einzig möglichen und rationalen Taktik: Durchhalten, das Land – das nach wie vor über Nuklearsprengköpfe verfügte – soweit wie möglich einzuigeln und so lange wie möglich in einer neutralen Position zu bleiben.

Alle anderen sollen sich doch lieber gegenseitig die Köpfe einschlagen! Wir halten uns raus. Dann übernehmen wir das Ruder!

DER FLÜGELSCHLAG

Major Bachraoui traf pünktlich im *Global Cinéma* ein, in eleganter Zivilkleidung, versteht sich. Es war der *Herbert-George-Wells-Tag* und er war mit Madame Chenille verabredet. Die beiden hatten zwei abgelegene Plätze in der Luxusloge gebucht und waren auf dem Weg zum Kino. Chenille war diesmal unauffällig aufgetakelt, zumindest soweit sie eben entsprechend ihrer Natur unauffällig sein konnte. Sie stieg aus einer weißen Limousine und lief Bachraoui entgegen. Dabei bemühte sie sich um einen schwungvollen Einsatz ihrer Hüften. Der Chenille übliche Stechschritt war aber nicht zu übersehen. Es wirkte eher belustigend, statt sexy. Dem Major war unwohl, wegen der Angelegenheit selbst und wegen Chenilles Präsenz zugleich.

Sie begrüßte ihn lächelnd und mit einer Armbewegung deutete sie an, ihr zur Loge zu folgen. Ihr Duft war penetrant. Es vergingen einige Minuten, bis sich der Vorhang öffnete. Dann drehte sie sich zu ihm und blinzelte: »*Monsieur* Bachraoui, Sie können ab jetzt *Jeanette* zu mir sagen. *D'accord?*« Er nickte und wollte endlich wissen, ob sie nun eine Idee hätte, um den unmenschlichen Wahnsinn der *Pflichtspezialisten* zu beenden.

»Oh Henri! Was Du mir bei unserem letzten Treffen im Ministerium erzählt hattest, hatte mich zutiefst berührt und mir keine ruhige Minute gelassen« Sie bemühte sich, ihren gekünstelten Ton nicht zu übertreiben. »Nun, ich konnte mir nicht mal in meinen kühnsten Träumen vorstellen, dass mein Kollege, Herr Scherkel, so etwas konzipieren und skrupellos umsetzen würde.« Etwas genervt, aber legerer als zuvor, wandte Bachrauoi ein: »Das weiß ich selbst! Ich bin nicht hierhergekommen, um mich nochmals darüber zu beklagen, sondern weil Sie... ich meine... Du mir am Telefon erzählt hast, dass Du eine Idee hättest. Also, bitte, raus damit!«

Chenille hatte ihr erstes Ziel erreicht, das Eis zu brechen, und sie lag richtig. Sie hatte sein Vertrauen gewonnen. Bachraoui sehnte sich nach einer praktikablen Lösung und übersah ihre künstliche Ausstrahlung. Er wollte ihr aus der Hand fressen und das wusste sie. Chenille war Meisterin auf dem Gebiet der Manipulation.

Sie fuhr sich kurz durch ihr offenes, blondes langes Haar und erläuterte ihren Plan: »Ja, und deswegen sind wir hier. Ich hoffe, es ist Dir klar, dass Klaus Scherkel nicht irgendein Bürgermeister aus der Provinz ist, sondern das zweithöchste Amt in den *USoE* innehat! Nur unser Präsident steht über ihm. Selbst ich kann keinen offenen politischen Krieg gegen ihn gewinnen, zumal auch dieser Rákosi dahintersteht und Scherkels Projekt unterstützt. Genau genommen, ist Scherkel selbst derjenige, der Rákosis Projekt leitet, umsetzt und an ihn berichtet.«

Bachraoui überwand seinen Ekel, den der stechende Duft ihres Parfums bei ihm hervorrief und flüsterte ihr ins Ohr: »Ja, ich weiß. Ich hatte auch jedwede direkte Konfrontation gleich verworfen. Aber wie sollen wir etwas dagegen anstellen? Dieser Scherkel kontrolliert doch die öffentliche Meinung.«

Sie konnte nur mühsam den Beginn eines Lachanfalls unterdrücken: »Bei aller Liebe, Henri, ICH kontrolliere die öffentliche Meinung. Das ist MEINE Baustelle. Aber eben deshalb können wir bei dieser *normalisierten* Bevölkerung keinen – *bien*, sagen wir mal das verbotene Wort! – *Volkszorn* entfesseln. Entscheidend ist, das internationale Ansehen der *USoE* tief genug anzukratzen, dass Scherkel zur verantwortlichen Person gemacht wird und aus der Nummer nicht mehr rauskommt. Dann wird sein Projekt eingestampft, ohne wiederum die *USoE* selbst existenziell zu gefährden.«

Bachraoui wurde nun so neugierig, dass er Chenille einen regelrechten Monolog aufführen ließ.

»Dazu brauchen wir zwei Dinge, Henri: Informationen und einen Whistleblower. Den Zugriff auf die nötigen Informationen habe ich. Deine Aufgabe ist es, diese ins Ausland zu schmuggeln, ohne Dich erwischen zu lassen. Du darfst diese Informationen offiziell bekommen. Dazu reicht Deine Sicherheitsstufe aus.«

Insgeheim hatte der Major etwas Ähnliches geplant, allerdings nur eine vage Vorstellung davon. Jetzt brannte er darauf, alle Details zu erfahren, auch hinsichtlich des Schutzes seiner Familie. »Henri, es geht um alle technisch-medizinischen Informationen über das *Sekundärheer*. Wirklich alles! Freilich kann ich Dir keine Papierberge übergeben, und eine Speicherung auf Deinem Chipimplantat wäre im ganzen Gebiet der *USoE* jederzeit abrufbar. Reich mir Deine Hand! Ich habe hier etwas Folkloristisches für Dich.«

Sie übergab ihm einen USB-Stick, der jenseits der Grenze zu den *Abtrünnigen* noch ein gängiger Datenträger war. Henri steckte ihn ohne zu zögern in seine Hosentasche, und wollte wissen, wie er überhaupt an die Grenze, durch eine *renaturierte* Grenzzone kommen würde. Chenille instruierte ihn, sich freiwillig für die Führung einer Patrouille im Grenzgebiet zu melden und ihr dann den Namen des Grenzgebietes mitzuteilen. Sie würde für eine virale Verbreitung einer Fake-Meldung über einen

Whistleblower jenseits der Grenze sorgen, sodass ihn dort jemand empfangen würde. Danach käme für Bachraoui der gefährlichste Teil der Mission: Den Überläufer zu spielen, dann allein die Gruppe der Empfänger bei den *Abtrünnigen* zu verlassen und schnellstmöglich in die *Zivilisation* zurückzukehren. Danach würde sie ihn decken, während aus dem Ausland die Wahrheit über Scherkels *Sekundärheer* und alle eingesetzten Psychoaktiva über alle Medienkanäle verbreitet werden würde. Bachraouis Name würde dank ihr nie auf einer Liste von Verdächtigen landen. Er wäre *sicher*. Dank ihr.

»Bei allem Respekt, Jeanette, aber wie soll ich das zu Fuß im Grenzgebiet fertigbringen, während ich offiziell auf diese *Pflichtspezialisten* aufpassen soll?« Der Einwand war berechtigt, auch deshalb, weil grundsätzlich zwei Offiziere der regulären Streitkräfte zur Führung der *Pflichtspezialisten* vor Ort vorgesehen waren.

Chenille rollte mit den Augen: »Wer hat denn *zu Fuß* gesagt? Soweit mein Kenntnisstand, will Scherkel demnächst bald einen dritten Offizier zur Beobachtung aus der Luft einsetzen. Dieser Offizier würde dann einen Tragschrauber steuern. Du bist doch Pilot! Du wärest der Mann schlechthin für diese Aufgabe, vermute ich. Richtig?« Henri nickte geschmeichelt und war zufrieden, dass seine Gesprächspartnerin an alle Einzelheiten gedacht hatte. Demnach würde er nur einen Steuerungsdefekt vortäuschen müssen, um dann jenseits der Grenze notzulanden.

»Unter uns gesagt, mein Lieber: Sobald diese Sache erledigt ist, bleibst Du nicht mehr nur ein *Major*. Dafür werde ich höchstpersönlich sorgen. Darauf kannst Du dich verlassen.«

Henri deutete einen Handkuss an und beide richteten ihre Gesichter auf die Bühne des *Global Cinémas* und wirkten so, als ob sie die Kino-Aufführung genießen wollten. Der Vorspann des Films *Les Mondes Futurs*[11], die Verfilmung des gleichnamigen Romans[12] von H.G. Wells, lief gerade über die Leinwand.

Henri griff in seine Hostentasche. Er spürte den USB-Stick: *Ich werde es schaffen! Ich schaffe das!*

»Major Bachraoui, können Sie mich hören?«, ertönte eine Stimme aus dem Lautsprecher unter seinem Helm. »Ja!«, antwortete er, »Ich bin auf dem Luftweg zum Grenzgebiet. In wenigen Minuten sollte ich Bayerisch Eisenstein erreichen. Die Sichtverhältnisse sind nicht optimal, aber ich kann die zwei Kontrolloffiziere am Boden und die *Pflichtspezialisten* deutlich genug erkennen.« Dann verlor er die Kontrolle über seinen Tragschrauber. *Mist, jetzt ist das Problem wirklich eingetreten, so war das aber nicht geplant!*

Die Kommunikation war ausgefallen und sein Fluggerät schien wie ferngesteuert zu sein. Bachraoui konnte es nicht fassen: Es war tatsächlich ferngesteuert und flog weiter in östliche Richtung. Er hatte keinen Einfluss darauf und konnte nicht navigieren. Erst über einem Feld bei Příštpo konnte der Major den Tragschrauber wieder unter seine Kontrolle bringen, hatte aber keine Möglichkeit mehr, in die *Zivilisation* zurückzukehren, und landete so sanft wie es ihm eben möglich war auf einer engen Straße am Rand eines Feldes.

Hoffentlich hat mich niemand entdeckt! Er sollte eines Besseren belehrt werden. Denn einen weißen Tragschrauber konnte man in einer klaren Vollmondnacht nicht übersehen. Vier lange Monate nach seinem Treff mit Madame Chenille hatte er auf diesen Tag gewartet. Jetzt schien alles schief zu gehen, was schiefgehen konnte.

Pavel war in dieser Nacht *vom Dienst*. Er schwang sich abrupt auf, stieg in sein Auto und verständigte Max per Handy, während er zur Landestelle fuhr: »Wach auf, Du *Italokraut*! Wir bekommen Besuch von einem *Zivilisierten* aus der Luft! Komm, aber sei vorsichtig! Harmlose Zivilisten aus den *USoE* haben keine Fluggeräte.«

Max sprang aus dem Bett, stieg in seine Tarnkleidung und packte seinen .357-Magnum-Revolver mit vier Speedloaders ein. Jörg hatte es auch mitbekommen und wollte keine Ausreden hören, warum er nicht mitkommen dürfe. Er fühlte sich nun reif genug und hatte schon mehrmals seinen Sinn für Verantwortung unter Beweis gestellt. Max hatte keine Zeit für Diskussionen. Er musste einfach reagieren, irgendwie funktionieren. Also gab er nach und streckte Jörg seinen Kleinkaliber-Revolver und einige Patronen entgegen, sagte doch bestimmend: »Du bleibst im Auto und rührst Dich nicht vom Fleck. Lass den Motor an! Wenn Pavel und ich zu Dir rennen, dann gibst Du uns Deckungsfeuer. Wenn uns zwei etwas passieren sollte, dann fährst Du weg und holst Verstärkung. Verstanden?« »Ja!«, antwortete Jörg selbstbewusst.

Die drei kamen zur Landestelle. Pavel und Max stiegen aus ihren Fahrzeugen und mit gezogenen Waffen näherten sich dem Tragschrauber.

»Verstehen Sie Deutsch?«, fragte Max, wissend, dass das Fluggerät aus dem *USoE* kam und der Pilot zumindest ansatzweise Deutsch sprechen musste. »Verlassen Sie das Gefährt, langsam und mit erhobenen Händen, gut sichtbar!«

Bachraoui hatte keine Wahl, war aber noch zuversichtlich, dass *sein* Plan aufgehen würde. Er stieg aus dem Tragschrauber, streckte die Arme gen Himmel und bewegte sich ein paar Schritte vorwärts. Entsprechend der Aufforderung, entwaffnete sich der Major vollständig und näherte sich den beiden Männern langsam.

Der Sprache wegen übernahm Max die Kommunikation. Er gab sich alle Mühe, den aufgebrachten Pavel zu beruhigen, der dem Fremden am liebsten eine Kugel hätte verpassen wollen.

»Wie heißen Sie? Was machen Sie hier?«

Der Major zog die mit Chenille vereinbarte Whistleblower-Nummer ab und erzählte, dass seine Notlandung nicht etwa einem technischen Defekt geschuldet gewesen, sondern nach Plan erfolgt sei.

Er gab Preis, jede Menge Geheiminformationen auf einem USB-Stick zu haben. Max übersetzte kurz für Pavel und bat diesen, den Fremden zu fesseln und dessen Waffen einzusammeln, damit sie ihn zum Bauernhof bringen könnten.

Während Pavel Bachraoui in Fesseln legte, drohte Max: »Wir werden sehen, ob Sie wirklich was Interessantes mitgebracht haben. Bis dahin seien Sie froh, dass kein Österreicher hier aus der unmittelbaren Gegend rausgekommen ist und dass wir keinen mitgebracht haben! Sonst wäre unsere Unterhaltung schon längst beendet!«

Angesichts der *nationalistischen Barbaren* schluckte Bachraoui, aber ihm blieb nichts Anderes übrig, als den Anweisungen zu folgen und keine Fragen zu stellen. *Diese Unzivilisierten sind wesentlich schlimmer, als in einem jeden Aufklärungsvideo dargestellt wird.* dachte er.

Max tauschte mit Jörg den Platz im Wagen. Jörg saß nun mit gezogener Waffe hinter dem Fremden. »Pavel, ruf bitte Deinen Sohn Jaromír an«, forderte Max und nickte. Pavel verstand auf Anhieb. Als Profihacker verfügte Jaromír über Kenntnisse und Mittel, die für das Lesen elektronischer, verschlüsselter Geheiminformationen erforderlich waren.

»Wenn das so ist, mein lieber Freund, dann fahren wir zu mir! Du willst nicht wirklich Deine Familie in Aufruhr versetzen?!«, erwiderte Pavel resolut.

Der Vorschlag war mehr als vernünftig. Max fuhr Pavel hinterher zu dessen Hof.

Kaum angekommen, wurde Bachraoui in die Scheune verbracht, wo Jaromír die nötige Ausrüstung bereits aufgebaut hatte.

Pavel bot Max und Jörg einen starken Kaffee an, dem sie angesichts der schlaflosen Nacht nicht widerstehen konnten. *Ich muss Tanja Bescheid geben, sonst macht sie sich unnötig Sorgen.* dachte Max und sendete ihr eine SMS-Nachricht: Denn alles war reibungslos und ohne Unfälle gelaufen. Pavel wollte nun endlich wissen, ob Max tatsächlich der Auffassung war, dass der Fremde ein glücklicher Fund oder eine Falle sei.

»Das kann ich Dir jetzt noch nicht sagen, mein lieber Pavel. Es wird sich bald herausstellen. Dann werden wir entsprechend reagieren müssen.«

Dann gingen sie gemeinsam in die Scheune.

Jaromír wartete schon. Er war bereit. Bachraoui, mittlerweile an einen Balken gefesselt, war schweiß gebadet. »Kannst Du uns schon was sagen, mein Sohn?«, fragte Pavel, brennend nach Antworten.

Jaromírs Antwort war für alle ernüchternd: »Dieses Speichermedium enthält nur Rahmenlehrpläne zur *sexuellen Aufklärung* für Kinder der ersten Klasse Grundschule und, warum auch immer, alle persönlichen Daten zu diesem Kerl hier, einschließlich seinen *Erfolgen* bei einem sechs Jahre langen Einsatz in Afrika. Dieser Mann ist noch nicht so alt, trägt aber schon den Dienstrang eines Majors und ist ein institutionalisierter Schleuser, der den *afrikanischen Korridor* massiv ausgebaut hat«

»Vielleicht sollte ich doch ein paar Österreicher benachrichtigen!«, brüllte Pavel dem Fremden ins Gesicht, der aber seine Sprache nicht verstand.

»*Uklidni se, prosím!* (Entspann Dich, bitte!)«, entgegnete Max, »Es wäre nicht verkehrt, den Tragschrauber zu bergen und hierher zu transportieren. Vielleicht können wir aus dem Fluggerät ein paar Informationen gewinnen, oder es zumindest wieder einsatzfähig machen, selbstverständlich für uns. Könntest Du das übernehmen? Jörg kann Dir dabei helfen. Ich weiß, dass wir hier bei Dir sind, aber dieser Kerl versteht kein Tschechisch.«

Pavel verstand nun, dass Max eine Gelegenheit suchte, den Fremden unter Druck zu setzen. Jörg und er verließen die Scheune und machten sich auf den Weg zur Absturzstelle. Max' Miene wurde düster. Er näherte sich dem Gefangenen, dessen Angst nicht zu übersehen war.

Bachraoui roch nach Schweiß, nach Angstschweiß. »Ich habe keine Ahnung, was du hier für eine Nummer abziehst, aber dieses Spielchen ist gefährlich. Für dich, meine ich! Jetzt erzählst du mir alles – und ich meine wirklich alles –, was du zu wissen behauptest und merk dir was: Wenn du mir irgendeinen *Käse* erzählst, dann sorge ich dafür, dass du um den Tod bettelst, du Möchtegern-Soldat!« Max warf einen kurzen Blick zu Jaromír: »Der Stick ist zwar wertlos, aber könntest Du vielleicht ein wenig im Netz der *USoE* schnüffeln? Ich glaube, diese Aktion ist kein Zufall und es wäre gut zu wissen, was die selbsternannte *Zivilisation* damit bezwecken will.« Jaromir machte sich an die Arbeit.

Bachraoui wurde schlagartig klar: Er war nicht der Whistleblower, der einen Skandal zum Schaden von Minister Scherkel auslösen würde. Er selbst war der Skandal. Er war Chenilles Bauernopfer. Ein Opfer für ihre Karriere.

In Bachraouis Kopf kreisten tausende Gedanken, insbesondere aber der Gedanke an seine Familie, die er möglicherweise nie wiedersehen würde. Und wer weiß, was nun mit seiner Frau und mit seinen zwei jungen Söhnen passieren würde. Nicht nur wegen des Gefühls der Machtlosigkeit entschloss er sich, die ganze Wahrheit preiszugeben. Es war seine einzige halbwegs gute Karte. Gleichzeitig wandelte sich seine ohnehin schon große Enttäuschung in Desillusion gegenüber diesem System, dem er die ganze Zeit mit Überzeugung gedient hatte. *Vielleicht haben diese Barbaren doch Recht und ich bin die ganze Zeit einer Illusion gefolgt, ohne dies in Frage zu stellen?!* dachte er.

Max hörte sich die ganze Geschichte an. Im Endeffekt hatte der Major nicht wirklich Neues zu Tage gebracht, was mehr oder weniger alle Menschen in den *abtrünnigen* Ländern ohnehin schon wussten. Denn die Wahrheit über die als Impfstoff getarnten, verbreiteten Psychoaktiva war bereits Ende 2025 durchgesickert. Lediglich deren Suchtpotenzial war nicht bekannt. Beim Nachlassen der Wirkung kamen die behandelten *Pflichtspezialisten* keineswegs zur Ruhe, sondern liefen Amok. Nur das und die Intrige dieser Madame Chenille waren etwas Neues für Max.

Jaromír unterbrach die Szene. Sein Hacking brachte Interessantes zum Vorschein: »Also, ich habe zwar nur den Zugang zu den Propagandamedien der *USoE,* aber es ergibt sich ein einheitliches Bild. Das Gesicht dieses vermeintlichen Whistleblowers hier schmückt sämtliche Titelseiten aller Medien, abgebildet mit der Visage des nun ehemaligen *Ministers für die Verteidigung der Demokratie*, Klaus Scherkel. Dieser ist für den Leak verantwortlich gemacht und zum *freiwilligen* Rücktritt gedrängt worden. Dazu noch: Eine Untersuchungskommission unter der Leitung von Jeanette Chenille ist einberufen worden, vom Staatspräsidenten höchstpersönlich.«

»Und was ist mit den *Pflichtspezialisten* und den Drogen?«, wollte Max wissen.

»Fehlanzeige.«, entgegnete Jaromír lapidar.

Max begriff, was sich abgespielt hatte: »Nun, *Major,* wie es aussieht, hat dich die neue *Grande Dame* der *USoE* ordentlich reingelegt. Hast du wirklich geglaubt, sie würde dir helfen und eine der wichtigsten Säulen des globalistischen Plans der *USoE* einfach wie ein Kartenhaus einstürzen lassen? Sie hat dir Möchtegern-Geheimnisse anvertraut, über die wir alle schon lange Bescheid wussten, dir *Schutz* für deine Familie versprochen und dich dann einfach zu uns abgeschoben. Spätestens jetzt kennst du die Grundregel dieses Systems: Wer nicht mitspielt, der fliegt raus oder wird exekutiert. In deinem Fall hatte diese Chenille möglicherweise an deine Exekution durch uns gedacht. Fazit: Sei froh, dass du noch am Leben bist!«

Der Major senkte seinen Kopf. Seine Augen wirkten müde und traurig. »Ich weiß«, flüsterte er.

Max setzte fort: »Aber vielleicht weißt du doch etwas, was wir nicht wissen. Wie groß ist mittlerweile der sogenannte *afrikanische humanitäre Korridor*? Wie viele *neue menschliche Ressourcen* werden dadurch nach Kontinentaleuropa eingeschleust?«

Bachraoui hielt kurz inne und schluchzte: »Insgesamt sind 244 Millionen potenzielle *Pflichtspezialisten* auf dem Weg nach Europa, davon zirka 170 Millionen aus Afrika. Das bestätigt auch Rákosis NGO *World of Open Arms*. Es heißt zwar *Korridor*, aber dieser besteht nicht nur aus einer einzigen großen Straße. Es sind mehrere Transportwege zu Land, Luft und Wasser, durch welche gleichzeitig jede Menge Leute geschleust werden. Zu Beginn meines Einsatzes schienen diese Wege zum Erliegen gekommen zu sein, aber in Wirklichkeit waren sie nur vorübergehend stillgelegt worden, um sie auszubauen, effektiver und effizienter miteinander zu vernetzen. Heute kann der *afrikanische humanitäre Korridor* 20 bis maximal 30 Millionen Menschen pro Jahr nach Kontinentaleuropa befördern. Es gibt einen zweiten Korridor aus dem Mittleren Osten, der über den letzten Abschnitt der neuen Seidenstraße, an der Ostgrenze des neuen Osmanenreichs, verläuft. Wie groß die Kapazität dieses zweiten Korridors ist, weiß ich aber nicht. Ich schwör's!«

Bing! Der Ton riss Chenille aus ihren Gedanken. Sie stieg aus dem Fahrstuhl. Ihr Gesichtsausdruck wechselte zwischen Wonne für das erreichte Ziel und etwas Unsicherheit wegen des anstehenden Gesprächs mit Rákosi. Und dennoch: Nach Scherkels Sturz stand der Staatspräsident voll hinter ihr. Mit dieser Gewissheit klopfte sie selbstsicher an Rákosis Tür und betrat den Raum.

Rákosis dienstliche Residenz befand sich mitten in New York: Eine luxuriöse Suite im Hauptgebäude seiner NGO, das er nach der letzten geplatzten Immobilienblase quasi aus der Portokasse erworben hatte. Die Erwartung, in die Fußstapfen seines Vaters zu treten, hatte er erfüllt und übertroffen. Unter seiner Führung verlief die Gründung des ersten globalistischen Superstaates in zwei nun abgeschlossenen Phasen erfolgreich. Er und das offizielle Oberhaupt steuerten nun zusammen diesen neuen Superstaat.

An den Wänden hingen die Porträts von Herbert George Wells, George Bernard Shaw, Theodor Wiesengrund Adorno sowie von Richard Nikolaus Coudenhove-Kalergi. Die Werke der vier Besagten, zusammen mit zahlreichen anderen Büchern über neopositivistische Eugenik und Psychoanalyse, schmückten Rákosis Privatbibliothek.

Rakosi thronte auf dem Ohrenbackensessel seines Vaters. Er stand nicht auf, wie man es zu tun pflegte, wenn eine Dame den Raum betrat. Rakosi machte dazu keine Anstalten. Stattdessen deutete er mit einer lockeren

Handbewegung an, sie möge auf dem schlichten Stuhl, ihm gegenüber, Platz nehmen. Sie hatte sich kaum in Position gebracht, vernahm sie den ironischen Klang seiner Stimme: »Wie war der Flug, Madame? Wie ich mit Freude feststellen kann, können Sie endlich Ihre Beine wie eine Frau überkreuzen.«

Chenille ließ sich nicht irritieren. Sie wusste zwar, dass sie in der offiziellen Hierarchie der großen Globalisten unter ihm stand, aber der Staatspräsident unterstützte sie jetzt, inoffiziell, so dass sie sich fast auf Augenhöhe mit Rákosi unterhalten konnte. Das gab ihr die nötige Selbstsicherheit. »Danke für die Nachfrage, Herr Rákosi. Ja, der Flug war sehr angenehm.«

Der Magnat bot ihr Champagner der besten und teuersten Sorte an. Während er ihr das Glas reichte wurde seine Miene ernst: »Ich weiß, dass Sie alles eingefädelt haben, Madame Ministerin. Sagen Sie mal: Was bilden Sie sich eigentlich ein? Wissen Sie, dass Sie alles hätten zunichtemachen können? Und wofür? Stehen für Sie Ihre Ambitionen über unserem *Weltfrieden*? Scherkel war ein erfahrener Mann und muss jetzt schnellstmöglich ersetzt werden!«

»Ja, Herr Rákosi, durch MICH!«

Rákosi wollte etwas einwenden, aber sie ließ es nicht zu: »Im Gegensatz zu Ihnen, lieber *Mr. Dollar*, habe ich sehr wohl ein echtes Interesse an der vollständigen *Modernisierung* und *Sozialisierung* der Gesellschaft. Ich war eine der ersten prominenten *Früchte* davon. Geld spielt für mich zwar durchaus eine Rolle, aber nicht die Wichtigste.« Sie stand auf und posierte: »Je *suis un beau papillon maintenant!* (Ich bin jetzt ein wunderschöner

Schmetterling!) Und ich will es allen ermöglichen, die es auch wollen. Haben Sie mich verstanden, Monsieur Rákosi?«

Er konnte es nicht fassen. Zum ersten Mal in seinem Leben fühlte er sich wie gelähmt. Er starrte sie verwirrt an.

Chenille fuhr ohne zu zögern fort: »Während Sie sich mit Strategien zur Beseitigung unserer Feinde beschäftigen und immer mehr *neue menschliche Ressourcen* zu uns bringen – eine Sache, die ich Ihnen sehr hoch anrechne – , übernehme ich die *vernünftige* Umerziehung unserer gesamten Gesellschaft, ja, beginnend mit den *Kreaturen*, die ich so sehr *liebe*: mit Kindern!«

Als sie das Wort *Kinder* aussprach, bewegte sie sinnlich ihre Zunge und ließ sie hin und her gleiten. Der hungrige und gierige Ausdruck in ihren Augen wirkte erschaudernd und grotesk. Sie setzte sich wieder und überschlug demonstrativ die Beine, so dass man ihr Geschlechtsteil nicht übersehen konnte. Mit hochgezogener Augenbraue zwitscherte sie: »Kann ich noch etwas für Sie tun, Herr Rákosi?«

Ein schüchternes *Nein* war alles, was er in diesem Moment mit gebrochener Stimme äußern konnte.

»Dann, lieber *Mr. Dollar*, Ihr *Einverständnis* vorausgesetzt, lasse ich Sie nun an Ihre Arbeit gehen und kehre zu meinem *Liebesnest* zurück. Sie wissen: Ein gewisser Alain ist mitgeflogen und wartet dort sehnsüchtig auf mich! *Au revoir Monsieur.*«

Sie stand auf, wandte ihm den Rücken zu und verließ den Raum.

BEWEGUNG IM OSTEN

+++ *EILMELDUNG+++ Rumänien unterzeichnet USoE-Beitrittsvertrag.* Die Nachricht tickerte durch alle Medienkanäle und erreichte jedes persönliche Endgerät.

Die holografische Gestalt der Moderatorin Altroth erschien auf den Bannern der Städte und Straßen und verkündete fröhlich: »Liebe *bürgende Person*en, wir unterbrechen kurz Ihre *wohlverdiente Unterhaltung* für eine wichtige Nachricht: Der rumänische Präsident Antoniu Popescu hat heute dem Beitritt seines Landes zu unserer globalen *Friedensgemeinschaft* zugestimmt. Er erklärte in der Pressekonferenz, dass er sich von allen *giftigen* Tendenzen der Vergangenheit getrennt und unserem *Weltfriedensprojekt* zugewandt habe. Außerdem unterschrieb Popescu das Konkordat.

Präsident De La Mer gratulierte ihm höchstpersönlich. Beide *demokratisch-antifaschistischen* Staatsmänner und der berühmte *Philanthrop* Rákosi, dessen Vermittlung maßgeblich zum Durchbruch bei den Verhandlungen beigetragen hat, wurden von der *Giolitti-Akademie* für den nächsten *Pazifismuspreis* nominiert. Es erreichte uns das erfreuliche Gerücht, dass zum ersten Mal nach der Einführung dieses Preises vor fünf Jahren alle drei Nominierten ausgezeichnet werden könnten. *Gollahweh* sei mit euch!«

Über die schweren Unruhen in Rumänien verlor die Nachrichtensprecherin kein einziges Wort. Die große Gemeinschaft der Ahnungslosen durfte nie erfahren, dass in diesem Land ein großer Teil des Volkes heftig gegen die

Obrigkeit rebellierte, und zwar zum zweiten Mal in der Geschichte des Landes selbst.

Der *neugeborene Demokrat* – wie er sich selbst nannte – setzte mit massiver Gewalt die Polizei gegen rumänische Aufständische, das Militär gegen die ungarische Minderheit in Siebenbürgen sowie gegen die Szekler ein. Die Polizei hatte einen unmissverständlichen Befehl erhalten: *verhaften oder töten*. Die Armee hatte die Aufgabe, die zwei für Popescu lästigen Minderheiten aus Siebenbürgen zu vertreiben oder, bei Widerstand, auf der Stelle hinzurichten. Ungarn wurde in die heikle Lage versetzt, seine Grenzen für die aus Siebenbürgen flüchtenden Landsleute und für das Brudervolk der Szekler temporär kontrolliert zu öffnen, dann erneut zu schließen und letztendlich massiv zu verstärken. Denn durch die gewaltsame Eingliederung Rumäniens hatten die *USoE* einen regelrechten Coup gelandet: Am bulgarischen Zaun vorbei, entlang der bulgarisch-türkischen Grenze, hatten die Globalisten das letzte Stück des *kleinasiatischen humanitären Korridors* eingerichtet. Rumäniens Rolle galt nur als Mittel zum Zweck in diesem Teil des Schachspiels.

Um die Macht des Staates zu sichern, hatte Rákosi vier Milliarden Euro aus seiner NGO *World of Open Arms* in die rumänische Führung *investiert* und sie mit Gleichgesinnten besetzt. Für das Volk und für die Nachbarstaaten war dies der Judaspreis schlechthin.

»Die *Giolitti-Akademie*! Es ist wirklich nicht zu fassen!«, spottete Max. »Was ist das?«, fragte Jörg, der den Gesichtsausdruck seines Adoptivvaters gut einordnen konnte, wenn dieser über negative Überraschungen schimpfte. »Ach, mein Sohn, jetzt wird ein Kerl zur

Moralinstanz gemacht, dessen berühmtester Spruch lautete: *Gesetze? Gegen Feinde werden sie angewendet, für Freunde werden sie interpretiert.*[13] Aber das passt zu den Globalisten.«

Rumänien auf der Seite der Globalisten war eine reale Bedrohung für die vier *Abtrünnigen* und unterbrach ihre Erfolgsserie beim Anwerbeversuch von Ländern zwischen dem Baltikum und dem Schwarzen Meer. Zu ihrem Glück war die Ansteckung auf andere Staaten ausgeblieben.

Nach wie vor bestand nur eine Diskrepanz zwischen den *Anwärtern* auf den Status der Vasallen des *Dritten Rom* und den eigenständig handelnden Staaten, aber beide Lager lehnten die unmoralischen und knechtenden Angebote der *USoE* entschieden ab. Estland, Lettland und Litauen schlossen sich dem Zweckbündnis der Eigenständigen an, ebenso Kroatien und Slowenien. Serbien und Bulgarien schlugen sich – erwartungsgemäß – auf die russische Seite und deren Streitkräfte erhielten dafür prompt Aufbauhilfe aus Moskau.

Knapp ein Jahr vor dem vollständigen *USoE*-Beitritt Spaniens und Italiens, die inzwischen sämtliche Separatisten (den gesetzten Bedingungen entsprechend) blutig zerschlagen hatten, stand die geopolitische Karte Europas fest. Das Gleichgewicht zwischen Krieg und Frieden stand auf der Kippe.

Ungarns Ministerpräsident Molnár war außer sich. Er wartete gerade auf seinen innenpolitischen Kontrahenten. Er lief nervös hin und her. Die Schweißperlen standen ihm auf der Stirn. Mit wilden Bewegungen gestikulierte er und schrie vor sich hin. Saabo, der gerade auf dem Weg zu ihm war, konnte die Beschimpfungen gegen den Nachbarstaat bereits auf dem Flur hören.

Als Saabo die Türschwelle des Büros übertrat, spürte er einen dumpfen Schlag auf seiner Brust. Molnár hatte soeben die Tageszeitung als Wurfgeschoss eingesetzt. Er war nicht zu bändigen. Als Saabo in die Hocke ging, um das zerfledderte Papier aufzuheben, konnte er die Botschaft auf der Titelseite erkennen: den Bericht über Popescus Entscheidung.

»Jetzt vertreiben sie auch unser Volk aus Gebieten, die uns gehören! Will jetzt noch jemand von Kooperationsverhandlungen mit diesen Verbrechern reden?!«, brüllte Molnár.

Angesichts der Lage und des anstehenden Treffens mit den *abtrünnigen* Amtskollegen war Saabos Reaktion weniger diplomatisch als üblich: »Guten Morgen, Herr Ministerpräsident. Ich konnte Sie schon im Flur hören und bald werden unsere Gäste hier eintreffen. Darum sage ich Ihnen in aller Deutlichkeit: Reißen Sie sich zusammen, bitte!«

Molnár schob noch ein paar unfreundliche Adjektive hinterher, die den Namen *Rumänien* nicht gut aussehen ließen. Dann unterbrach ihn Saabo vehement: »Ich weiß, dass allein das Wort *Rumänien* Sie wie eine Atomrakete hochgehen lässt, Herr Molnár. Das mit Siebenbürgen war auch für mich immer ein Dorn im Auge und ich glaube, mit dieser Auffassung nicht allein in Ungarn zu sein. Diese Sache ärgert mich... ja kotzt mich auch gewaltig an! Aber merken Sie immer noch nicht, was sich hier wirklich abspielt? Es geht nicht mehr um unseren alten Streit mit den

Rumänen um *Erdély*, Herr Ministerpräsident. Dieser Popescu war mir nie ganz geheuer und nun hat er die Maske fallen lassen. Er wurde nicht unter Druck gesetzt, sondern hat freiwillig gehandelt, uns alle verarscht und sein eigenes Volk verraten. Er hat das Geld kassiert und sofort in den repressiven Apparat des Staates *investiert*, sodass er jetzt alles unterdrückt und kontrolliert. Mit anderen Worten, Herr Ministerpräsident: Es ist völlig egal, ob Sie heute in Rumänien Magyar, Szekler, Rumäne selbst oder, ja, auch Sinti oder Roma sind. Entweder Sie gehorchen dieser *USoE*-Marionette und lassen sich *sozialisieren*, oder Sie werden bestenfalls vertrieben, im schlimmsten Fall eliminiert. DAS nennt man politische Säuberung!«

Mittlerweile waren auch die Vertreter der anderen drei *Abtrünnigen* und eine kleine Delegation der kleinen *USoE*-skeptischen osteuropäischen Staaten eingetroffen. Insbesondere die neuen Verbündeten am Mittelmeer und an der Ostseeküste waren wegen der Versorgungswege sehr wichtig. Parallel dazu lieferten sie quasi aus erster Hand wichtige Informationen aus den angrenzenden *USoE*-Provinzen.

Nach einer kurzen Begrüßung (nachdem sich Molnár einigermaßen beruhigt hatte) schilderten die Teilnehmer ihre Lage schonungslos in allen Einzelheiten. Denn keiner hatte Lust auf Beschönigungen, die fatale Konsequenzen mit sich bringen würden. Einerseits hatten die vier Staaten in weniger als einem Jahr erhebliche Fortschritte gemacht und die eigene Position, sowohl militärisch als auch in der zivilen Verteidigung, deutlich verbessert: Alle hielten sich an die bestehenden Vereinbarungen und folgten der Roadmap, die bei der ersten Krisensitzung nach dem Fall

Österreichs festgelegt worden war. Andererseits waren die Ergebnisse verbesserungswürdig.

Serbien und Bulgarien zählten mittlerweile zu den Satellitenstaaten des *Dritten Rom*, konnten dank Moskaus Unterstützung etwas mehr aufrüsten als andere *USoE*-skeptische eigenständige Staaten, aber dafür mussten sie einen hohen Preis zahlen: Sie hatten sich von ihrem großen Bruder völlig abhängig gemacht. Bei diesem Gipfel waren sie nicht vertreten.

Das Thema Rumänien dominierte den Gipfel. Es herrschte bei allen Beteiligten – Regierungs- sowie Oppositionsführern – Einigkeit darüber, dass dieses Problem nicht politischer Natur war und deshalb auf politischem Wege nicht gelöst werden konnte. Ein Verbündeter der *USoE* im Südosten Europas war eine äußerst unerwünschte offene Flanke und deutete bereits auf einen bedrohlichen operativen Zangengriff hin.

Die polnische Delegation zeigte sich bereit, noch mehr Gerätschaften für die befreundeten Magyaren zu produzieren. Dennoch lehnte sie die Verlegung eines größeren Teils ihrer eigenen Streitkräfte nach Süden ab. Andernfalls würde die polnische Ostgrenze unzureichend geschützt sein.

Immerhin hatte Ungarn sein Arsenal um ein Drittel aufgestockt, größere Reserven aufgebaut und endlich staatlich kontrollierte Bürgermilizen zugelassen. Auf Vorschlag des slowakischen Ministerpräsidenten Labacs und der tschechischen Oppositionschefin Svodobová einigten sich alle Teilnehmer auf den Ausbau der eigenen Grenzanlagen, insbesondere entlang der sogenannten *grünen Grenzen*. Die Idee dahinter war keineswegs, sich gegenseitig voneinander abzuschotten, sondern eine gemeinsame

Festung mit mehreren Schutzbefestigungen zu errichten. Für die ungarisch-rumänische Grenze sowie für die polnische und tschechische Grenze zu den *USoE* wurde, zusätzlich zu den bewährten Tschechenigeln, der Bau von festen Panzerabwehrbarrieren beschlossen.

Zur zivilen Verteidigung waren bereits einige Lieferungen aus Lateinamerika – genauer gesagt, aus Brasilien – eingetroffen. Dabei hatte sich die Unterstützung der neuen Verbündeten mit Zugang zum Meer als maßgeblich erwiesen. Dennoch hatte nun auch die Zivilbevölkerung dieser Länder einen nicht zu unterschätzenden Bedarf an Verteidigungsausrüstung, sodass Brasilien noch mehr lieferte und von den globalisierten Mainstream-Medien als fünfter *abtrünniger* Staat betitelt wurde, obwohl das Land am Amazonas fernab der hegemonialen Reichweite der *USoE* lag.

Die Zeit war knapp. Durch den Beitritt zu den Rebellenstaaten hatten die neuen Verbündeten jegliche Finanzspritzen des europäischen Superstaates verloren. Auch sämtliche Handelsbeziehungen hatte De La Mer höchstpersönlich kappen lassen. Dies hatte zur Folge, dass die Zivilbevölkerung in Kroatien, Slowenien, Litauen usw. den gleichen Selbstentwicklungsprozess wie in den vier Hauptrebellenstaaten vollziehen musste. Konsum und Komfort waren endgültig passé.

Der Gipfel endete mit der Vereinbarung des nächsten Termins für das Jahr 2028 in Prag. Was die Teilnehmer aber nicht wissen konnten, da sich kein Hacker Zugriff hatte verschaffen können, war die Tatsache über eine weitere Gefahr aus dem Hinterhalt, die sich anbahnte: die inoffizielle unheilvolle strategische Allianz zwischen Popescu und dem selbsternannten Sultan Arslan.

UNBELEHRBAR(?)

» Sie haben alles von mir erfahren, was ich wusste. Bitte, lassen Sie mich los!«, flehte Bachraoui. Es war am Morgen nach der Nacht seiner Notlandung. Die Tatsache, dass er die Konversation zwischen Jaromír und Max sowie Pavels Anmerkungen nicht verstand, verschlechterte seinen ohnehin prekären psychischen Zustand zusehends.

Pavel wollte wissen, wann sein Sohn und Max beabsichtigen würden, den Bürgermeister zu verständigen. »Das übernehme ich«, sagte Jaromír, »aber erst lasst mich bitte meine Ausrüstung aufräumen.«

Bachraoui wiederholte abermals seine Bitte. Pavel wurde ungeduldig: »Was will dieser Kerl überhaupt noch?«

Max hatte dem Major bereits mit einem klaren *Nein* die Lage verdeutlicht, aber Bachraoui winselte weiter: »Ich muss meine Familie rausholen, meine Frau und meine zwei Söhne! Ich will nicht, dass sie zu *Pflichtspezialisten* gemacht werden.«

Max wurde wütend: »Ach, auf einmal ist dir deine Familie wichtig! Kämpfen Globalisten wie du nicht GEGEN den *Familismus* und FÜR *Staatskinder*?«

»Ja, aber ich will trotzdem nicht, dass meine zwei Söhne für das *Sekundärheer* präpariert und rekrutiert werden.«

»Wie alt sind denn deine Söhne?«

»Neun und zwölf.«

Max war irritiert. *Dieser Major weiß nicht, was mit Kindern geschieht?* »Ich kenne mich zwar mit den Entscheidungskriterien eures tollen Superstaates nicht aus, aber ich habe bei dem Überfall auf Österreich keine minderjährigen *Pflichtspezialisten* gesehen. Mit neun bzw. zwölf Jahren werden deine Söhne eher zu Vergnügungsobjekten für eure Politik- und Finanzelite herangezogen.«

Bachraoui erinnerte sich an die Worte von Madame Chenille. Sie gab an, Kinder zu *lieben*. Er seufzte, dachte aber *Immer noch besser als mit Drogen zu willenlosen Unmenschen gemacht!* und bildete sich ein, nach seiner Rückkehr vielleicht doch die Kurve kratzen und etwas bewirken zu können.

Er wimmerte: »Ich muss es trotzdem versuchen. Ich will es versuchen! Bitte, lasst mich gehen!«

Lakonisch antwortete Max: »Der Bürgermeister wird den nächsten Schritt entscheiden. Wir informieren ihn jetzt gerade.«

Bachraoui: »Dann wird dieser *Faschist,* dieser *Rassist* mich hinrichten! Mich ermorden! Ihr lasst mich nicht gehen, nur weil ich schwarz bin. Nichts anderes als *Fachos* seid ihr alle!«

Max verlor die Geduld, setzte dem Major sein Überlebensmesser an die Gurgel und starrte ihm direkt in die Augen: »Deine bescheuerte Propaganda kannst du für dich behalten! Jetzt sage ich dir was: Mein Name ist Massimiliano. *Max* ist aber einfacher für meine Freunde hier und für all die Freunde, die ich damals drüben hatte, vor der Schaffung dieser Abscheulichkeit namens *Framanien* oder *USoE.* Ja, ich bin auch ein alter Zugezogener, älter als du. Doch im Gegensatz zu dir habe ich keine Hintern geleckt, keine Subventionen zum Nulltarif kassiert, keine Kritiker schikaniert, denunziert, verhaftet oder sogar erschossen, nur weil diese es gewagt hatten, das System in Frage zu stellen. Sag mir: Welchen tollen Posten hattest du denn, als das erste große Zensurgesetz in Kraft trat? Was hast du getan, als die ersten vergewaltigten Frauen wegen *Anstiftung zum Rassenhass* verurteilt wurden, nur weil sie ihre Peiniger angezeigt hatten und diese *zufälligerweise* unter staatlichem Schutz standen? Und in Sachen Kinder: Der Bursche, den du hier gesehen hast, ist mein Adoptivsohn, den ein *Antifamilist* von deiner Sorte einfach abgegeben hatte. Das sogenannte *Sozialisierungsamt* hatte der Adoption nur deshalb zugestimmt, weil ich kein gebürtiger Deutscher bin und weil die Beamten dachten, dadurch würde er eine *bunte, tolerante* Erziehung wie von solchen Vätern wie dir bekommen. Meine Frau ist gebürtige Deutsche und hätte keine Chance als Adoptivmutter gehabt. Und noch etwas: Ist es kein Rassismus, alle Polen als Autodiebe, tschechische Frauen als Nutten, Slowaken und Magyaren als einfältige Deppen zu bezeichnen? Denn genau DAS forcieren deine Leute, mittlerweile seit über zehn Jahren! Kein Volk ist perfekt. Diese Völker sind aber anständig und besitzen einen starken Willen. Nach dem Fall der sowjetischen Fremdherrschaft waren sie nahezu bettelarm und dem Spott der im Wohlstand lebenden *Westler* ausgesetzt. Ja, es wurde ihnen finanziell geholfen, aber sie verschwendeten diese Hilfe nicht, krempelten die Ärmel hoch und bauten ihre Länder wieder auf. Können wir dasselbe von sämtlichen *USoE*-Provinzen und von einigen *neuen menschlichen Ressourcen* behaupten, die auch du eingeschleust hast? Seit über zehn Jahren beherrschen sie nur zwei *Disziplinen*: Forderungen stellen und jeden, der diese Dauersubventionierung in Frage stellt sowie die drastische Zunahme schwerer Kriminalität anprangert, des *Rassismus* bezichtigen.«

Bachraoui hechelte kurz und versuchte anzusetzen. Ein *Schnauze!* und Max' stechender Blick hielten ihn aber zurück. Er schwieg.

»Diesmal solltest Du Dich beruhigen, mein Freund.«, besänftigte Pavel. »Was hat denn dieser Kerl gesagt, was Dich so auf die Palme gebracht hat?« Max erzählte ihm die Kurzfassung. Pavel musterte den Major argwöhnisch.

Jaromír hatte indessen bereits alles zusammengepackt und war zum Bürgermeister gefahren, um ihn über die Ereignisse zu unterrichten. Letztendlich waren sie eine Bürgerwehr und unterstanden dem Bürgeramt. Der Bürgermeister Skripsky gehörte seit Jahren zum Inventar seiner Gemeinde. Nach dreißig Jahren Ehe mit einer österreichischen Frau konnte er sich auf Deutsch problemlos verständigen. Kaum waren er und Jaromír in der Scheune eingetroffen, nahm er den Major genauer unter die Lupe.

Freundlich begrüßte er den Gefangenen, der noch immer gefesselt am Scheunenpfosten stand. »Herr Major Ba.. Bachraoui, nicht wahr?« Bachraoui bemerkte Skripskys Amtstracht. *Das muss ein Politiker oder Amtsträger sein, nicht so ein Wilder, wie die anderen.* dachte er und winselte: »Helfen Sie mir, bitte. Sie scheinen ein vernünftiger Mensch in Amtswürden zu sein! Diese *Wilden* hier behandeln mich wie Vieh!« Der Major sollte recht behalten. Skripsky war ein konservativer Politiker und Amtsträger. Der Bürgermeister nickte verständnisvoll. Bachraoui fühlte sich bestätigt: »Verehrter Herr, sie werden doch einem Gefangenen nicht die Notdurft verweigern, oder?«

»Aber selbstverständlich nicht, Herr Major. Jörg, bitte nimm dem Major die Fesseln ab«, fügte er bestimmend an. Währenddessen verließ Jaromír die Scheune, um mit seinem Bruder in Budapest zu telefonieren.

An der Hauptstraße entdeckte er Tanja und Lucia, die soeben aus dem Auto stiegen. Es war schon dunkel und sie waren zur Scheune gefahren, um Jörg abzuholen. Lucia freute sich, Jörg endlich wieder zu sehen und eilte in die Scheune, als sie plötzlich ein enges, heißes Gefühl an ihrer Kehle verspürte. Der Schmerz wurde stärker. Sie rang verzweifelt nach Luft und konnte kein Wort über die Lippen bringen. Sie wollte schreien, aber das grausam enge Hitzegefühl in ihrer Kehle hinderte sie daran. Es war innerhalb weniger Sekunden still in der Scheune. Die überraschende Schreckensszene ließ sie alle für einen kurzen Augenblick erstarren. *Was soll ich nur tun?* dachte Jörg. Er fokussierte den Major, der Lucia im Würgegriff hatte, und versuchte, sie zu beruhigen: » *Všechno bude v pořádku,* Lucia!«

Max und Pavel hielten die Hände an ihren Holstern, warteten aber verzweifelt auf den richtigen Moment. Tanja näherte sich der Scheune und fiel in Schockstarre, als sie durch die offene Tür ihre Nichte in den Händen des Unbekannten sah. Sie wollte schreien, konnte aber nicht. Sie war gelähmt. Bachraouis Augen zuckten. Er wechselte kontinuierlich den Fokus und zog Lucia vor sich her:»Ihr lasst mich jetzt gehen und gebt mir ein Auto, in dem der Schlüssel steckt. Erst dann lasse ich die Kleine wieder frei. Ansonsten breche ich ihr das Genick.«

Vor lauter Angst verstand Lucia seine Worte nicht. Das heiße, stechende Gefühl am Hals ließ nicht nach.

Ihre Tränen konnte sie nicht unterdrücken. *Ich will nicht sterben!* fürchtete sie. Der Major schliff Lucia vor sich her, bis zur Scheunentür. *Nun bin ich gleich draußen und dann endlich weg hier!* dachte er noch, als er plötzlich einen kalten Druck auf seiner Schläfe spürte. Jaromír stand neben ihm und bohrte die Mündung des Pistolenlaufs noch stärker in den Schädel des Aggressors. Der Major konnte die drohende Stimme in seinem Ohr klingen hören: »Ich bin sicher, diese Sprache verstehst du ohne Probleme.« Bachraoui löste schlagartig den Griff. Dann fiel er zu Boden. Jörg hatte ihm einen heftigen Schlag auf den Hinterkopf verpasst. *Es ist aus* waren die letzten Gedanken des Majors, als er zusammensackte.

Pavel und Max waren außer sich. Von Jörgs Wut ganz zu schweigen! Wegen Skripskys Entscheidung hätte Max seine Nichte beinahe verloren und Jaromír hatte es nur knapp geschafft, die Situation zum Guten zu wenden. Skripsky war sich seiner Leichtsinnigkeit bewusstgeworden. Er hatte naiv gehandelt und alle unnötig in große Gefahr gebracht. Er senkte den Kopf und bat aufrichtig um Entschuldigung. Trotz des Schocks gab es keine Zeit und keinen Spielraum für unnötige Diskussionen. Pavel bat den Bürgermeister, die Militärpolizei über die Gefangennahme des Majors zu unterrichten, damit diese ihn abholen würde.

Skripsky wusste, dass nach der Entscheidung der *Abtrünnigen*, Ordnungskräfte zur Ausbildung von Bürgermilizen einzuspannen, immer mehr Zivilisten die Aufgabe der Grenzsicherung größtenteils übernommen hatten. Die *grüne Grenze* war wesentlich länger und schwieriger zu überwachen als die regulären Grenzübergänge. Die Kapazitäten waren voll ausgelastet. Das bedeutete, dass die Militärpolizei ein paar Tage brauchen würde, um einzutreffen und den Gefangenen abzuholen. Bis dahin musste Pavel Major Bachraoui auf seinem Hof behalten. Von dieser Tatsache war er nicht im Geringsten begeistert. Eine Alternative hatte er aber nicht.

Die Gesamtlage war um eine Spur bedrohlicher geworden. Die kleine Idylle des Lebens auf dem Land nach Menschenmaß (entgegen der Gleichschaltung, Kontrolle und dem Konsumwahn wie in den *USoE*) musste spätestens ab jetzt dem organisierten Selbstschutz weichen. Sie mussten nun alle funktionieren. Weitere Fehler durften sie sich nicht mehr erlauben.

Es war schon Mitternacht. Tanja brachte Jörg und die traumatisierte Lucia nach Hause. Max blieb bei Pavel und Jaromír. Das Telefonat, das Jaromir mit seinem Bruder Václav in Budapest führte, brachte keine guten Nachrichten zu Tage. Entgegen den erklärten Absichten, hatten sich Serbien, Montenegro und weitere Westbalkanstaaten, außer Slowenien und Kroatien, von den *USoE* kaufen lassen. Für den Kreml bedeutete dies den Verlust zweier Satellitenstaaten und des bereits dorthin versetzten Militärgeräts. Nur Bulgarien war dem *Dritten Rom* treu geblieben. Schon zwei Tage später verbreitete sich die entsprechende Meldung weltweit.

Die größte Bedrohung galt nun den vier *Abtrünnigen* und ihren wenigen Verbündeten. Die Spielräume auf der geopolitischen Landkarte waren für sie um einiges enger geworden.

NEUER KRIEGSSCHATTEN

Eszter war schlagartig wach. Sie war schweiß gebadet und ihr Nachthemd klebte förmlich an der Haut. Sie hyperventilierte, schnappte verzweifelt nach Luft. Es war stockdunkel. Für einige Minuten tanzten bunt flackernde Lichtblitze vor ihren Augen. Sie richtete sich auf. Erst jetzt wurde ihr bewusst, dass sie im gemeinsamen Ehebett lag. Václav hatte verzweifelt versucht, sie zu wecken, und hielt ihren Arm. Er hatte die heftigen Geräusche und ihre Unruhe bemerkt. Nun war sie endlich wach. Er umarmte sie, wollte sie beruhigen.

Für einen kurzen Moment schloss sie ihre Augen. Sie stotterte. Václav nahm ihre Hand und strich ihr sanft über die Stirn: »Hallo Liebste! Du bist bei mir. Atme tief und bleib ruhig! Ich lasse Dich nicht alleine. Was war das für ein Albtraum?« Eszter fand ihre Kraft wieder, blickte ihm in die Augen und begann zu erzählen: »Es war kalt. Ich spürte einen rauen Wind auf meiner Haut, der auf mein Gesicht peitsche. Dann wachte ich auf, im Traum, meine ich. Unter mir sah ich im ersten Moment nur einen dunklen Abgrund und fürchtete mich davor. Dann schaute ich mich um. Alles war stockfinster. Zu meinem Erstaunen realisierte ich, in der Luft zu schweben, reitend auf dem Rücken eines riesigen schwarzen Vogels, größer als jedes fliegende Lebewesen auf Erden. Ich kann es Dir nicht erklären: Dieses Tier flößte mir Ehrfurcht ein, ließ mich aber gleichzeitig sicher fühlen. Der Vogel war nicht mein Feind. Er ging in den Sturzflug, um mir den Abgrund genauer zu zeigen. Ich begriff, dass er über unserem Grenzgebiet flog, und sah am Boden eine riesige Armee aus

Südosten kommen: Soldaten, Hubschrauber, Kanonen, Panzer! Alle auf dem Weg nach Ungarn. Auf ihren roten wehenden Fahnen stand ein weißes Zeichen, das ich nicht klar erkennen konnte. Ein Teil von diesem Zeichen sah wie ein weißes Horn aus. Der Vogel hob seinen Kopf und gab einen starken Laut von sich. Dabei fokussierte er mich aus dem Augenwinkel. Seine schwarzen Augen blickten tief, so tief in meine, dass ich das Gefühl hatte, er spräche zu mir. *Siehst Du das?* Dann kehrte er zurück und landete sanft auf einem Hügel. Nachdem ich von seinem Rücken gestiegen war, drehte ich mich um und stellte fest, dass er sich in eine Statue aus Bronze verwandelt hatte. Er stand nun majestätisch mit ausgestreckten Flügeln auf einem steinernen Podest.«

Václav starrte sie mit großen Augen an und konnte keine einzige Silbe über die Lippen bringen. Er und Eszter waren wie gelähmt und sahen sich mit offenem Mund tief in Augen. Ihren Traum hatte sie nicht bis zum Ende erzählt. Eszter raffte sich zusammen und setzte fort: »Weißt Du? Ich habe in meiner Schulzeit von dieser Legende gehört.« Václav überwand seine Schockstarre und forderte sie auf, fortzufahren.

Ihre Stimme zitterte: »Einmal zur Statue geworden, trug der schwarze Vogel eine Krone... ja, mein lieber Václav, unsere... ich meine... die ungarische Stephanskrone auf seinem Kopf und hielt ein großes Schwert in seinen Krallen. Václav, ich ritt den *Turul!*«

Václav wollte abwiegeln und schmunzelte: »Deinem Gesichtsausdruck entsprechend, dachte ich, Du hättest geträumt, Erzsébet Báthory zu sein, oder eines ihrer Opfer.«

»Hör auf, mich zu veräppeln, bitte!«, entgegnete sie mit sichtlich zorniger Miene, »Du weißt nicht, was das bedeutet! Der *Turul* ist der sagenhafte Vogel unserer Vorfahren. Der Sage nach habe nur Attilas Mutter davon geträumt. Der *Turul* habe unser Volk hierhergeführt, in das heutige Ungarn. Jedes Mal, dass er sich zeigt, hat er eine wichtige Botschaft für uns Magyaren, und diesmal deutet die Botschaft auf einen kommenden Krieg!«

Václav wurde klar, dass seine Frau nicht irgendeinen Albtraum gehabt hatte. Liebevoll versuchte er, sie zu beruhigen, und streichelte ihr sanft über die Wange: »Bitte verstehe mich nicht falsch, liebe Eszter! Ich nehme Dich ernst, wenn Du etwas zu mir sagst. In Deinem Traum hast Du eine Armee aus Südosten kommen sehen, mit roten Fahnen und weißem Horn. Wer kann das sein? Sicherlich nicht die Russen und schon zweimal nicht die *USoE*.

Russen würden aus dem Osten einmarschieren. Streitkräfte der *USoE* kämen aus dem Westen und müssten entweder erst durch Tschechien und die Slowakei oder durch das verwüstete Österreich marschieren.«

Eszter dachte kurz darüber nach. Václav hatte Recht. Der *Turul* hatte ihr eine Bedrohung gezeigt, mit der sie nicht gerechnet hatte. Sie selbst konnte nicht nachvollziehen, was für eine Gefahr ihr gezeigt wurde, spürte aber innerlich die Dringlichkeit, Václav zu überzeugen: »Weißt Du, Václav, der *Turul* hat nicht gesprochen, aber in mir hatte ich das Gefühl irgendwie... als ob er in Gedanken mit mir sprechen würde, nicht in Worten. Er flößte mir den Gedanken ein, dass es sich um eine sehr alte Bedrohung handelt, einen ehemals besiegten Feind, der nach sehr langer Zeit bald wieder einmarschieren wird.«

Am liebsten hätte sie gleich die Spitzenpolitiker Ungarns alarmiert, aber, dachte sie, wer würde ihr denn glauben? Alle würden sie für hysterisch oder schlicht für verrückt halten, ihren Zustand aber vielleicht wegen der extrem angespannten Lage in Europa verstehen und irgendwie entschuldigen.

Václav schnappte sich sein Smartphone und gab den Namen des sagenhaften Vogels als Suchbegriff ein. Bei den Bildern wurde er schnell fündig und zeigte Eszter das Foto. »Ist das der riesige *Adler*, meine Liebe?« Eszter starrte kurz auf das Bild. Sie war erschrocken. »Das ist kein *Adler*! Siehst Du es nicht? Er hat kräftigere Beine, größere Krallen und einen knapp längeren Hals als den eines Adlers, trotzdem völlig gefiedert und nicht kahl wie ein Condor. Ja, das ist die riesige Statue aus meinem Traum, aber die Stadt, in der sie sich befindet, liegt fünfzig Kilometer weit weg von Budapest. Ich war noch nie in meinem Leben an diesem Ort.«

Václav wusste, dass seine Frau nicht verrückt geworden war, konnte aber ihre Vision nicht deuten, nirgendwo einordnen. Der Traum ließ Eszter keine Ruhe. Es vergingen einige Wochen, bis wieder Normalität für sie einkehrte. Sie musste fast täglich daran denken.

BIG WHEELS

Der alte Lawrence Medices saß auf seinem braunen Ledersessel, der wie aus längst vergangenen Zeiten zu stammen schien. Links und rechts des großen ovalen Konferenztisches saßen die führenden Köpfe der größten Finanz- und Wirtschaftsoligopolisten aus beiden Seiten des Großen Teiches: Allesamt Vertreter von Energie, Rüstung, Propaganda und Infrastruktur.

Ben Fullcoarse, Vorstandsvorsitzender des weltweit mächtigsten Investmentkonzerns *Golden Stone*, hatte wie gewöhnlich den Platz rechts von Medices eingenommen. Der Stuhl gegenüber war leer. Rákosi war noch nicht eingetroffen. Aufgrund der Dringlichkeit dieses Sondertreffens hatten die Veranstalter nicht nur alles geheim gehalten und auf eine Einladung der Politikdarsteller verzichtet, sondern auch auf die übliche rituelle Vollmontur und den für ihre Verhältnisse üblichen Komfort. Selbst der Sicherheitsdienst musste sich, soweit es ging, unsichtbar machen. Umso größer war die Irritation, dass ein wichtiges Mitglied wie Rákosi immer noch nicht eingetroffen war. Über *Golden Stone* stand unangefochten nur die *De Medices World Bank*, die nicht erst unter Lawrences Führung die Fäden von nahezu allen politischen und ökonomischen Bereichen rund um den Globus zog.

Eine Dreiviertelstunde später wurde Rákosi von einem Sicherheitsmann in den Saal geführt. Er setzte sich mit leicht gesenktem Haupt auf den leeren Stuhl, der sich links von Lawrence Medices befand und begrüßte die anderen Teilnehmer. Medices fummelte an seiner Hornbrille und erinnerte Rákosi eindringlich und resolut an die Wichtigkeit des Sondertreffens, die zum Teil Rákosi selbst geschuldet war: »Wie es aussieht, sind Sie in Verzug, Mr. Rákosi.« Alle anderen Teilnehmer blieben still und wirkten wie versteinert. »Ihr Kontrollverlust über die *USoE* bereitet uns große Sorgen. Jetzt erklären Sie uns, erklären Sie MIR, was Sie vorhaben! Haben Sie überhaupt noch einen Plan?«

Rákosi war klar, dass sein inoffizieller Boss über Chenilles politischen Handstreich Bescheid wusste, wollte aber nicht den Anschein eines begossenen Pudels erwecken. Sein Blick war bohrend und fordernd zugleich: »Wenn Sie auf diese Frau anspielen, Mr. Medices, sollten Sie aber auch wissen, dass ihre Macht von der Macht dieses *USoE*-Präsidenten De La Mer abhängt. Und diesen Mann kontrolliere immer noch ich.« Rákosi nutzte den Augenblick. Er hatte gemerkt, dass Medices verdutzt war, und legte nach: »Wie groß ist der Verzug des globalistischen Plans auf dieser Seite des Atlantiks, Mr. Medices? Im Gegensatz zu De La Mer, zählen sowohl der Präsident als auch der Vizepräsident der Vereinigten Staaten von Amerika nicht wirklich zu unserem Personal! Oder täusche ich mich da? Ja, Sie spielen weiterhin den großen Strippenzieher, kontrollieren aber nur die wenigen übrig gebliebenen Bundesstaaten, die von Ihren Marionetten, also den *progressistischen* Gouverneuren, regiert werden. Und diese Gouverneure stehen auch unter Einfluss eines anderen mächtigen Kartells, nämlich der Internetkonzerne. Sind die Chefs dieser Konzerne hier? Nein, sie ziehen ihr eigenes Ding durch. Warum drehen Sie ihnen dann nicht einfach den Geldhahn ab? Weil Sie, ja, Sie Mr. Medices Ihren Einfluss verloren haben! Wir haben anspruchsvolle Pläne, die sich über Jahrzehnte, Jahrhunderte hinausstrecken. Wir wollen unsere *Weltregierung* installieren und alles nach unseren Maßstäben gleichschalten. Selbst Sprachen sollen der *zivilisatorischen* Plansprache weichen, die wir hier untereinander sprechen. Aber wir sind gewaltig in Verzug. Ausgerechnet SIE sind in Verzug!«

Der alte Medices konnte es nicht ertragen, von einem Vasallen bloßgestellt zu werden, selbst wenn dieser als zweitgrößter Vasall weltweit galt. Doch Rákosi hatte den Nerv getroffen. Einzig und allein aus Machtgier hatten die Giganten der Finanzindustrie alles darangesetzt, das Finanzsystem vollständig zu digitalisieren, zu virtualisieren und somit immer größer, kapillarer und schneller zu machen. Die Tentakel dieses riesigen Oktopusses waren nun auf die Krücken der Digitalisierungsindustrie angewiesen. Hätten die Oberbanker den IT-Konzernen den Geldhahn abgedreht, dann wäre auch für die mächtigste Industrie der Welt, die Finanzindustrie, das Licht schnell ausgegangen. So bitter es für Medices, Fullcoarse, Rákosi und deren Puppen sein mochte, mussten diese nun ihre Macht mit *digitalen Hipstern* teilen, die wiederum nicht so leicht wie Politiker oder Bosse der Automobilindustrie zu erpressen und zu bändigen waren.

Fullcoarse, der unter allen Teilnehmern die niedrigste Begabung in Sachen Diplomatie besaß, fühlte sich angesprochen und ergriff das Wort: »Mr. Rákosi, Sie scheinen wohl vergessen zu haben, dass Sie Ihr Vermögen und Ihre Position von Ihrem Vater geerbt haben. Ebenso scheint Ihnen entfallen zu sein, dass sowohl Ihr Vater als auch Sie selbst ausschließlich dank unserer *Geschäftsempfehlungen* so mächtig geworden sind! Ohne unsere Insider-Informationen hätte es Ihr Vater nicht mal in die Chefetage einer herkömmlichen Geschäftsbank geschafft. Ihr Vater war aber – angesichts seines niedrigen Status – ein guter Puppenspieler, im Gegensatz zu Ihnen. Das muss ich hier zu unser aller Bedauern feststellen.«

Der Streit drohte zu eskalieren und hätte den gesamten Gipfel zunichtemachen können, aber diese kurze Auseinandersetzung zwischen Nummer Zwei und Nummer Drei der globalen Elite, hatte dem Oberboss Medices genug Zeit verschafft, um sich wieder zu sammeln und die *Vernunft* siegen zu lassen. Sein zielorientiertes Denken stand über seinem Ego und überwog auch diesmal: »Mein lieber Ben, ich glaube, dass unser Junge hier nur ein kleines Temperamentsproblem hat. Es ist seinen jungen Jahren geschuldet.« Er wandte sich Rákosi zu: »Ja, da muss ich Ihnen Recht geben. Wir dachten, ausgerechnet hierzulande, nach Jahrzehnten, eigentlich fast Jahrhunderten an der Macht würde es niemand wagen, uns die Stirn zu bieten. Wir hatten uns geirrt: Weite Teile der Bevölkerung folgen nun den *Constitutionals* und entziehen sich unserem Einfluss. Den Internetkonzernen können wir jederzeit den Geldhahn abdrehen. Ein paar Millionen Arbeitslose mehr oder weniger würden uns nicht kümmern, aber wir würden dadurch weitere Bundesstaaten an die *Constitutionals* verlieren. Von dem Verlust des Einflusses des *entdigitalisierten Fiatgelds* auf die globale Wirtschaft ganz zu schweigen. Demzufolge haben wir nur die Wahl zwischen der Machtteilung mit diesen Konzernen, die wiederum ihr Netz unserem Globalismus anpassen, oder dem totalen Machtverlust zugunsten der *Constitutionals*. Wir bewegen uns auf dünnem Eis, mein lieber Freund!«

Die Feuerprobe als exzellenter *Lösungsfinder* hatte Rákosi bereits bei den ins Stocken geratenen Entwicklungen der *Vaxxi AG* bestanden, deren Vorstandsvorsitzender auch an diesem Tisch saß. Der junge Puppenspieler stellte sein Talent nun auch bei dieser Angelegenheit erfolgreich unter Beweis. Vielleicht hatte er ausgerechnet von Madame Chenille gelernt, etwas mehr Skrupellosigkeit ins Spiel zu bringen. Rákosi machte alle Teilnehmer auf ihren noch verbliebenen Einfluss auf den Hauptteil des militärisch-industriellen Komplexes aufmerksam: Army, Navy und Air Force, sowie mehrere große Rüstungskolosse. »Vorerst stehen wir auf dünnem Eis! Immerhin konnten Sie, soweit mein Kenntnisstand, einen Maulwurf ganz oben in den Reihen der *Constitutionals* installieren. Täusche ich mich, wenn ich behaupte, dass Verteidigungsminister James Northwood UNSER Mann ist?«

Fullcoarse war äußerst gereizt und erwiderte cholerisch: »Was können wir mit einem Mann wie Northwood bewirken? In seiner Position muss er beiden mächtigsten Politikern im Land gehorchen. Der Präsident und der Vizepräsident sind die größten *Hindernisse* für uns. Mehr als Informationen über das Kräfteverhältnis zwischen dem von ihm kontrollierten Teil der Streitkräfte und den verfassungstreuen Ordnungshütern, also Polizei, Nationalgarde und Marines, kann uns Northwood nicht liefern.«

Rákosi wurde aufdringlicher: »Dann beseitigen Sie endlich die zwei oberen *Hindernisse*, Mr. Fullcoarse! Es kann nicht sein, dass ich auf diese Lösung komme, während Sie sich in Ihrem Leid suhlen. Sie kontrollieren jede Menge Mitarbeiter in den Geheimdiensten auf sämtlichen Ebenen, oder täusche ich mich? Wir sind kein *Zuschauergremium*.

Wir haben immer Geschichte geschrieben und ausgerechnet unsere Leute in den Geheimdiensten haben oft, sehr oft den Durchbruch erbracht. Eines hat mir die wahre, schwierige Politik auf dem europäischen Schachbrett gelehrt, die übrigens um Einiges komplexer als hier in Nordamerika ist: Es gibt Momente, in denen wir mehr wagen müssen, oder wir verlieren alles!«

»Was bedeutet *komplexer*, Mr. Rákosi?«, fragte Fullcoarse grimmig. Die Antwort des jungen Globalisten ließ nicht auf sich warten: »Wollen Sie mir ernsthaft weismachen, dass mit vier *Abtrünnigen*, ihren zahlreichen Verbündeten, einem unberechenbaren Sultan eines neu aufgestiegenen Osmanischen Reiches und dem selbsternannten *Dritten Rom* die Geopolitik Europas einfacher als die Nordamerikas wäre? Bitte machen Sie sich hier – vor der ganzen Runde – nicht lächerlich, Mr. Fullcoarse! Im Gegensatz zu Ihnen, kann ich auch einstecken und weiß, wann ich wieder austeilen kann. Bitte vergessen Sie nicht: Sie haben sich in einem bereits bestehenden Staatsgebilde namens USA installiert. Die *USoE* sind aber de facto meine Schöpfung, treiben unsere globale Vision voran und bewähren sich gerade gegen viele verschiedene, ja verschiedenartige Feinde. Zudem haben wir dem *Dritten Rom* einen strategisch wichtigen Verbündeten auf dem europäischen Schachbrett weggenommen und beide Massenmigrationskorridore massiv ausgebaut. Auf dieser Seite des großen Teichs steht gerade mal eine Mauer an der Südgrenze der USA und obwohl dieses Land hier über das mächtigste Militär der Welt verfügt, können Sie nicht mal einen militärischen Papiertiger wie China bändigen? Mit Ihrer Mentalität als Globalist des vergangenen Jahrhunderts wäre ich niemals so weit gekommen. Mir haben

Sie zu verdanken, dass wir heute weiter sind, als jemals zuvor!«

Alle Teilnehmer zweiten Ranges verfolgten die heikle Diskussion. Sie waren die mächtigen Befehlsausführer zwischen dem oberen Kreis und den ihnen unterstehenden Politikdarstellern. Aber das Wort hatten sie nicht. Sie waren hier, um die Order zu erfahren. Medices hatte bisher geschwiegen. Aber nun sah er sich gezwungen, dieses Schauspiel zu beenden. Eine rituelle Geste des Mächtigsten in diesem Kreis war ausreichend, um den aufgebrachten Fullcoarse endgültig zum Schweigen zu bringen. Medices stand auf und richtete seinen Blick auf die Versammlung: »Genug jetzt! Ich habe Sie alle nicht zu diesem außerordentlichen Treffen in einem meiner Bunker eingeladen, um wie wildes Getier zu gackern. Das ist hier die Spitze, die oberste strategische Etage und keine operative Pöbel-Versammlung der *Unterberger*!« Das letzte Wort verhallte im Saal. Dann war Ruhe.

Medices setzte sich wieder. Seine Augen wirkten kalt: »Mr. Rákosi, Ihr Vorschlag ist äußerst gewagt. Haben Sie auch einen konkreten Plan oder war Ihre Ausführung nur heiße Luft?

Ich hoffe, dass Sie wissen, dass ein Scheitern unser Ende bedeuten würde.« Rákosi zögerte nicht mit seiner Antwort: »Wir werden nicht scheitern! Die *Vernunft* ist auf unserer Seite. Ja, ich habe ein paar Ideen, wie wir die zwei *Hindernisse* aus dem Weg räumen können. Bitte vergessen Sie nicht, dass bald Wahlen anstehen und beide *Hindernisse* auch durch die von uns kontrollierten Bundesstaaten auf Stimmenfang gehen müssen! Dort haben wir sehr wohl gute Gelegenheiten, beide auszuschalten und ausgerechnet deren Beschützern, Polizei, Nationalgarde und den lästigen Marines, die Schuld in die Schuhe zu schieben.«

Lawrence Medices hielt kurz inne. Im Saal herrschte wieder absolute Stille. Dann verkündete er nach altem Ritus seine Entscheidung, György Rákosi einen Blankoscheck für die Realisierung seines Plans zu geben. Fullcoarse musste sich fügen. In einem letzten rituellen Akt erging die Order an alle Teilnehmer, Rákosis Befehlen bis zur Realisierung des Plans absolut Folge zu leisten.

AVE CAESAR!

Das ganze Volk, von der westlichen Staatsgrenze bis Wladiwostok, hatte die Zeremonie in Moskau live verfolgt. Mit dem größten Staatsbegräbnis in der Geschichte des Landes hatte Russland seinem letzten Präsidenten die letzte Ehre erwiesen. Dieser hatte in seiner langen, Unendlichkeit anmutenden Amtszeit das Land modernisiert und als mächtigen Spieler auf die politische Weltbühne zurückgebracht, aber zugleich in eine neue Autokratie mit einer eigenen Oligarchie verwandelt, alternativ zur westlichen globalistischen Riege. Das neue Regime war zweifelsfrei dynamischer als das Sowjetische und im Gegensatz zu diesem nicht von einer verkrusteten Ideologie durchtränkt. Dennoch war es eine weitere Autokratie auf dem Globus, die nun die letzte Phase des von Alexandr Puschkin geführten Prozesses zur *Volksmonarchie* erlebte.

Nach einer dreitägigen Staatstrauer leitete Puschkin in der vierwöchigen, geschäftsführenden Übergangszeit die letzte Vorbereitung zur offiziellen Inthronisierung des ersten *Volkszaren* ein: Dimitrij Lebedew, der bis dahin das Amt des Verteidigungsministers bekleidet hatte. *Der junge Schwan*, so ließ sich sein Name übersetzen, war der letzte Sprössling eines atavistischen, in Vergessenheit geratenen Adelsgeschlechts, das den Romanows weichen musste und die kommunistische Ära im Verborgenen überstanden hatte. Er war verfassungsgemäß bis zu den nächsten Präsidentschaftswahlen der designierte Nachfolger des verstorbenen Präsidenten, doch Puschkin hatte, unter anderem mit massiver propagandistischer Unterstützung der orthodoxen Kirche, sowohl das Volk als auch alle Ebenen des Staatsapparates auf die Erfüllung der alten Prophezeiung geistig präpariert.

Der Staatsakt war gewaltig. Nachdem Lebedew in edelster Militäruniform des höchsten Ranges, vom orthodoxen Patriarchen gegenüber Gott zum *Volkszaren aller Reußen* gekrönt und von den roten Lamas in der Mongolei als Reinkarnation ihres neuen *Kahns* anerkannt wurde, erfolgte der Einzug in den Kreml.

Begleitet wurde die Zeremonie von der größten Militärparade Russlands. Der traditionelle Doppeladler trug ein Rutenbündel in den Krallen, und die Inschrift *Senatus Populusque Russiae* prangte an den wehenden Fahnen, die den Kreml und den gesamten Roten Platz feierlich schmückten.

Alle verbündeten Staaten des *Dritten Rom* verfolgten die kaiserliche Zeremonie mit höchster Begeisterung. Weltweit waren die Reaktionen allerdings gemischt: Das Reich der Mitte spürte, dass seine Rolle eine zweitrangige geworden war, gratulierte dem neuen *Volkszaren* aber auf formelle Art und Weise. Der US-Präsident hingegen deutete die Absicht an, endlich einen offiziellen Frieden mit dem neuen Imperium zu schließen, ging aber nicht konkret ins Detail. Die vier *Abtrünnigen* und ihre Verbündeten sahen die im Osten neu aufgestiegene Weltmacht als zweitgrößte Gefahr, gleichzeitig aber als Gegenpol zu De La Mers *USoE*.

»Liebe *bürgende Personen,* wir unterbrechen Ihre *wohlverdiente Unterhaltung* für eine wichtige Meldung.«, verkündete Altroths Hologramm in allen bewohnten Winkeln der *USoE.* »Heute ist im Osten, jenseits unserer *positivistischen Zivilisation* und jenseits jeglicher *Vernunft,* ein *imperialistischer Faschist* installiert worden, der weitgehend gefährlicher als unsere *barbarischen nationalistischen Nachbarn* ist. Der *Vernunft* sei Dank hat dieses *reaktionäre Ungeheuer* einige wichtige Verbündete auf dem Westbalkan verloren, die unserer *Zivilisation* beigetreten sind. Ich begrüße hier, live zugeschaltet, die Ministerin für *Gerechtigkeit, inneren Frieden und Verteidigung der Demokratie,* Jeanette Chenille. *Bonsoir* Madame Chenille!«

Auf Anraten Rákosis hielt De La Mer es nicht für notwendig, sich persönlich zu diesem Ereignis zu äußern. Als Zeichen der Verachtung für das neue Staatsoberhaupt im Osten überließ er seiner *Superministerin* und Geliebten die Aufgabe.

Chenille war dies nur willkommen. Es war eine weitere Gelegenheit, die sie nutzen konnte, um sich in den Vordergrund zu stellen. *Diese Altroth, was für ein hässlicher Abschaum, aber gut genug für Propaganda!* dachte sie, bevor sie vor die Kamera trat. Und so zwitscherte sie: »*Bonsoir,* werte und treue Frau Altroth. Guten Abend liebe *bürgende Personen.* Unser geliebter Staatspräsident Alain De La Mer lässt ausrichten, dass wir die Inthronisierung dieses Mannes zur Kenntnis nehmen, welcher die Welt von gestern und die *reaktionären Pseudowerte* von gestern verkörpert.«

Altroth: »Wie beabsichtigt Monsieur Präsident, die *Vernunft*, die *Demokratie* sowie alle anderen *Werte* der *USoE* zu verteidigen?« *Sehr gute Arbeit! Plus 323 Karrierepunkte*, hauchte die roboterartige Stimme in Altroths Kopfhörer.

Chenilles Antwort ließ nicht lange auf sich warten: »Wir werden alles daransetzen, die *humanitären Korridore* an ihre Kapazitätsgrenzen zu bringen, damit alle notwendigen *neuen menschlichen Ressourcen* zu uns gebracht werden. Mit ihrer Hilfe werden wir diese drohende Gefahr abwehren und – *Gollahweh* stehe uns bei! – ausschalten. Dafür bitten wir alle *bürgenden Personen*, auch die der nächsten *USoE*-Beitrittskandidaten, um Verständnis, dass unsere *antifaschistischen Solidaritätsabbuchungen* zur Erreichung dieses *edlen Ziels* und *zu ihrer eigenen Sicherheit* erhöht werden müssen.

Wir können diese Gefahr nicht ignorieren. Möge die *Vernunft* von uns allen erleuchtet sein!«

Was Chenille nicht erwähnt hatte, war die Intensivierung der Zusammenarbeit mit der mächtigen Ölmonarchie.

Dabei ging es nicht nur um das schwarze Gold. König Beshir Haddad Qasem setzte alles darauf, Gefängnisinsassen sowie freilaufende Schwerverbrecher zu *exportieren*, in Form *neuer menschlicher Ressourcen* für das *Sekundärheer* der *USoE*.

Qasem war sogar bereit, sich persönlich mit Madame Chenille zu unterhalten, obwohl er über ihre wahre Natur Bescheid wusste.

Gleichzeitig versorgten die *USoE* die Ölmonarchie mit den neuesten Zielortungssystemen, Nanotechnologie, den

Errungenschaften des biomechanischen Transhumanismus und veralteten, aber effektiven chemischen Waffen.

Der inthronisierte *Volkszar* war weder eine Galionsfigur noch ein willenloser Schützling Alexandr Pushkins. Bereits in seiner Rolle als russischer Verteidigungsminister hatte er maßgeblich dazu beigetragen, den taktisch-konventionellen Teil des russischen Militärs weitgehendst zu modernisieren: Arsenal und Kriegsführung. Er verließ sich nicht blind auf den Rat von Experten aus Industrie und Militär.

Im Bereich der Robotik-Entwicklung hatte es Quantensprünge gegeben. Im Unterschied zu den Bestrebungen des *progressistisch* beeinflussten US-militärisch-industriellen Komplexes und den *USoE* setzte das *Dritte Rom* eher auf ferngesteuerte Maschinen und Androiden mit schwacher künstlicher Intelligenz, als auf völlig autonom *denkende* Androiden, gepanzerte vollautomatisierte Kriegsgeräte und in Cyborgs verwandelte und konditionierte Menschen zur Begleitung der *Pflichtspezialisten.* Der kämpfende Mensch blieb für Russlands Militär im Mittelpunkt.

Weltweit war die Aufrüstung in vollem Gange. Jeder produzierte bis an die Kapazitätsgrenzen: Nationen, Bündnisse, Regionalmächte, große Staaten und Superstaaten. Wer zu diesem Zeitpunkt noch an diplomatische Lösungen glaubte, der war entweder durch die jeweilige Propaganda gehirngewaschen oder ein unverbesserlicher Realitätsverweigerer.

ROLLENDE KÖPFE

Es war früh am Morgen, aber bereits hell. Bachraoui, der nun wieder an den Scheunenpfahl gefesselt war, öffnete die Augen. Sein Schädel fühlte sich dumpf an. Er hatte tobende Kopfschmerzen und das brennende Gefühl in seinen Augen war unerträglich. Ausgerechnet Jörg war der erste Mensch, den er an diesem Morgen auf dem gegenüberliegenden Sessel vernahm. Die beiden waren alleine in der Scheune. Alle anderen waren bereits am Arbeiten, da die üblichen, alltäglichen Aufgaben und die neuen notwendigen Anstrengungen Vorrang hatten.

»Dieser Schmerz ist also die Strafe für alle Fehler in meinem Leben.«, murmelte Bachraoui.

»Nein, dieser Schmerz ist die Folge des Schlags, den ich dir verpasst habe, als du dich an *meiner* Lucia vergriffen hattest!«, brüllte Jörg zurück.

Bachraoui spürte seinen Zorn: »Du hängst sehr an ihr, stelle ich fest.«

»Das geht dich gar nichts an! Ehrlich gesagt, kotzt mich jede Minute an, die ich mit dieser Aufgabe, dich zu bewachen, verschwenden muss. Hoffentlich kommt bald die Polizei oder meinetwegen die Armee. Ja, das sind echte Soldaten und keine feigen Idioten wie du.«

Bachraoui versuchte, freundlich zu wirken: »Bei *Idiot* kann ich dir nur Recht geben, Junge.«

Nun wurde Jörg noch zorniger: »Nenn mich nicht *Junge*! Nur mein Stiefvater und Pavel tun das. Sie dürfen es. Du aber am allerwenigsten! Kapiert?«

Bachraoui spürte, die falsche Taste gedrückt zu haben, und beschwichtigte: »Schon gut, schon gut! Ich bin sowieso an diesen Pfahl gefesselt und kann nichts tun. Ich wollte damit nur zugeben, dass ich wirklich ein Idiot bin. Was dein Stiefvater – Massimiliano heißt er, wenn ich richtig verstanden habe – zu mir gesagt hat, stimmt.«

Jörg wurde etwas ruhiger und neugierig: »Was meinst du genau? Aber pass auf! Wenn du glaubst, ich würde auf eine deiner Stories reinfallen, dann irrst du dich gewaltig. Du hast ein dickes Minuszeichen auf deinem Konto.«

Der Major nickte. Der Kopfschmerz wurde wieder heftiger: »Mein Leben lang dachte ich, für das Richtige zu kämpfen, für eine *offene Weltgesellschaft* und gegen *Egoismus*. Hilfe vom Staat hatte ich ausgiebig bekommen, für mich und dann für meine Frau und für meine zwei Söhne, sowohl finanziell als auch in Form von Bildungs- und Karrierechancen. Als sich die Möglichkeit bot, etwas für *Humanitarismus* im Ausland zu bewirken, dachte ich, Teil von einem großen *Friedensprojekt* geworden zu sein, und erfüllte alle Erwartungen des Staates mit Stolz.«

Was für ein Traumtänzer! dachte Jörg und entgegnete gelangweilt: »Ja, die Story kenne ich irgendwie. Aber mein Stiefvater hatte das System durchschaut, mit dem du die ganze Zeit geliebäugelt hattest. Bitte erzähl mir nicht, dass du nichts wissen konntest! Erspare mir deine Lügen!«

Bachraoui wurde mehr und mehr bewusst, dass der Junge Recht hatte: »Ja, in der Tat ist es so. Ich wollte es nicht sehen, bis sich mir die Realität des sogenannten *Sekundärheers* offenbarte.«

Jörg sah auf die Uhr. *Mist, Jaromír löst mich erst in einer Stunde ab. Dieser Abschaum hier geht mir gewaltig auf die Nerven.* Sein verachtender Blick war nicht zu übersehen und er fügte hinzu: »Ach ja? Und nach diesem traumatisierenden Weckruf hast du dich ausgerechnet mit dieser *Frau* eingelassen. Anscheinend war die Pille nicht rot und nicht bitter genug für dich. Mein Stiefvater hatte schon bei der Einführung der ersten Pflichtimpfungen die Entscheidung getroffen, hierher zu kommen. Er ahnte, dass etwas nicht stimmte. Meine Adoptiveltern haben mir mein Leben gerettet und mich beschützt und dafür alles, was sie bis dahin aufgebaut hatten, zurückgelassen! Du hingegen hast zu dieser Zeit noch alle Vorteile des bequemen Lebens genossen, dank deiner ignoranten Gehorsamkeit. Mein Stiefvater und meine Stiefmutter entschieden sich für die Freiheit, du dich für die Bequemlichkeit. Jetzt lass mich in Ruhe!«

Der Junge hat recht. Was bin ich für ein Vater? dachte Bachraoui und wollte dem Jungen seine späte Einsicht verdeutlichen: »Du kannst mich noch mal schlagen. Es ist mir egal, nachdem ich mit Gewissheit meine Familie verloren habe. Und ich habe nicht nur sie verloren, sondern alles, bis auf mein jämmerliches Leben! Ich weiß, dass deine Adoptiveltern schlauer sind als ich und ja, schon lange aufgewacht waren, eben vom System desillusioniert. Das wird mir jetzt völlig klar, klarer als je zuvor. Max hat mir auch von deiner Adoption erzählt: Deine Stiefmutter hätte als gebürtige Deutsche keine Chance gehabt und das *Sozialisierungsamt* dachte, Max wäre so ein Gesinnungstreuer wie ich. Zu deinem großen Glück war Max nicht so. Kannst du aber ein bisschen verstehen, wenn ich dir sage, dass ich jetzt weiß, in einer Illusion gelebt zu haben. Du hast eine schöne und glückliche Familie. Dagegen hat sich alles, an das ich je geglaubt hatte, wie Schall und Rauch in Luft aufgelöst. Nein, ich sehne mich nicht nach einer

Rückkehr in die *USoE.* Jetzt stehe ich da und weiß nicht, was mit mir geschehen wird. Ein miserabler Vater, ein miserabler Ehemann, ein seelenloses Es.«

Jörg überlegte einen Augenblick. *Vielleicht ist dieser Kerl diesmal ehrlich. Vielleicht hat er es kapiert.* dachte er, ohne weiter auf Bachraoui einzugehen.

Statt weniger Tage, waren vier lange Wochen vergangen, bis die Armee nach Příštpo kam. Entgegen seinen Befürchtungen war Henri Bachraoui die ganze Zeit gut behandelt worden, und das trotz des Zwischenfalls mit Lucia. Die Wache über den Gefangenen hatten die Männer der zwei befreundeten Familien – von Max und Pavel – nach geregeltem Turnus übernommen.

»Guten Morgen, Herr Major!«, begrüßte Feldwebel Kučera den Gefangenen, dessen Antwort den Grad seiner Verzweiflung zeigte: »Bitte nennen Sie mich nicht so. Ich will nicht mehr als Offizier der *USoE* betrachtet werden. Ich heiße einfach Henri Bachraoui. Die *USoE* bedeuten mir gar nichts mehr.«

Kučera beteuerte, den Major nach den völkerrechtlichen Vorschriften der Genfer Konvention behandeln zu müssen, da dieser demnach, gleichwohl wie er sich selbst betrachtete, den Kombattantenstatus hatte.

Alle waren erleichtert, den lästigen Gefangenen endlich loszuwerden. Jörg hatte aber das Gefühl, dass dieser Major eine Wandlung durchlebt hatte. Sein Herz sagte ihm, dass er dies nicht für sich behalten sollte. Er raffte seinen Mut zusammen und stellte sich vor den Feldwebel: »Verehrter Herr Kučera, dieser Kerl hatte zwar versucht zu fliehen und dabei *meine...* ähm... Lucia als menschlichen Schutzschild missbraucht, aber danach hatte ich während der Wache einige Gespräche mit ihm. Und soweit meine Menschenkenntnis mir nicht einen Streich gespielt hat, klang seine Sprache ehrlich. Irgendetwas sagt mir, dass dieser Henri wirklich begriffen hat, was drüben passiert, und er weiß vielleicht etwas über die Streitkräfte der *USoE*, was uns zu Nutze kommen könnte.«

»Du bist ein gutmütiger Junge, Jörg«, antwortete der Feldwebel, »aber wir werden es selbst herausfinden müssen und dabei ernst und professionell bleiben. Außerdem können wir uns den Luxus nicht leisten, unsere knappen Kapazitäten als Babysitter für diesen Pseudosoldaten zu vergeuden.«

Jörg nickte. Er wusste über die angespannte Lage Bescheid. Jeder ist seines Schicksals Schmied. Das galt auch für Henri Bachraoui.

Der Major geriet für die kleine Gemeinde von Příštpo bald in Vergessenheit.

O! say can you see, by the dawn's early light[4]... ertönte es über die Lautsprecher des Fenway Parks, dem berühmten Baseball-Stadion von Boston, aus der Stadt, in welcher nach dem Bostoner Massaker die amerikanische Revolution begonnen hatte. Es war die letzte technische Probe vor dem offiziellen Wahlkampfauftakt.

Der Besuch des amtierenden US-Präsidenten Harold Payne-Chapman galt schon bei der Ankündigung als heikle Angelegenheit. Er besuchte den einzigen US-Bundesstaat, der weder seinen *Constitutionals* noch den verfeindeten *Progressisten* eindeutig zugeordnet werden konnte. Das gesamte Land wartete gespannt auf sein offizielles Statement zur Entwicklung der US-Streitmacht. Payne-Chapman hatte den vollständigen *Cursus Honorum* der US-Politik durchgelebt, vom einfachen Bürgermeister in der Provinz, über das Amt des Gouverneurs von Tennessee, dann in den Washingtoner Senat bis zum obersten Amt der Nation, welches er seit vier Jahren inne hatte. Er hatte sich auf die Fahne geschrieben, die Verfassung zu schützen, so wie sie war, und sie beim Volk wiederzubeleben. Ein Schwarzweiß-Foto von ihm hätte den Eindruck eines gealterten Bill Hickok oder Kit Carson hervorgerufen, abgesehen von der Haarlänge. Wobei Payne-Chapman, im Gegensatz zu Carson, keiner Geheimgesellschaft angehörte. Er wusste, dass nach einer möglichen zweiten Amtszeit seine politische Karriere zu Ende gehen würde, und suchte einen würdigen Nachfolger für die Causa der *Constitutionals* an oberster Stelle. Payne-Chapman überlegte bereits, ob Vizepräsident Oscar Seaton seine Nachfolge antreten könnte. Der junge ex Abgeordnete im Repräsentantenhaus aus Kentucky und er hatten drei Gemeinsamkeiten: Beide waren *Landeier*, gehörten den *Constitutionals* an und waren keine Mitglieder eines Geheimbundes.

Ansonsten unterschieden sich die zwei Männer aber erheblich, beginnend mit dem äußerlichen Erscheinungsbild. An Verstand und analytischem Vermögen mangelte es beim Vizepräsidenten nicht, wohl aber an der körperlichen Statur. Seaton war stets der kluge Mann im Hintergrund, der unsichtbare Organisator. Er gehörte nach der traditionellen, nun obsolet gewordenen politischen Aufteilung, den Demokraten an, hatte sich aber von seinen Parteigenossen distanziert, welche mehrheitlich *progressiv* geworden waren, und sich letztendlich der verfassungstreuen

Fraktion angeschlossen. Umso wichtiger war nun sein Engagement für den Präsidenten im umkämpften Bundesstaat.

Seaton hatte sich bei der Vorbereitung auf diese Wahlkampfveranstaltung gegen mehrere Opponenten durchgesetzt und die dortige Nationalgarde sowie einige Marines-Squads als Sicherheitsdienst engagiert.

Während die Nationalgarde die Anweisung erhielt, die Umgebung zu sichern, war es die Aufgabe der Marines, im Notfall den Vizepräsidenten schnellstmöglich in Sicherheit zu bringen. Lediglich der unmittelbare Schutz des Präsidenten oblag traditionell dem Secret Service. Vor der Küste patrouillierte die *USS Obonko*, mit Raketenwerfern in Reichweite der Stadt, in direktem Kontakt zum Pentagon, das der Verteidigungsminister James Northwood leitete.

Nicht nur das amerikanische Volk verfolgte gespannt den Staatsbesuch auf den Bildschirmen. Auch Rákosi, Medices und Fullcoarse richteten ihre Aufmerksamkeit auf die Liveübertragung. Rákosi hatte alles minutiös geplant und wusste, dass der Tag gekommen war, an dem es keine dritte Option geben würde: entweder totalen Triumph oder endgültige Niederlage.

Das wusste auch Madame Chenille, die sich zusammen mit Alain De La Mer in dessen Pariser Wohnung darauf vorbereitete, das Event anzusehen. De La Mer war der Bitte seiner Geliebten um ein paar Stunden *Intimität* nachgekommen und hatte alle Kameras sowie Aufzeichnungsgeräte in der Wohnung für den Tag abschalten lassen. Um 15:00 Uhr der Pariser Zeitzone betrat Chenille den Balkon, als sich der bestellte Serviceman per Videointerfon über die verschlüsselte Leitung bei De La Mer ankündigte. Der Präsident erteilte die Erlaubnis, dem Serviceman Zutritt zu gewähren. Er hatte für sich und für seine *Grande Dame* etwas Ausgefallenes für den Abend bestellt und nun sollte die Lieferung endlich eintreffen. Er öffnete die Tür. »Oh, die *Pizza* ist da, Jeanette!«, flötete er gierig. Seine Handgeste verdeutlichte dem Serviceman, die *Lieferung* ins Schlafzimmer zu verbringen. *Das Kindchen wird uns erfreuliche Stunden bereiten, ganz sicher!* dachte er. Er sah sich kurz um. *Wo ist Jeanette, hat sie mich nicht gehört?* Dabei drehte er sich um und begab sich in Richtung Balkon, auf dem Chenille verweilte. Der Serviceman hatte die Tür bereits hinter sich geschlossen. Plötzlich spürte De La Mer einen dumpfen Schlag in seinem Rücken. Ein feuriges Gefühl gefolgt von pochenden Schlägen in seiner Brust. Er rang nach Luft, aber alles schien wie im Nebel. Der Serviceman hatte soeben mit einer Pistole im kleinen und leisen Kaliber *6 m Flobert* mehrere Schüsse hinterrücks auf ihn abgefeuert. Der Präsident sackte zu Boden. Der Serviceman näherte sich De La Mer, verpasste ihm den letzten Schuss in den Kopf und verschwand lautlos durch die Tür. Der kleine Junge, der gerade *geliefert* worden war, stand weinend in der Schlafzimmertür. Er hatte alles mit ansehen müssen. Aufgrund der akustischen Isolierung der Wohnung hatte niemand die Geräusche wahrgenommen.

Jeanette Chenille trat über die Schwelle der Balkontür und stand nun vor De La Mers leblosem Körper. Sie legte sich mit ihrem Bauch auf seinen Leichnam, drückte ihr Gesicht auf den Rest des blutverschmierten Schädels und flüsterte ihm ins Ohr, als ob er sie hören könnte: »Ja mein Lieber. Hast Du wirklich geglaubt, ich würde mich als

Maitresse zufriedengeben? Ich wollte Scherkel aus dem Weg räumen und habe es getan. Ich wollte Dich haben und habe Dich gekriegt. Ich wollte aber ALLES, und jetzt gehören die *USoE* mir. Ich bin die *Königin*!« Sie stand auf, schnappte sich den kleinen weinenden Jungen, sah ihm grinsend in die Augen, zwinkerte ein letztes Mal und schmiss ihn ohne zu zögern vom Balkon. Dabei flüsterte sie: »Soll sich der Servicemann darum kümmern! Wer will schon eine kalte *Pizza*?« Sie machte auf dem Absatz kehrt und verzog ihren Mund zu einer grinsenden Fratze. Nach dieser Schandtat übte sie vor dem Spiegel ein entsetztes und verängstigtes Gesicht, rief anschließend die Polizei und setzte sich auf das Sofa.

Die Polizei traf wenige Minuten später ein. Die Beamten betraten die Wohnung, sicherten Spuren und versuchten, die halbnackte, scheinbar verängstigte Chenille zu beruhigen. Sie kauften ihr das Theaterspiel ab.

Keine zwei Stunden später verkündete sie vor laufenden Kameras in allen Winkeln der *USoE,* dass sie das Amt des ermordeten Präsidenten übernehmen würde, vorerst *kommissarisch*, und dass die Ordnungskräfte alles tun würden, um den Mörder zu *ermitteln*. Chenille verließ den Raum der Pressekonferenz und stieg in die Limousine ein. Der Fahrer fragte sie nach dem gewünschten Ziel. Sie antwortete trocken: »Zu *meinem* Palast, bitte!«

Kaum angekommen, verabschiedete sie den Fahrer. Da stand sie nun und blickte auf das für Sie gewordene Symbol ihrer Macht, den Präsidentenpalast. Sie verlor keine Zeit und trippelte wie ein wildgewordenes Kind, tanzend und singend in das Büro des ehemaligen Präsidenten, setzte sich auf den Sessel und zwitscherte frohlockend: »Jetzt bestelle ich die *Pizza*, die ich will, oder vielleicht einen kleinen leckeren *Schokoriegel*!«

Die Nachrichten über den Tod des *USoE*-Präsidenten und die Inthronisierung *Königin* Chenilles gingen schnell um die Welt. Auch die US-amerikanische Führung nahm Kenntnis davon. Payne-Chapman kommentierte dies mit den Worten: »Nun haben sie ihre *United States of Evil*.«

Trotz seines Sarkasmus hatte er an diesem Tag ein äußerst mulmiges Gefühl, das auch sein Vize Seaton nicht unterdrücken konnte. Es war erst elf Uhr morgens und der Festzug zum Stadion würde eine halbe Stunde später beginnen.

Auch Rákosi konnte seine Anspannung nicht verbergen. Er hatte die Eliminierung der zwei *Hindernisse* zwar minutiös geplant, aber nicht mit der Beseitigung De La Mers durch Chenille gerechnet. Nicht nur er, sondern auch Fullcoarse und Medices spürten, dass sie sich auch im Fall eines Siegeszuges in Amerika mit der neuen *Königin* der *USoE* arrangieren müssten. Den drei Eminenzen der Weltfinanzwirtschaft war deutlich anzusehen, dass sie Chenille unterschätzt hatten. Sie war keine manipulierbare Politikdarstellerin mehr. Die Machtverhältnisse hatten sich in eine unerwartete Richtung gedreht.

»Admiral Saunders, der Verteidigungsminister ist für Sie in der Leitung.« Es war die Stimme des ersten Offiziers an Bord der *USS Obonko*. Saunders nahm das Gespräch entgegen und berichtete dem Minister die letzten Einzelheiten des Plans. Der Admiral zählte zu den obersten des Militärs, die sich aufgrund des neuen Kurses des Präsidenten um ihre Macht beraubt fühlten. Sie standen, selbst wenn nicht offiziell, auf Seiten des Rüstungskomplexes und der *Progressisten*, und befürworteten eine zunehmende Mechanisierung der US-Streitmacht. Traditionelle Kriegsführung war für sie ein Dorn im Auge. Für sie war der Menschensoldat das Problem. Der Mensch machte einfach zu viele *Fehler* und hatte ein Gewissen. Er besaß nicht die nötige *Zuverlässigkeit*, die nach der Auffassung der *Progressisten* in Kampfeinsätzen unverhandelbare Voraussetzung war. Saunders selbst hatte die Befehlshoheit über die beste Eliteeinheit der US-Navy und in politischen Kreisen der *Progressisten* den Wunsch geäußert, diese Männer durch Kampfmaschinen zu ersetzen oder mit Hilfe moderner Biotechnologie zu ferngesteuerten, absolut gehorsamen Kampfmaschinen zu *perfektionieren*. Sowohl in der Öffentlichkeit als auch beim Militär machte er niemals einen Hehl daraus, Northwood persönlich zu kennen und privat mit ihm per *du* zu sein.

Für diesen besonderen Tag hatte Saunders allen Männern und Frauen an Bord erlaubt (die gerade nicht im Dienst waren), dem Auftakt des Wahlkampfes per Livestream beizuwohnen.

An Bord befand sich zudem eine Truppe der Marines: nicht mehr als 200 Mann, unter der Führung von Captain Taylor Miller.

Die entsprechend der neuen Widerstandsklasse 14 gepanzerte Limousine des US-Präsidenten bog vom Charlesgate in die Boylston Street, an der Südseite des Stadions ab. Aus Sicherheitsgründen folgte Seaton mit Abstand in einem anderen Fahrzeug. In weiser Vorahnung hatte der Vizepräsident darauf bestanden, in einem MRAP der Marines zum Stadion zu fahren. Auf den Wahlkampf bezogen, wäre es fatal gewesen, dem amtierenden Staatsoberhaupt die Bühne zu stehlen. Es sollte sein Auftritt sein.

Wenige Minuten später nahm das Grauen seinen Lauf. Ein lauter Kugelhagel versetzte die Menge, die am Straßenrand stand, in Panik. Auf die schwarze Limousine wurde ein heftiges Feuer eröffnet. Man hatte den Eindruck, als ob Männer der Nationalgarde auf den Präsidenten schießen würden. Der Fahrer, ein Mitarbeiter des Secret Services, beschleunigte das Tempo und schaffte die Limousine aus dem Kreuzfeuer, das aus der benachbarten Tankstelle und aus dem Botanischen Garten tobte. Auch das MRAP, in dem der Vizepräsident Seaton und ein Marines-Squad saßen, wurde unter Beschuss genommen. Die Panzerung hielt zwar ohne Probleme gegen die Gewehrkugeln stand, der Lärm aber war ohrenbetäubend und auch für hartgesottene Soldaten mit dicker Haut schwer erträglich.

Die Präsidentenlimousine verschwand im Rauch des Kugelfeuers.

Es schien, als ob in diesem Chaos auch der Letzte den Überblick verloren hatte. Dann ging alles Schlag auf Schlag: Die Marines auf der Straße griffen ein und ermöglichten ihren Kameraden in dem MRAP mit Seaton an Bord, sich aus dem Schlachtfeld zu entfernen. Schnell mussten die Soldaten des gepanzerten Fahrzeugs feststellen, dass ihre Fernkommunikation nach außen abgeschaltet worden war. Der Kommandeur beschloss, das nächste Polizeipräsidium zu erreichen, um dort zu versuchen, mit den obersten Offizieren des Marine-Corps per Funk Kontakt aufzunehmen.

Die etablierten Medien verbreiteten die Nachricht über den Anschlag im gesamten Land. Dabei vermeldeten sie fälschlicherweise den Tod beider Spitzenpolitiker. Die Falschmeldung war Bestandteil des Plans. Verteidigungsminister Northwood hatte nun gemäß der Verfassung, die er verachtete, die Befehlshoheit über alle Streitkräfte erlangt und ließ eine Verlautbarung veröffentlichen, nach der die Nationalgarde des Doppelmordes und des Hochverrates beschuldigt wurde.

Der Secret Service, der bereits von Rákosis Männern unterwandert worden war, hatte inzwischen den US-Präsidenten entführt und war auf dem Weg zu Lawrence Medices Bunker, wo das letzte Geheimtreffen stattgefunden hatte. Einer der Männer hatte Payne-Chapman inzwischen ein starkes Sedativum verpasst.

Wie konnte ich so leichtsinnig sein? Warum habe ich der Nationalgarde so blind vertraut? fragte sich der aufgebrachte Seaton. Doch er täuschte sich. Es war nicht die Nationalgarde. Rákosi hatte einige unerfahrene Nationalgardisten, Stunden vor dem Auftakt der Veranstaltung, hinterlistig durch seine Männer ersetzt. Diese trugen nun die gleiche Uniform der Nationalgarde, unterstanden aber seinem direkten Befehl. Der Coup war geglückt.

Angekommen im Polizeipräsidium, forderten Vizepräsident Seaton und der Kommandeur der Marines sofort Kommunikationsmöglichkeiten nach außen. Seaton versuchte, vergeblich, das Pentagon zu erreichen. Währenddessen formierten sich Soldaten der Nationalgarde vor der Polizeistation. Polizisten und Marines brachten sich in Gefechtsposition und befahlen den Angetroffenen, alle Waffen unverzüglich fallen zu lassen und sich zu ergeben. Zum Erstaunen der Marines und Polizisten ergaben sich die angekommenen Nationalgardisten widerstandslos. Sie wurden ins Präsidium verbracht und schilderten die realen Ereignisse: Nach dem Eröffnen des Feuers auf Payne-Chapmans Fahrzeug hatten echte Nationalgardisten und die Marine-Squads auf der Straße schnell verstanden, dass eine Verschwörung im Gange war, und hatten das Feuer erwidert. Diese Reaktion hatte den Kameraden im MRAP ermöglicht, nicht in die Falle zu tappen und Seaton außer Reichweite zu bringen.

Doch der Präsident war entführt worden und die Medien, im Auftrag der Putschisten, hatten sowohl ihn als auch den Vizepräsidenten für tot erklärt. Northwood hatte nun das verräterische Zepter in der Hand und allen Streitkräften befohlen, die Nationalgarde landesweit auszuschalten.

Es vergingen einige Minuten. Polizeichef Walker, bekannt für seine Geistesgegenwärtigkeit, hatte kurz überlegt, bis ihm ein riskanter, aber realisierbarer Ausweg in den Sinn kam. Er beschloss, Seaton zum lokalen Betreiber eines Internetkanals zu bringen, einem Gehilfen des berühmtesten alternativen Medienmanns *Mr. Bones*. Somit würde Seaton zumindest ein erstes mediales Sprachrohr bekommen, um der Nation die Wahrheit über das Geschehen zu offenbaren. Die Marines würden indessen parallel versuchen, ihre oberste Führung zu kontaktieren, um so innerhalb der Streitkräfte wieder für Klarheit zu sorgen. Allen Beteiligten war nun bewusstgeworden, dass Northwood alle betrogen hatte. Northwood war ein Verräter und es war an der Zeit, ihn öffentlich zu entlarven und auszuschalten.

Mr. Bones Co-Redakteur verlor keine Zeit, als ihn der Polizeichef kontaktierte. Er witterte DIE Chance, platzierte den Vizepräsidenten vor Mikro und Kamera und erstellte ein Kurzvideo, in dem Seaton verkündete, am Leben zu sein. Noch währenddessen die Aufnahme auf den Medienkanälen von *Mr. Bones* hochgeladen wurde, kontaktierte der aufgeregte Co-Redakteur seinen Chef für eine landesweite Liveübertragung. Der sonst so gesprächige *Bones* war zum ersten Mal in seinem Leben baff. »*What?!* Bist, Du sicher? Der Vizepräsident lebt und ist auf meinem Kanal?!«, stammelte er. Schweißperlen liefen ihm über Stirn und Hemd. Nach so vielen Jahren als Alternativjournalist hatte ihm soeben sein Mitarbeiter mitgeteilt, dass er nun die Exklusivrechte für Video und Liveübertragung hatte. Er fühlte sich geehrt und bestätigt zugleich. Er hatte mit all seinen angeblichen *Verschwörungstheorien* doch recht behalten. Während er noch so vor sich hin schmunzelte, drückte er den Schalter zur Übertragung per Live-Videochat. Mr. Bones und Seaton waren nun online und die Live-Zuschauerzahlen schnellten in schwindelerregende Höhen.

»*Hi Guys*, Freunde!«, pustete er. Er gestikulierte wie ein wild gewordener Stier: »Wir haben hier live den Vizepräsidenten in der Leitung. Ich begrüße Sie, Mr. Seaton. Schön, dass Sie am Leben sind! Aber ich möchte nicht weiter verzögern. Schießen Sie los, Mr. Seaton! Wie haben Sie überlebt? Wer erlaubt sich, unsere Nation anzugreifen?«

Der Vizepräsident zögerte nicht und setzte an:

»Liebe Mitbürger, liebe Amerikaner, hier spricht Ihr Vizepräsident. Ja, ich bin am Leben: Die Nachricht über meinen vermeintlichen Tod ist eine Falschmeldung, die absichtlich vom Verteidigungsminister Northwood verbreitet wurde. Unser Präsident wurde entführt und niemand weiß, ob er noch am Leben ist. Northwood kann sich mit sofortiger Wirkung als von seinem Amt enthoben betrachten. Es ist möglicherweise der schwerste Tag in der Geschichte unserer Nation. Wir sind alle Opfer einer echten Verschwörung geworden, die darauf abzielt, unsere Verfassung und somit unsere Freiheit für immer auszuradieren. Eine rein politische Lösung ist leider nicht mehr möglich, da Northwood einige Männer in der militärischen Führung und auf verschiedenen Ebenen des Staatsapparats platziert hat. So sind auch unsere Soldaten und deren Führungskräfte auf sich allein gestellt und müssen selbst feststellen, ob der eine oder der andere Kamerad, gleich welchen Dienstranges, verfassungstreu ist oder nicht. Trotz aller Widrigkeiten bin ich zuversichtlich, dass sich die breite Mehrheit unserer Streitkräfte falschen Befehlen widersetzen wird. In Abwesenheit des Präsidenten bin ich verfassungsgemäß legitimierter Oberbefehlshaber von Army, Navy, Air Force, Marines und Nationalgarde. Ich erkläre hiermit offiziell, dass in unserem Land kein Kriegsrecht herrscht. Sollte jemand das Gegenteil behaupten und versuchen, Sie damit einzuschüchtern, dann verweigern Sie die Gehorsamkeit und widersetzen Sie sich! Zeigen wir gemeinsam – wir Amerikaner, jeder einzelne von uns – dass wir wissen, was der erste Satz unserer Verfassung bedeutet: *We, the people*! Im Falle einer widerrechtlichen Gewaltanwendung seitens der Verräter zeigen wir diesen, dass wir wissen, warum in unserer Charta der Bürgerrechte das *Second Amendment* verankert ist! Die Tyrannei wird nicht siegen! *God bless America! God bless the american people!*«

Der Livestream war beendet und Bones verbreitete das aufgenommene Video überall dort, wohin sein gesamtes mediales Imperium reichte. Nachdem die ersten Fernsehsender davon Kenntnis erhielten und die Nachricht aufgegriffen hatten, setzte ein Dominoeffekt ein. Das Video wurde viral und erreichte die amerikanische Bevölkerung bis in den letzten Winkel des Landes.

Harold Payne-Chapman kam langsam zu sich. Er saß auf einem Stuhl und seine Arme waren nach hinten geknebelt. Die rauen Betonwände des Raumes waren nicht das erste, was er vernahm, als er die Augen öffnete. Drei vergoldete große Sessel standen vor ihm. Medices, Fullcoarse und Rákosi saßen vor ihm und starrten ihm in die Augen. Die drei hatten das Geschehen, das sie selbst initiiert hatten, am Fernseher verfolgt. Payne-Chapman hingegen war ahnungslos. *Wo bin ich? Was ist das für ein Gebäude?*

Der unterwanderte Secret Service hatte ihn in ein Flugzeug von Medices gesteckt und in die Hochburg der *Progressisten* verschleppt. Nun war er hier in diesem Raum. Er hielt kurz inne. Dabei fiel ihm eine bekannte Stimme im Hintergrund auf. Sie wirkte dumpf. *Hier läuft doch ein Fernseher?!* Er kniff die Augen zusammen, um klarer sehen zu können. Nun endlich erkannte er die Gesichter: Er wollte gerade lospoltern, um den drei Verschwörern seine Meinung zu geigen, da vernahm er die Stimme der Nachrichtenmoderatorin, die gerade die Top-News verbreitete. Dies gab ihm die Steilvorlage: »Wie ich gerade feststelle, haben alle eure Mühen recht wenig genutzt. Seaton ist am Leben. Marines und Gardisten sind auf unserer Seite. Die Polizei in fast allen Bundesstaaten auch. Euer Plan ist gescheitert!«

Medices stand auf und verpasste ihm einen Schlag ins Gesicht: »Was weißt du denn über unsere Pläne? Du kleiner einfältiger *Ewiggestriger*! Bald werden wir auch Seaton ausschalten.« Trotz des starken Schmerzes behielt Payne-Chapman seine Haltung, wie ein Sheriff aus der Zeit des Wilden Westens. Er konnte es nicht lassen, den Bankern Kontra zu geben: »Euer Spion, Northwood, hat keine Kontrolle mehr. Er kann das Kriegsrecht nicht verhängen und das Volk wird sich euch und euren Schergen widersetzen.«

»Ach, das *Volk*!«, spottete Medices, »Wir haben das Pentagon und mehr oder weniger alles, was dazu gehört in unserer Hand. Glaubst du wirklich, dass ein paar Marines, die Nationalgarde und das *Volk unserer Privatarmee* etwas entgegenzuhalten haben? Jetzt sage ich dir was: Du glaubst wirklich an ein uraltes, vergilbtes Stück Papier, das heute absolut wertlos ist. Wir, die Medices, haben in unserer ganzen Geschichte kleine bis ganz große Marionetten beliebig aufgestellt und fallen lassen, schon seit der Zeit von Königen und Päpsten, also lange bevor dein geliebtes Stück Papier überhaupt beschmiert wurde. Wir geben unseren Puppen ein wenig Macht, damit sie sich einbilden, etwas bestimmen zu können. Wir kontrollieren Regierung und Opposition, Angebot und Nachfrage, weltweit. Bildet sich eine echte Oppositionsbewegung, dann unterwandern wir sie, versorgen sie mit falschen Informationen und verstreuen Gerüchte, ja auch über andere Banker, die wir dann dem *dummen Volk* als oberste verhasste Riege erscheinen lassen. Das haben wir mit dieser alten, aus Frankfurt stammenden Familie getan und das tun wir heute noch. Sie tut das, was wir ihr befehlen, und ihre Söhne gelten als oberste Bösewichte in den alternativen Medien.«

Darauf erwiderte der Präsident: »*Ihr könnt ein ganzes Volk eine Zeit lang belügen, Teile eines Volkes dauernd betrügen, aber nicht das ganze Volk dauernd belügen und betrügen.*[15]«

»Gut gelernt, Mr. President, aber meine Familie steuerte auch denjenigen, der das gesagt hatte, ohne dass er es jemals ahnte. Und weißt du was? Meine Familie steuerte auch dessen ahnungslosen Widersacher. Du hast immer von einer *zweiten amerikanischen Revolution* gefaselt. Wir haben nun den zweiten amerikanischen <u>Bürgerkrieg</u> entfesselt und diesen werden wir auch gewinnen!«

Payne-Chapman erstarrte. Der Gedanke, dass Medices Ausführungen der Realität entsprechen könnten, ließ ihn erschauern. Er blickte zu Boden, dann wieder zu den Bankern: »Wenn es so ist, warum habt ihr mich immer noch nicht getötet?« Rákosi zischte zynisch: »Weil wir uns auch etwas gönnen wollen, nämlich, dass du zuschaust, wie unser Plan gelingt. Danach werden wir dich nicht mehr brauchen, sowie auch den größten Teil des *dummen Volkes.* Dieser Bürgerkrieg ist der erste Schritt zu unserem Ziel der Bevölkerungsreduktion und der totalen, weltweiten Kontrolle. Wir haben ein paar *wannabe* Imperien und Regionalmächte geschaffen, die sich bald gegenseitig vernichten werden. Das betrifft nicht nur dich und deine *Constitutionals,* sondern auch die selbsternannte *Königin* der *USoE.* Danach werden wir den neopositivistischen Traum der *Sozialfabianer* verwirklichen: Den *Weltfrieden* mit gleichgeschalteten Menschen, die in Konformität und nach den Maßgaben von *Vernunft, Wissenschaft* und *Technik* leben werden. Gott, Verfassung, Selbstbestimmung, Freiheit und Ähnliches sind Mumpitz, gut genug für das *dumme Volk,* aber für uns von keinerlei Bedeutung.«

Doch der prächtige oberste Banker und seine Stellvertreter hatten die Lage falsch eingeschätzt. In ihrem Größenwahn hatten sie nicht realisiert, dass sich weite Teile der US-Streitkräfte auf unterschiedlichen Ebenen gegen Northwood gestellt hatten und somit der Sieg als nicht mehr sicher galt. In einem Punkt hatten sie jedoch Recht: Der zweite amerikanische Bürgerkrieg war ausgebrochen.

An Bord der *USS Obonko* spiegelte sich die Lage wie in fast allen Teilen des US-amerikanischen Festlands wider. Saunders hatte den Befehl erteilt, die Kasernen der Nationalgarden mit Raketen zu bombardieren. Zahlreiche Matrosen hatten Ungehorsam gezeigt, als sie von der Rede des noch lebenden Vizepräsidenten Seaton erfahren hatten. Doch manch konspirativer Offizier hatte einige Raketen bereits abgeworfen und somit die Lage und das Leid der Betroffenen auf dem Festland verschärft.

Captain Miller indes war informiert und mit seinen Leuten bis zu Saunders vorgedrungen. Bevor der Verräter reagieren konnte, setzte ihm Miller in der Kommandobrücke der *USS Obonko* seine Dienstwaffe vor die Nase und drohte: »Du schießt nicht mehr auf Amerikaner! Erteile sofort den Befehl, das Feuer einzustellen, und zwar allen Schiffen, die unter deinem Kommando stehen, *Admiral*! Oder ich bohre dir auf der Stelle ein Loch in deinen kranken Schädel!«

Saunders blieb nichts anderes übrig, als der Aufforderung nachzukommen. Somit wurde die Navy von den Kampfhandlungen gegen andere Streitkräfte und die Zivilbevölkerung ausgeklammert.

Die Kämpfe auf den jeweiligen Schiffen hielten aber an und endeten mit Verhaftungen der übrig gebliebenen *progressistischen* Militärangehörigen. Die Schiffschlacht war damit gewonnen. Der entfesselte Bürgerkrieg war aber nicht mehr aufzuhalten und nahm seinen Lauf.

VORWÄRTS, BUDAPESTER JUGEND![16]

(Előre budapesti srácok!)

Václav lag mit aufgerissenen Augen im Bett. Das laute Geräusch der Gasturbinenmotoren und das Quietschen der Laufketten ließen ihn nicht schlafen. Er bemerkte, dass auch Eszter nicht schlief. Eigentlich hatten sie sich beide bereits an den Lärm der Truppentransporte und des schweren Militärgeräts gewöhnt. Seit dem ersten Beschluss der vier *Abtrünnigen* gehörte dies fast zum Alltag. Doch diesmal war der Krach viel lauter, als ob Panzer und weitere militärische Kettenfahrzeuge viel näher herankämen und von den üblichen Routen abgewichen wären. Ein dumpfes Dröhnen schallte ihnen um die Ohren. Der Boden bebte. Eszter und Václav saßen noch am Bettrand und unterhielten sich gerade darüber, wann dieser ganze Wahnsinn ein Ende finden würde, als die ersten Granaten einschlugen. Es waren nicht die eigenen Panzer.

Der entfachte Bürgerkrieg in den USA hatte diese nach außen handlungsunfähig gemacht. Die einst militärisch mächtigste Nation der Welt war jetzt mit sich selbst beschäftigt.

Als Erster ergriff der Sultan die Gelegenheit. Sein neu errichtetes Osmanisches Reich war die erste Regionalmacht, die den großen Coup auf europäischem Boden versuchte. Seine Flotte war im östlichen Mittelmeer mit der griechischen Provinz der *USoE* beschäftigt, die immer noch über zahlreiche Kriegsgeräte ehemaliger deutscher Produktion verfügte. Auf dem Land hatte sich das osmanische Militär für den Weg des geringsten Widerstands entschieden und war mithilfe des zwiespältigen Rumäniens in einem Blitzkrieg bis an die ungarische Grenze vorgerückt. Von da weg, hatten osmanische Panzer den ungarischen Grenzzaun schnell an mehreren Stellen niedergewalzt und sich mit mäßigen Verlusten auf den Weg nach Budapest gemacht. Sie ließen sich in so wenig Kampfhandlungen wie möglich verwickeln, sodass das ungarische Heer mehr damit beschäftigt war, ihnen hinterherzujagen. Nun standen die ersten feindlichen Panzer vor den Toren Budapests und hatten das Feuer auf die Stadt eröffnet. Osmanische Infanteristen hatten die ersten gepanzerten Transportfahrzeuge verlassen und fingen nun an, in die Stadt einzudringen. Eszter und Václav waren nicht die einzigen Budapester, die im Rahmen des Konzeptes zur zivilen Verteidigung aufgerüstet und an realistischen Wehrübungen teilgenommen hatten. Die Bürgermilizen hatten sich just eingeschaltet und leisteten bereits Widerstand auf den Straßen. Václav wurde nun endgültig klar, wovon Eszter geträumt hatte. Dieses Horrorszenario hatte ihr der *Turul* im Traum gezeigt. Das weiße Horn war ein Teil des Halbmondes.

Václav bat sie eindringlich, die ungarische Hauptstadt zu verlassen und sich in Sicherheit zu bringen, am besten zu seiner Familie nach Tschechien. Der Gedanke daran, dass ihr etwas zustoßen könnte, ließ ihn innerlich zerreißen. Er musste, wollte hierbleiben und zusammen mit den befreundeten Magyaren kämpfen. Jeder Mann zählte! »Eszter, bitte sei vernünftig!«, flehte er. Eszter stand vor ihm, legte ihre Hand auf seine Brust und entgegnete: »Wir haben gewusst, dass früher oder später etwas Derartiges kommen würde. Alle Anzeichen waren da und dann mein Traum mit dem *Turul*! Trotzdem sind wir hiergeblieben. Und was würde ich dann ohne Dich tun? Nein, mein geliebter Václav, ich bleibe hier, bei Dir und bei meinem Volk.« Václav staunte.

Eszter lächelte, nahm seine Hand und sah ihm tief in die Augen. Ihr Blick war voller Entschlossenheit, erlaubte keine Widerrede.

»Und jetzt, geliebter Václav, *fegyverbe*!«

Der älteren Generation kam die Situation erschreckend bekannt vor. Die heutigen Großmütter und Großväter waren bereits in ihren jungen Jahren unter dem hämmernden Beschuss einer überlegenen Streitmacht gestanden, doch diesmal kam der Angriff aus Istanbul und das Volk war wesentlich besser organisiert, als beim Aufstand von 1956 gegen die sowjetische Fremdherrschaft. Damals hatte sich der Volksaufstand spontan entwickelt, unorganisiert. Die neue Jugend von Budapest besaß den gleichen Kampfgeist, hatte aber wohl einen Plan und konnte gegen die osmanischen Infanteristen erfolgreich Widerstand leisten. Auch die reguläre ungarische Armee war vorbereitet und hatte klare Befehle. Dennoch war es nur eine Frage der Zeit, dass die Verteidiger weiteren vorrückenden Panzern nichts mehr entgegensetzen könnten.

Zur Überraschung der Budapester Widerstandskämpfer hielt sich der osmanische Nachschub an schwerem Gerät in Grenzen. Zwar spürten sie die verheerende Wirkung der abgefeuerten Granaten der osmanischen Feldartillerie, aber es sah so aus, als ob kaum eine Hand voll

Selbstfahrlafetten und Panzerhaubitzen zum Einsatz kämen und sich nicht tiefer hinein in die Stadt trauen würden.

Erst nachdem die ersten ungarischen Panzer zur Verstärkung der zivilen Verteidiger eingetroffen waren, schienen sich die Reihen der Osmanen wieder zu füllen, entsprachen aber nicht dem Gesamtpotenzial ihrer Streitmacht. Die osmanische Mobilartillerie beschränkte sich darauf, die Feuerkraft der Magyaren anzugleichen. Trotzdem hatten einschlagende Granaten und wildes Schießen auf den Straßen weite Teile Budapests in grausame Kriegsschauplätze verwandelt. Die Stadt befand sich im Ausnahmezustand.

Die ungarische Führung konnte den Sinn dieses absichtlich herbeigeführten Stellungskrieges um ihre Hauptstadt nicht nachvollziehen. Erst nachdem die ersten ungarischen Militärhubschrauber abgehoben waren und ihre Aufklärungsflüge rund um Budapest absolviert hatten, wurde den Militärs, Politikern und letztendlich dem gesamten ungarischen Volk deutlich, was sich wirklich abspielte: Arslans Militärführung war sich ihrer zahlenmäßigen Überlegenheit bewusst und hatte ausreichend Kräfte eingesetzt, um das ungarische Heer und möglicherweise auch Teile der Streitkräfte der anderen *Abtrünnigen* in eine für sie verheerende Abnutzungsschlacht zu locken. Aus diesem Grund hatte das neue Osmanische Reich Budapest ins Visier genommen, wissend, dass weder die ungarischen Politiker noch deren Generale die Hauptstadt ihrem Schicksal überlassen würden.

Das wahre Ziel war aber die Eroberung des sogenannten vierten paneuropäischen Verkehrskorridors: Ein Weg, der das osmanische Heer von Budapest weg über

Bratislava, durch die Region Vysočina – wo Max' und Pavels Familien lebten – über die tschechische Autobahn D1 bis Prag führen würde.

Blitzschnell informierten die zwei ungarischen Spitzenpolitiker Molnár und Saabo ihre Amtskollegen der anderen *abtrünnigen* Staaten und baten diese um Hilfe. Denn trotz des Kampfgeistes und der Aufstockungen an Militär und Bürgermilizen war Ungarn allein nicht in der Lage, die Scharen des Sultans lange aufzuhalten. Die drei befreundeten *abtrünnigen* Staaten wussten, was dies bedeuten würde: Alle regulären Streitkräfte im Kampf gegen die Osmanen einzusetzen und lediglich den Zivilverteidigern die Sicherung der Grenzen nach Westen und Süden zu überlassen. Eine Wahl hatten sie nicht: Sie mussten den Vormarsch des Sultans aufhalten.

Mittels Transportflugzeuge und Hubschrauber begann die größte Truppenverlegung in der Geschichte der vier Staaten nach Budapest. Während schwere Kampfverbände entlang der neuen Kriegsfront ihre Stellung bezogen, begannen Infanteristen, Sprengladungen an wichtigen Brücken anzubringen.

Die Kämpfe hielten etliche Stunden an und nur mit Müh und Not hatten die Militärs der vier *Abtrünnigen* es geschafft, den größten Teil der osmanischen Armee zwischen Budapest und Bratislava aufzuhalten. Der Blitzkrieg des Sultans war gescheitert. Seine Armee war eingekesselt.

Die Bürgermilizen verzeichneten entlang der Grenzen zu den *USoE* das Vorrücken der ersten automatisierten Militärfahrzeuge und Horden an *Pflichtspezialisten*. Zwar verfügten die *USoE* über reguläre und hochmoderne Landstreitkräfte, diese waren aber größtenteils auf afrikanischem Boden als Schlepper im Einsatz, fernab des

Kriegsschauplatzes in Europa. Doch mit einer Kapazität von 20 bis 30 Millionen Menschen pro Jahr hatte Rákosis Netzwerk für eine erhebliche Vergrößerung des *Sekundärheers* gesorgt. Madame Chenille standen genug *Pflichtspezialisten* zum Einsatz bereit. Als sie vom osmanischen Angriff und erfolgreichen aber teuer zu bewerkstelligenden Widerstand der *Abtrünnigen* erfahren hatte, wollte sie die Gelegenheit nutzen und hatte ihr *Sekundärheer* entfesselt.

Max und Pavel hatten sich mit ihren Familien auf den Weg in Richtung Grenze gemacht. Nur die Oma mussten sie notgedrungen dem Zivilschutz vor Ort zur Rettung ins Landesinnere anvertrauen. Ähnlich mussten auch viele andere Familien mit älteren und kampfunfähigen Mitgliedern verfahren. Es war Krieg und viele wurden voneinander getrennt.

In regelmäßigen Abständen zum Grenzzaun hatten sich Reihen von Scharfschützen und Angriffsmilizen formiert und warteten nun auf das Eintreffen der ersten *Pflichtspezialisten* in Reichweite.

Zum Glück der Verteidiger zeigten die Panzerabsperrungen gegen das automatisierte Kriegsgerät der *USoE* Wirkung. Nur an wenigen Stellen konnten diese die Barrieren überwinden, den Zaun durchbrechen und somit den ersten *Pflichtspezialisten* den Grenzüberfall ermöglichen.

Mittels portabler Panzerabwehrwaffen und unkonventioneller projektilbildender Ladungen konnten die ersten wenigen eingedrungenen Militärfahrzeuge ausgeschaltet werden.

Während Max, Pavel, Jaromír, Jörg und Sandro für gezieltes Sperrfeuer sorgten, übernahmen Tanja, Lucia und Susanna das Nachfüllen von Magazinen und Ladestreifen. Ein ähnliches Aufgabenverteilungsmuster zeichnete sich durch alle Reihen der Verteidiger.

Im Vergleich zum Überfall auf Österreich hatte Chenille diesmal den Transport von erheblich mehr *Pflichtspezialisten* an die Front angeordnet, die laut ihrem Plan früher oder später unter stetig zunehmendem Druck zusammenbrechen sollte.

Chenille höchstpersönlich hatte befohlen, die Psychoaktiva so zu dosieren, dass sie nach dem Zusammenbruch der Front ihre Wirkung langsam verlieren würden, um die *Pflichtspezialisten* in den ersten Dörfern und Städten Amok laufen zu lassen. *Die Vernichtung von so vielen Zivilisten wie möglich* lautete das oberste Ziel der *Grande Dame*. Sie wollte Gebiete erobern und kämpfende Löwen eliminieren. Sie liebte wehrlose Schafe.

Dank der erfolgreichen Abwehr der Bürgermilizen machte nun der Zeitfaktor Chenille einen großen Strich durch die Rechnung. Die *Pflichtspezialisten* waren früher als von ihr erwartet außer Kontrolle geraten. Ihre Aggressivität hatten sich nicht verloren, konnten aber keinen koordinierten Druck mehr auf die Grenze und auf die ersten Siedlungen ausüben. Auch die Funksteuerung mittels Chipimplantate konnte die Horden nicht mehr kontrollieren.

Der Abschnitt der Front, in dem sich Max und Pavel mit ihren Familien befanden, stand besonders unter Druck: Das wilde Umherschießen der *Pflichtspezialisten* erforderte jetzt das Sperrfeuer aller verfügbaren Verteidiger vor Ort. Auch Tanja, Lucia und Susanna mussten ran. Jeder Lauf zählte.

Gleichzeitig hatten Verbände des *Sekundärheers* über das *renaturierte* Österreich nun Bratislava und Budapest erreicht und mischten dort zwischen den noch kämpfenden Armeen der *Abtrünnigen* und des Sultans auf. Die Wirkung der Psychoaktiva begann auch an diesem Kriegsschauplatz nachzulassen.

Um die Horden des *USoE-Sekundärheeres* abwehren zu können, hatten sich die Verteidiger schrittweise weiter über Chvalovice ins Landesinnere zurückgezogen. Erst nach der vierten Angriffswelle ließ der Druck etwas nach.

Dennoch kamen weitere unkontrollierbare, Amok laufende *Pflichtspezialisten* in deren Richtung. Jaromír griff zum Fernglas. Als er den ersten leeren Streifen hinter den letzten vorrückenden Reihen sah, vermeldete er siegessicher, dass sie möglicherweise vor der letzten Anstrengung dieses Krieges stünden, und brachte sich erneut in Stellung. Bereit für den letzten Kampf.

Doch die Munition ging langsam zur Neige. Die Verteidiger mussten nun mit Molotow-Cocktails improvisieren. Fleckenweise kam es zu blutigen Kämpfen: Mann gegen Mann mit Blankwaffen. Die Taktik ging auf und in einem letzten überlebensringenden Kraftakt konnten auch die letzten Angreifer beseitigt werden.

Entlang der gesamten Frontlinie zu den *USoE* zeigte sich das gleiche Bild. Rauchende Felder, blutüberströmter Boden. Aber der Krieg war vorbei!

Chenille hingegen hatte in ihren üblichen Hologramm-Ansprachen und Interviews mit Hilfe ihrer Staatsmedien ein leichtes Spiel, ihre gleichgeschalteten *bürgenden Personen* hinters Licht zu führen und ihnen die Niederlage als Sieg zu verkaufen, aber die Realität sprach eine ganz andere Sprache: Ihr Plan zur Invasion der *Abtrünnigen* und Vernichtung deren Völker war kläglich gescheitert. Alle Angehörigen der Bürgermilizen und der Rest der Bevölkerung konnten wieder aufatmen. Es verbreitete sich wieder Hoffnung in den betroffenen Gebieten. Des Volkes Gedanken richteten sich bereits auf den Wiederaufbau.

Lucia und Jörg standen am Gewehrstand. Sie blickten sich tief in die Augen und umarmten sich. Alle anderen konnten kaum fassen, überlebt zu haben: bis auf einen. Max war liegen geblieben, von einem Querschläger in den Kopf getroffen. Er war augenblicklich tot. Binnen Sekunden wich die Erleichterung tiefer Trauer. Tanja stürzte sich auf den leblosen Körper und liebkoste Max, als ob er sie noch spüren und ihre Stimme hören könnte. Der Wahnsinn geisteskranker *Weltmodernisierer* hatte sie nun ihren Mann gekostet. Jörg kniete nieder. Die Tränen konnte er diesmal nicht unterdrücken. Lucia und Susanna umarmten sich und versuchten, sich gegenseitig zu trösten. Ein Blick in die Weite offenbarte, dass auch viele andere Familien und Freunde um ihre zahlreichen, schmerzhaften Verluste trauerten. Das ganze Volk war betroffen.

Transportmöglichkeiten der Gefallenen zu Friedhöfen gab es nicht. Priorität hatten die Versorgung der Überlebenden und die Pflege der Verwundeten. Wer gefallen war, der wurde an Ort und Stelle beerdigt.

So etwas wie Grabsteine oder Holzkreuze gab es erst Monate nach dem Krieg. Das Epitaph auf Max' Grab bestand aus dem Todesdatum, gefolgt von einer Inschrift in drei Sprachen: *Danke Papa, Grazie papà, Děkuji, tati.*

EX ORIENTE...DUX

Jaromír staunte, als sein Telefon klingelte. Ein Anruf wenige Stunden nach dem Ende der Kampfhandlungen war das Letzte, womit er gerechnet hatte. Umso mehr freute es ihn, zu erfahren, dass sein Bruder Václav und Eszter die Schlacht um Budapest überlebt hatten. Der Spuk des Krieges schien überall vorbei zu sein, und die Gedanken all derjenigen, welche die Ereignisse überstanden hatten, richteten sich bereits auf die Rückkehr zu einem friedlichen, normalen Leben.

Dimitrij Lebedew waren die gravierenden Veränderungen an der weltweiten Situation nicht entgangen. In der einst größten militärischen Weltmacht tobte ein Bürgerkrieg mit offenem Ausgang und der Angriff der *USoE* auf die vier *Abtrünnigen* war kläglich gescheitert. Der erste große globalistische Superstaat auf europäischen Boden hatte sich selbst, militärisch gesehen, als zahnloser Papiertiger entlarvt, der nicht mal in der Lage gewesen war, einfache Bürgermilizen und das Militär von vier kleinen Staaten zu bezwingen, die gleichzeitig den osmanischen Invasionsversuch abgewehrt hatten. Lediglich auf See konnte die *USoE*-Flotte der osmanischen Marine erfolgreich die Stirn bieten, sodass der Seekrieg im östlichen Mittelmeer mit einem verlustreichen Patt endete.

Auf der anderen Seite des russischen Riesenreichs schien das benachbarte China eher an einer Hegemonie in Südostasien interessiert zu sein. Die Gelegenheit war für den roten Drachen günstig, da das Haupthindernis –

die dortige US-Militärpräsenz – mit einem Schlag vom Tisch war.

Die *Abtrünnigen* konnten sich zwar erfolgreich zur Wehr setzen, aber ihre Kräfte waren erschöpft. Dazu befanden sich nahezu alle regulären Streitkräfte der vier Staaten noch in der Nähe deren südöstlichen Außengrenze. An der nordöstlichen Grenze waren weder natürliche Barrieren noch ausreichende Verteidigungskapazitäten vorhanden.

Dieser Zustand und die Überzeugungsarbeit des Chefideologen Puschkin verleiteten den jungen *Volkszaren* dazu, die eigene Vernunft in Sachen Militärstrategie diesmal nicht siegen zu lassen und den ersten großen Handstreich in der Geschichte seines Landes nach Westen einzuleiten.

Lebedew wollte auf Nummer sichergehen und befahl zuerst einen Angriff auf See gegen die angeschlagenen Marinen des Sultans und der *USoE*. Plötzlich tauchten aus dem nichts, wie aus vergangenen Zeiten, zahlreiche Ekranoplane auf: mittelgroße Bodeneffektfahrzeuge, modernisierte Nachbaumodelle des berüchtigten *Kaspischen Seemonsters*. Sie waren fast so schnell wie Flugzeuge, unsichtbar für Radaranlagen aufgrund des flachen Fluges und für Sonare wegen des fehlenden Kontakts zur Wasseroberfläche. Weder U-Boote noch Kriegsschiffe konnten sie aufspüren. Diese Kriegsgeräte waren hauptsächlich für den schnellen Truppentransport gedacht. Doch der vom *Volkszaren* persönlich verordnete Taktikwechsel hatte zu deren Nachrüstung mit hochtechnologischen Waffensystemen geführt. Die Ekranoplane machten mit den verfeindeten Kriegsmarinen des Sultans und der *USoE* kurzen Prozess, richteten unmittelbar danach ihre

Feuerkraft gegen das Endstück des *afrikanischen humanitären Korridors*. Somit war sowohl der Nachschub an potenziellen neuen *Pflichtspezialisten* nachhaltig unterbrochen, als auch der Weg nach Europa für die regulären *USoE*-Land- und Seestreitkräfte auf afrikanischem Boden versperrt. Lebedews Plan ging aber weiter und erzielte das Ausschalten der Marine der frisch gebackenen italienischen *USoE*-Provinz. Mit Erfolg! Ab diesem Zeitpunkt erstreckte sich nun die russische Seestreitmacht über Palermo bis vor die Küste Marseilles. Sie dominierte fast das gesamte Mittelmeerbecken.

Lebedew hatte den Militärbericht über den gewonnenen Seekrieg im Mittelmeer erhalten, und entfesselte darauf seinen Bodenkrieg mit Luftunterstützung. Der bis dahin noch unbesetzte Teil der Ukraine wurde schnell überrannt. Auch das benachbarte Polen musste allein wegen der massiven Truppenverlegung nach Süden zur Unterstützung der Magyaren gegen den Sultan tatenlos zusehen, wie das schwere Gerät des *Dritten Rom* mühelos ins eigene Land vorrückte, auf dem Weg in Richtung westliche Grenze zu den *USoE*.

Ein zweiter Keil der Russen verlief parallel dazu, weiter südlich, durch Tschechien knapp oberhalb des Böhmerwaldes.

Ein dritter Keil, bestehend aus russischen und bulgarischen Kampfverbänden, hatte die Westbalkanstaaten angegriffen, die sich den *USoE* angeschlossen hatten, und vervollständigte somit den russischen Dreizack.

Angst machte sich unter den Völkern der vier *Abtrünnigen* breit, aber zu ihrem Glück war Lebedew nicht an Kampfhandlungen in ihren Gebieten interessiert, sondern verfolgte das Ziel eines schnellen Sieges über den westlichen globalistischen Superstaat. Lediglich ein paar russische Soldaten, die sich mehr oder weniger unabsichtlich verirrt hatten, stellten eine Gefahr für die Bevölkerung der *Abtrünnigen* dar. Allerdings eine überschaubare leicht zu bändigende Gefahr.

Madame Chenille zeigte in dieser Stunde, wie sehr sie sich um ihre gleichgeschalteten *bürgenden Personen* kümmerte: Sie überließ Passau, Görlitz, Frankfurt an der Oder und alle anderen Städte im Hinterland nah an den Ostgrenzen ihrem eigenen Schicksal. Nur die für sie wichtigen Personen aus Berlin hatte sie nach Paris evakuieren lassen.

Die einfachen Menschen hatten sich schon zu lange an ihre bequeme Passivität gewöhnt, so dass sie nicht mal annähernd die Bedeutung von Wörtern wie *Kampf, Wehr* oder *Widerstand* kannten. Genau genommen: Die Begriffe selbst waren für das einfache Volk verboten. Mangels eigener Fahrzeuge war eine Flucht für die Zivilisten ausgeschlossen. Ohne Ausrüstung, bekleidet mit gesetzlich vorgeschriebenen weißen Gewändern, hatten sie keine Chance, zu Fuß unentdeckt in die freie Natur zu fliehen, geschweige denn zu überleben. Als die ersten russischen Panzer hörbar wurden, waren die Zivilisten in den Städten der *USoE* erschüttert. Als die ersten Schüsse fielen, brach Panik aus: ein unkoordiniertes Hin-und-Her-Gewirre in den Städten, ohne Plan, ohne Sinn und vor allem ohne die geringste Chance auf Rettung.

Auch auf hart gedrillte russische Soldaten wirkte sich der Krieg schockierend aus. Sie waren einiges gewohnt, doch dieser Krieg war anders und hatte sie in zwei parallele Szenarien gleichzeitig versetzt: Einerseits die harten Kämpfe gegen autonome Maschinen und gegen die zur Unmenschlichkeit reduzierten *Pflichtspezialisten* auf offenem Gelände, andererseits Mengen an willenlosen und zu wehrlosen Schafen reduzierten Einwohnern in den eroberten Städten. Mitten im Kriegsgeschehen fingen zahlreiche Russen an, sich zu fragen, welchen Sinn der Feldzug für sie und ihr Volk habe und ob ihr *Volkszar* lediglich versuchte, seine globale Vision gegen die der *USoE* durchzusetzen. Um einen hohen Preis. Dennoch hatten sie weder die Zeit noch die Möglichkeit, darüber zu philosophieren. Sie mussten weitermarschieren und das taten sie auch.

Chenille hätte sich am liebsten sofort vom Acker gemacht, um sich in Sicherheit zu bringen. Sie wusste, dass kein benachbartes Land ihr Asyl gewähren würde. Um der drohenden Belagerung der Stadt Paris zu entkommen, leitete sie die erste Phase der Prozedur ein: ihre eigene Flucht in ihren ganz privaten Bunker.

Dem russischen Säbel folgte der arabische Saif. Durch das nachlassende Interesse Chinas und Russlands für den benachbarten schiitischen Kirchenstaat wollte König Beshir Haddad Qasem nun seine Hegemonie in der Region rasch ausbreiten. Erst startete er einen präventiven Überraschungsangriff gegen den in seinen Augen ungläubigen Kirchenstaat und gegen dessen schon umkämpften Satellitenstaaten, die aus heiterem Himmel schwer getroffen wurden und keine Möglichkeit hatten, die Lage zu ihren Gunsten zu kippen.

Der Ölkönig hatte durch seine Geschäfte mit den *USoE* bereits lange vor Beginn des Krieges massiv aufgerüstet und verfügte über hochtechnologisches Kriegsgerät sowie gut ausgebildete Soldaten. Dazu hatte er seit geraumer Zeit heimlich und systematisch Terrormilizen zur Destabilisierung seiner Gegner unterstützt, die nun die schmutzige Arbeit gegen Zivilisten erledigten. Durch das Scheitern des Sultans gegen die *Abtrünnigen* und durch die drohende Niederlage des europäischen Superstaates, der mit seinem Königreich verbündet war, drohte ein Teil von Beshirs Plan zu scheitern. Er konnte seinen Zorn nicht verbergen, insbesondere gegen den *Volkszaren* und gegen die vier *Abtrünnigen*, die sich im Paneuropäisierungsprozess immer geweigert hatten, den von den *USoE* ausgehenden Globalismus und die massenhafte Aufnahme *neuer menschlicher Ressourcen* zu akzeptieren. Beshir hatte sie maßlos unterschätzt.

Als weiteres Hindernis für den neuen Panarabismus entpuppte sich der kleine und einzige nichtmuslimische Staat im Nahen Osten: eine hart zu knackende Nuss für die Ölmonarchie.

Beshir Haddad Qasem besaß keine Atomwaffen. Der kleine Staat dagegen schon, aber einzig und allein Kernwaffen konnten einen möglichen Angriff des neuen panmuslimischen Königreichs nicht abwehren. Qasem war sich dessen bewusst. Er entschied sich für zwei beinahe simultane chemische Angriffe durch Drohnen. Diese weißen miniaturisierten, autonom fliegenden Kopien des B2-Nurflüglers waren mit Chlortrifluorid-Bomben sowie mit anderen giftigen Chemikalien ausgestattet. Als *Friedensgas* betitelt, hatten die *USoE* dem Ölkönig das hochgiftige und explosive Fluorid massenweise verkauft.

Das *Iron-Dome*-Luftabwehrsystem des kleinen Staates spürte die Drohnen auf und zerstörte sie mit Abwehrraketen. Durch die zahlreichen Abstürze verbreiteten sich jede Menge Giftstoffe entlang der Grenze des kleinen Staates, sodass dieser die eigene Isolation als Folge der unausweichlichen Selbstverteidigung in Kauf nehmen musste.

Weitere Drohnengeschwader erhoben sich wie aus dem Nichts, und stiegen aus dem Wüstensand empor in Richtung Europa. Programmiert waren die unbemannten Minibomber für den ersten Abwurf über České Budějovice, dann nach Norden über Prag und von da weg weiter ohne Unterbrechung in direkter Luftlinie bis Warschau. Der freigesetzte Kampfstoff durchdrang jede Art von Schutzanzügen, Gasmaskenfiltern und Anti-ABC-Vorrichtungen der Militärfahrzeuge. Glas kam durch die chemische Reaktion zum Schmelzen. Lungen verbrannten innerhalb weniger Sekunden. Auf Wasser und Kohlenhydroxid reagierte das Chlortrifluorid mit heftigen Explosionen, sodass der Einsatz von Wasser- oder CO_2-Feuerlöschern die Gefahr für Leib und Leben erhöhte.

In wenigen Stunden war ein Todesstreifen entstanden, der noch giftiger war, als alle im Ersten Weltkrieg eingesetzten Giftgase. Die chemische Verseuchung übertraf an Giftigkeit die der *Zone Rouge* in der *Forêt De Guerre*, dem verseuchten Gebiet unweit von Verdun, das nach 1918 für unbewohnbar erklärt worden war.

Der giftige Streifen hatte die Versorgungslinie der Russen abgeschnitten. Getroffene bemannte Fahrzeuge fuhren weiter ohne aktive Steuerung, bis sie in Senken oder Gräben zum Erliegen kamen oder gegen ein unüberwindbares Hindernis stießen: Alle Bordinsassen waren wegen der eingesetzten chemischen Keule grausam ums Leben gekommen. Die unbemannten russischen Fahrzeuge und Androiden mit schwacher künstlicher Intelligenz blieben ohne menschliche Fernsteuerung und verirrten sich, bis ihre Energiequellen versiegten.

Doch auch der Ölkönig hatte mit technischen Problemen zu kämpfen. Wegen eines Softwarefehlers konnten die Drohnen den ersten Abwurf chemischer Bomben nördlich von Strakonice bis kurz vor Prag nicht durchführen. Es entstand dort eine Lücke im chemischen Todesstreifen. Dies kam den Betroffenen zu Gute. Die Unterbrechungslinie war die einzige offene und befahrbare Stelle zwischen den abgetrennten Gebieten.

Bei dem eingesetzten Kampfstoff handelte es sich um Aerosole, die schwerer als die Luft waren und über dem Boden schwebten. Regen hätte sie heruntergespült und in den Boden sickern lassen, sodass Bewohnbarkeit und Landwirtschaft für Jahrzehnte unmöglich gemacht worden wären. Doch an diesem Kriegstag war es trocken und vom Westen wehte ein Wind, der die Aerosole nach Osten trieb. Der Wind verdünnte die Aerosole, aber diese blieben für eine sehr lange Strecke eine tödliche Gefahr, die erst von den ersten Bergen des tschechischen Hochlandes aufgehalten wurde. Man weiß heute noch nicht, wie viele Opfer die Giftwolke gefordert hatte.

Einige russische Kampfverbände, die bereits vor dem Giftangriff tief in das ehemalige deutsche Staatsgebiet eingedrungen waren, zogen weiter in Richtung Paris. Sie konnten zwar noch mit Moskau kommunizieren, bekamen aber auf dem Landweg keine Verstärkung mehr. Obwohl sie versuchten, sich auf dem Weg nach Paris in so wenig Kampfhandlungen wie möglich verwickeln zu lassen, machten die vollautomatisierten Kettenfahrzeuge der *USoE* ihnen zunehmend zu schaffen. Jeder Verlust war für die Russen einer zu viel. Trotzdem marschierten die Russen weiter in Richtung Hauptstand der *USoE*. Eine Alternative hatten sie nicht.

Jeanette Chenille schien intuitiv geahnt zu haben, dass ihr im äußersten Notfall weder ihr eigenes Staatsgebiet noch die USA Schutz bieten würden. Die Ölmonarchie hätte ihr aus religiösen Gründen die Einreise verweigert oder sie eingesperrt oder im schlimmsten Falle nackt irgendwo in der Wildnis ausgesetzt. Aus diesem Grund hatte sie sich einen privaten Bunker in Kanada bauen lassen, groß genug für sie und für ihre Gefolgschaft, die nicht nur aus vertrauten *Fachleuten* bestand. Das Land nördlich der USA hatte sich militärisch neutral verhalten und die obsolet gewordene NATO verlassen, stand aber politisch dem Globalismus der *USoE* sehr nah. Der Staat praktizierte dort eine vergleichbare Politik wie die der europäischen globalistischen Clique. Nur örtliche Gegebenheiten bestimmten die Unterschiede, größtenteils rein praktisch-operativer Natur. Der kanadische Ministerpräsident pflegte mit der *Grande Dame* eine *besondere Freundschaft* und teilte mit ihr die Leidenschaft für *Enfants*.

Als die ersten Kampfverbände des *Dritten Rom* den Rhein erreicht hatten, war Chenilles Privatflugzeug bereits in der Luft. Die gestürzte *Königin* befand sich auf der

Flucht. Es überwogen der Zorn für die erlittene Schmach und das Streben nach Rache. Sie hatte zuvor oft genug ausgeteilt und musste diesmal einstecken.

Mitten in der letzten, durch den chemischen Angriff abgeschwächten Westoffensive erreichte den Kreml die Nachricht, dass China zusammen mit seinem unberechenbaren Verbündeten im Norden gleichzeitig in Alaska und das östliche russische Territorium eingefallen war. Ausgerechnet freiwillige russische Siedler, welche diese sonst wilden und dünn besiedelten Gebiete erschlossen hatten, bekamen nun die Wucht des chinesisch-nordkoreanischen Angriffs zu spüren.

In Alaska bissen die Angreifer auf Granit: Als durch und durch *Constitutional-State* war der nördlichste US-Bundesstaat vom tobenden Bürgerkrieg weitgehend verschont geblieben und die Bevölkerung wusste sehr gut, sich zusammen mit der Nationalgarde und der Polizei zur Wehr zu setzen. Nach zirka fünfzig Stunden war der Angriff erfolgreich abgewehrt worden. Es folgte kein weiterer.

Anders sah es im Osten Russlands aus. Dort waren Zivilisten der Gewalt der Angreifer nahezu schutzlos ausgeliefert. Von ein paar Jägern abgesehen, konnte kaum jemand Widerstand leisten und der Kreml hatte es schwer, eigene Reserven in ausreichender Truppenstärke schnell zum östlichen Kriegsschauplatz zu mobilisieren. In der ostrussischen Bevölkerung machten sich Enttäuschung und Unmut darüber breit, dass der von Puschkin hochgepriesene *Volkszar* und *Kahn* scheinbar nicht in der Lage war, für den Schutz der eigenen Zivilbevölkerung zu sorgen.

Nun starteten die Russen ihren Gegenangriff, wenn auch mit erheblicher Verzögerung. Das russische Militär lieferte sich mit seinem chinesischen Pendant erbitterte Kämpfe. Am Ende der Kampfhandlungen hatte China wenige Kilometer Landgewinn erzielen können, aber das Ziel verfehlt, Russlands Bodenschätze zu ergattern.

Weltweit sah die Entwicklung der Ereignisse ähnlich aus. Diejenigen, die sich einen schnellen Siegeszug eingebildet und mit den Kampfhandlungen begonnen hatten, kassierten am Ende entweder eine Niederlage oder einen Pyrrhus-Sieg.

Die Konstante aller Kriege hatte sich abermals wiederholt: Insbesondere die kleinen Leute zahlten die Zeche, egal ob gleichgeschaltete indoktrinierte bürgende Personen, Bauern, Viehzüchter, gebrechliche wehrlose Menschen oder Mitglieder von Bürgermilizen.

Doch wer den Willen zum Widerstand hatte und von den eigenen Mitbürgern und Institutionen nicht daran gehindert worden war, der hatte auf die Bedrohung reagiert und den Aggressor abgewehrt.

EPILOG

Der zweite amerikanische Bürgerkrieg endete mit der Spaltung des Landes in zwei ungleiche Teile. Diese entsprachen der bis zum Ausbruch der Kämpfe herrschenden Aufteilung zwischen den *Constitutionals* und den *Progressisten*.

Die drei führenden Globalisten hatten sich in ihrer Hochburg in California verschanzt und hatten kein Interesse mehr, Payne-Chapman am Leben zu lassen. Seine Leiche wurde nie gefunden. In den *Constitutionals*-USA wurde er aber mit zahlreichen Denkmälern und ihm gewidmeten Straßen gehuldigt.

Noch etwas hatte sich in diesem Teil des Landes grundlegend verändert: Nach dem Zusammenbruch des Finanzsystems wandte sich der neue paleokonservative Staat vom Fiat-Money-System ab, sodass in der Wiederaufbauphase der Fokus der Wirtschaft auf die Schaffung realer Werte gesetzt wurde.

In den kleineren *progressistischen* USA hatten sich nahezu alle übrig gebliebenen Kolosse der virtuellen Wirtschaft und weitere ehemalige Weltmonopolisten gesammelt, die nun ihre Macht untereinander gleichmäßig teilen mussten. Der Überhang der Finanzwirtschaft gegenüber den Großindustriekonzernen war nicht mehr gegeben. Die Giganten der Lebensmittelindustrie behielten, obwohl sie in beachtlichen Ausmaßen geschrumpft waren, das absolute Monopol der Lebensmittelversorgung im Inland. Die für das System notwendig gewordene vollständige Bargeldabschaffung verschaffte den übrig gebliebenen IT-Konzernen eine unersetzliche Rolle.

Alle Hochburgen der nun gescheiterten Weltregierungsbefürworter waren wegen des globalen wirtschaftlichen Zusammenbruchs weltweit in eine schwache Position geraten und konnten nur untereinander in ihrem beschränkten Kreis Wirtschaftsbeziehungen aufbauen.

Die *USoE* hatten aufgehört zu existieren. Ihr Wesen lebte aber weiter in den Städten, die den Krieg überstanden hatten und nun voneinander isoliert waren. Dort hatten nun die kleinen Politiker das Sagen und ein leichtes Spiel, die immer noch zahme Bevölkerung zu kontrollieren. Die Rhetorik hatte sich nicht geändert. Anders als zuvor war nur die Tatsache, dass nun der einst *Vorzeigestaat* des Globalismus in kleine dystopische Mikrokosmen zerfallen war.

Alle Großmächte und Regionalmächte leckten sich nun die Wunden. Wer der Hybris verfallen war, der ganzen Welt seine eigene Weltanschauung aufzwingen zu wollen, hatte am Ende nur sich selbst geschadet.

1914 waren einzelne Nationalstaaten diejenigen, die sich angemaßt hatten, sich über die jeweils andere Nation zu erheben und diese unterjochen zu können. Diesmal waren große Imperien mit ihrer Überzeugung, einen neuen Menschen kreieren und ihn kontrollieren zu können, kläglich gescheitert.

Der Bote eines algerischen Beduinenstammes hatte mehrere Kilometer mit seinem *Wüstenschiff* zurückgelegt, um den ersten militärischen Posten des nun stillgelegten *afrikanischen humanitären Korridors* zu erreichen. Er überbrachte den Soldaten die Nachricht, dass sein Stamm einem schwarzen Mann in Pilotenuniform das Leben gerettet hatte, der nur knapp dem Tode durch Verdursten entkommen war. Auf abenteuerliche Art und Weise hatte es der ehemalige *USoE*-Pilot, Henri Bachraoui geschafft, aus einem für ihn feindlichen Territorium durch die umkämpften Gebiete die nordafrikanische Küste zu erreichen. Er wollte wieder zu seinen Kameraden und sehnte sich nach Rache.

Das Leben für die Völker der vier *abtrünnigen* Staaten nahm wieder normale Züge an. Es kehrte ruhiger Alltag ein, trotz aller Anstrengungen des Wiederaufbaus. Die Bevölkerung hatte sich um ein Drittel reduziert und die Infrastruktur lag brach. Bis auf grundlegende Gesetze dominierten Zusammenhalt, gesunder Menschenverstand und Hilfsbereitschaft. Gefragt war derjenige, der auch wirklich etwas konnte: Das traf nicht nur auf Handwerksberufe, Bauern, Viehzüchter und Jäger zu, sondern auch auf Lehrer. Denn nicht mal ein Jahr nach den verheerenden blutigen Ereignissen hatte ein eingeschränkter Schulbetrieb begonnen.

Die übrig gebliebenen Österreicher zogen wieder in ihr ehemaliges Staatsgebiet. Sie hatten ein ganzes Land aufzuräumen und wiederaufzubauen.

Tanja hatte die akute Phase der Trauer überwunden, war aber nicht wirklich vollständig über den Tod ihres Mannes hinweggekommen. Sie hatte zusammen mit Max mehr erlebt, als manch andere Paare in ihrem ganzen Leben bis ins hohe Alter. Sie versuchte, ihrem Sohn zu verbergen, dass sie zumindest einmal am Tag das gemeinsame Foto von sich und Max in die Hand nahm und das eine oder andere Mal weinte. Jörg war dies aber nicht entgangen. Innerlich überdauerte die Trauer auch in seinem

Herzen. So oft die Umstände es erlaubten, besuchte Tanja das Grab ihres Mannes an dem Ort, wo sich sein letztes Feuergefecht ereignet hatte.

Pavel und seine Familie hatten überlebt und packten fleißig an, aber wie nahezu jede zweite Familie hatten auch sie zahlreiche Tote unter ihren Verwandten zu beklagen, die dem Giftgasangriff auf Prag zum Opfer gefallen waren.

Zehn Jahre nach Kriegsende verstarb Lucias Großmutter. Sie hatte immer den Wunsch, neben ihrem Jahre zuvor verstorbenen Mann beigesetzt zu werden. Lucia und Jörg saßen in dem alten grünen Geländefahrzeug von Max und erfüllten ihr gerade diesen letzten Wunsch. Sie hatten dafür ihre heranwachsende Tochter Kateřina bei Tanja und Susanna gelassen.

Auf halber Strecke ihrer Rückreise besuchten sie Václav und seine Frau in Ungarn. Auch sie hatten überlebt und sich ein paar Kilometer weit weg von Budapest auf dem Land niedergelassen. Obwohl die blutigen Ereignisse in Europa nun schon lange in der Vergangenheit lagen, kam ihnen die Situation immer noch surreal vor. Das gleiche Gefühl hatten viele Überlebende, welche die Zustände vor dem Krieg gekannt hatten.

Václav hatte Lucia und Jörg noch nie zuvor gesehen, nur von ihnen aus den Telefongesprächen mit seinem Bruder Jaromír und seinem Vater Pavel gehört. Er hatte das Bild eines heranwachsenden Burschen im Kopf. Nun standen ihm gegenüber ein junger Mann und dessen Frau, welche die Übergangsphase von der Jugend ins Erwachsenenalter im Krieg vollzogen hatten. Václav war ein paar Jahre jünger als Max und hätte des Alters wegen ein Vater für Jörg und Lucia sein können. Doch gleich zu Beginn ihrer Unterhaltung mit den Beiden spürten Eszter und Václav, dass sie mit reifen, erwachsenen Menschen redeten und nicht mit oberflächlichen *Millennials*.

»Gottseidank schweigen die Waffen.«, sagte Jörg mit ruhiger Stimme. Václav wirkte nachdenklich und entgegnete: »Ja, hier leben wir im Frieden, aber ich werde das Gefühl nicht los, dass an anderen Orten der Welt noch etwas glüht, das eines Tages auf uns zurollen könnte.« Er hatte die Reaktion von Jörg an dessen Gesichtsausdruck erkannt und hielt für einen Augenblick inne. »Ich weiß, dass der globalistische Wahnsinn Dir Deinen Adoptivvater weggenommen hat, und sage selbst zu mir *Nie wieder!* Doch ich kann meine Augen und meine Ohren nicht verschließen und die Nachrichten ignorieren, die ich über meine Kanäle erhalte.«

»Es geht nicht nur um Max, lieber Václav, sondern insbesondere um Kateřina.«, wandte Lucia ein. Václav wusste nicht, von wem sie sprach. »Unsere Tochter! Hat Jaromír Dir nichts davon erzählt? Das Leben ist hart und geht für alle weiter, auch für uns. Ich will aber nicht, dass unsere Tochter derartiges erleben muss, was uns die Mächtigen dieser Welt eingebrockt hatten.«

Eszter hatte mitbekommen, worüber sie sprachen. Sie stand auf, ohne etwas zu sagen, und ging zum Kühlschrank. Lucia hatte ihre Reaktion verstanden und schämte sich, den Finger in Eszters schmerzhafteste seelische Wunde gelegt zu haben, selbst wenn unabsichtlich. Sie verließ den Tisch und ging zu ihr, schaute Eszter mitfühlend in die Augen und bemerkte, dass sie weinte. »Ist schon gut, Lucia«, sagte Eszter mit gebrochener Stimme, »Du kannst nichts dafür und brauchst weder Deine

Freude für Deine Tochter noch Deine Sorgen um sie zu verbergen. Auch nicht vor mir.« Lucia nickte und umarmte sie. Tief in seinem Herzen war sich Václav sicher, dass die vermeintliche Unfruchtbarkeit seiner Frau den Traumata der Vergangenheit und nicht einer körperlichen Krankheit geschuldet war. Eszter war eine Frau mit Charakter, aber niemand übersteht derartige Geschehnisse unbeschadet.

»Ihr werdet uns vielleicht bald besuchen!«, wiegelte Jörg ab. Ein Themenwechsel im richtigen Moment. Die Traurigkeit in Eszters Augen schwand langsam. Sie wischte sich die Träne von der Wange und küsste ihren Mann. Lächelnd wandte sich ihren Gästen zu: »Ja, selbstverständlich! Am liebsten würde ich sofort losfahren. Ich glaube, mehr Lust zu haben, die Familie meines Mannes wieder zu sehen, als er selbst.« Václav stupste sie an der Nase und erwiderte: »Übertreibe nicht, meine Liebe! Und ein wenig üben mit der Sprache musst Du auch noch. Schon vergessen?«

»Wie Du auch mit dem Gulasch, mein Schatz!«

Heiterkeit kehrte wieder ein.

Trotz der Einladung, über Nacht zu bleiben, verbrachten Lucia und Jörg nur ein paar Stunden in der Budapester Provinz. Sie waren schon seit Tagen unterwegs und wollten so schnell wie möglich nach Hause. Nach dem Tanken setzten sie ihre Rückreise fort.

Die Autobahn war wegen einiger im Krieg gesprengter Brücken nicht passierbar. Auf der Landstraße dauerte es doppelt so lang, war aber der einzig mögliche Weg. Kaum angekommen betraten sie die Türschwelle ihres Bauernhauses. In der Wohnküche, in der das alte braune Schlafsofa von Max in der Mitte des Raumes stand, gaben sie sich die Hände, lächelten sich an und warfen sich zusammen auf das gute alte Stück. Sie schliefen vor Erschöpfung augenblicklich ein.

Den kleinen Bauernhof in Příštpo hatten Lucia und Jörg wieder auf Vordermann gebracht. Somit konnten sie sich, wie viele andere Leute in den Grenzgebieten auch, selbst versorgen und die knappen Überschüsse mit der Nachbarschaft tauschen.

Das Leben ging mit körperlichen Anstrengungen, aber ausgeglichen und friedlich weiter ...

...bis zu diesem ersten heißen Tag im Sommer.

QUELLENVERZEICHNIS

1 Giosuè Carducci, *Inno a Satana*, 1863

2 Edy Minguzzi, *L'enigma forte - Il codice occulto della Divina Commedia (Das starke Rätsel - Der okkulte Code der Göttlichen Komödie)*, 1988

3 Immanuel Kant, *Kritik der reinen Vernunft*, 1781

4 György Lukács de Szeged, *Die Zerstörung der Vernunft*, 1954

5 Friedrich Nietzsche, *Also sprach Zarathustra*, 1883

6 Galileo Galilei, *Il Saggiatore*, 1623

7 Mick Jagger, Keith Richards, *You can't always get, what you want,* 1968

8 Vergil, *Aeneis*, 19 v. Chr.

9 Józef Piłsudski, *Międzymorze*, 1919

10 Claude Joseph Rouget, *La Marseillaise* (Frankreichs Nationalhymne), 1792

11 Herbert George H. G. Wells, *Was kommen wird / Les Mondes Futurs* (Film), 1936

12 Herbert George H. G. Wells, *The shape of things to come* (Roman), 1934

13 Giovanni Giolitti, zugeschriebener Aphorismus aus Rede im italienischen Abgeordnetenhaus, 1921

14 Francis Scott Key, *The Star-Spangled Banner* (US-amerikanische Nationalhymne), 1814

15 Abraham Lincoln, Interview mit dem Milwaukee Daily Journal, 1886

16 Pier Francesco Pingitore, *Avanti ragazzi di Budapest!* (Lied), 1966